用文字照亮每个人的精神夜空

领读文化传媒
LINGDU Culture & Media

微信 | 微博 | 豆瓣　领读文化

漫说文化丛书·续编

爱书者说

陈平原 卫 纯 编

CᴺS | 湖南人民出版社 · 长沙 ·

● 如何收听《爱书者说》全本有声书?

① 微信扫描左边的二维码关注"领读文化"公众号。

② 后台回复【爱书者说】,即可获取兑换券。

③ 扫描兑换券二维码,免费兑换全本有声书。

● 去哪里查看已购买的有声书?

方法 ①

兑换成功后,收藏已购有声书专栏,

即可在微信收藏列表中找到已购有声书。

方法 ②

在"领读文化"公众号菜单栏点击"我的课程",

即可找到已购有声书。

总序

陈平原

三十年前钱理群、黄子平和我合编的"漫说文化"丛书前五种由人民文学出版社推出；两年后，后五种刊行时，我撰写了《漫说"漫说文化"》，提及作为分专题编散文集的先行者，我们最初只是希望有一套文章好读、装帧好看的小书，可以送朋友，也可搁在书架上。没想到书出版后反应很好，真可谓"无心插柳柳成荫"。十三年后，复旦大学出版社（2005）予以重印。又过了十三年，北京时代华文书局（2018）重新制作发行。

一套小书，能一而再再而三地刊行，可见其生命力的旺盛。多年后回想，这生命力固然主要得益于那四百多篇精彩选文，也与吹响集结号的八十年代文化热、寻根文学思潮以及"二十世纪中国文学"的视野密切相关。时过境迁，这种小里有大、软中带硬、兼及思考与休闲的阅读趣味，依旧有某种特殊魅力。有感于此，出版社希望我续编"漫说文化"丛书。考虑到钱、黄二位的实际情况，我改变工作方式，带领十二位在京工作的老学生组成读书会，用两年半的时间，编选并导读改革开放以来四十多年的散文随笔。

当初发给合作者的编选原则很简单：第一，文化底蕴（不收纯抒情文字）；第二，阅读感受（文章好读最重要）；第三，篇幅短小（原则上不收六千字以上的长文）；第四，作者声誉（在文坛或学界）。依旧不是梁山泊英雄排座次的文学史，而是以文学为经、以文化为纬的专题散文集。也就是《漫说"漫说文化"》说的："选择一批有文化意味而又妙趣横生的散文分专题汇编成册，一方面是让读者体会到'文化'不仅凝聚在高文典册上，而且渗透在日常生活中，落实为你所熟悉的一种情感，一种心态，一种习俗，一种生活方式；另一方面则是希望借此改变世人对散文的偏见。让读者自己品味这些很少'写景'也不怎么'抒情'的'闲话'，远比给出一个我们自认为准确的'散文'定义更有价值。"

考虑到初编从1900年选起，一直选到20世纪80年代中期，续编从改革开放起，一直选到2020年，中间几年重叠略为规避即可。两个甲子的风起云涌，鸟语花香，借助千篇左右的短文得以呈现，说起来也是颇有气势与韵味的。参与其事的都是专业研究者，圈定范围后，选哪些作者，用什么本子，如何排列组合等，此类技术问题好解决，难处在入口处——哪些是你想要凸显的"文化"？根据以往的阅读经验，先大致确定话题、视野及方向，再根据选出来的文章，不断调整与琢磨，最终成了现在这个样子。

初编十册分别题为《男男女女》《父父子子》《读书读书》《闲情乐事》《世故人情》《乡风市声》《说东道西》《生生死死》《佛佛道道》《神神鬼鬼》，而续编十二册则是《城乡变奏》《国学浮沉》《域外杂记》《边地寻踪》《家庭内外》《学堂往事》《世间滋味》《俗世俗民》《爱书者说》《君子博物》《旧戏新文》《闻乐观风》，略为比勘不难发现二者的联系与差异。

既然是续编，自然必须与初编对话。明显看得出承继关系的，有《城乡变奏》之于《乡风市声》，《爱书者说》之于《读书读书》，不过前者第二辑"城市之美"从不同层面呈现了当代中国城市的多彩风姿，以及后者第三辑"书叶之美"谈封面、装帧、插图、毛边书、藏书票等，与初编的文风与趣味还是拉开了距离。《家庭内外》的第一、第三辑类似《父父子子》，而第二、第四辑则接近《男男女女》。《域外杂记》与《国学浮沉》隐约可见《说东道西》的影子，但又都属于说开去了。至于《世间滋味》仅从饮食入手，不再像《闲情乐事》那样衣食住行并举，也算别有幽怀。所有这些调整，不管是拓展还是收缩，都源于我们对四十年来中国文化思潮及文章趣味的体验与品味。不再延续《世故人情》《生生死死》《佛佛道道》《神神鬼鬼》的思路，并非缺乏此类好文章，而是觉得难以于法度之中出新意。

另起炉灶的六册包括《边地寻踪》《学堂往事》《俗世俗民》

《君子博物》《旧戏新文》《闻乐观风》，其实更能体现续编的立场与趣味。没有依傍初编，不必考虑增减，自我作古的好处是，操作起来更为自由，也更为酣畅。《边地寻踪》和《俗世俗民》两册，有些话题不太好把握与论述，最后腾挪趋避，处理得不错。最为别出心裁的，当数《旧戏新文》与《君子博物》——实际上，这两册的确定方向与编选过程最为曲折，编者下的功夫也最多。最终审稿时我居然有惊艳的感觉。

比较前后两编，最大的感叹是：前编多小品，后编多长文；前编多随意挥洒，后编多刻意经营；前编多单纯议论，后编多夹叙夹议；前编多社会人生，后编多学术文化；前编多悲愤忧伤，后编多平和恬淡——当然，所有这一切，与社会生活及文坛风气的变迁有直接关系。至于不选动辄万言的"大散文"，以及遗落异彩纷呈的台港澳文章，既是为了跟前编体例统一，也有版权等不得已的因素。

十二册小书，范围有宽有窄，题目有难有易，好在各位编者精诚合作，选文时互通有无，最后皆大欢喜——做不到出奇制胜的，也都能不负众望。作为一个集体项目，能走到这一步，已经很不容易了。

身为主编，除了丛书的整体设计，也参与了各册题目及选文的讨论。至于每册前面的"导读"文字，则全靠十二位合作者。选家大都喜欢标榜公平与公正，可只要认真阅读各册的"导读"，你就会明白，所有选本其实都带个人性情与偏见。十二篇随笔性质的"导读"，或醇厚，或幽深，或俏皮，或淡定，风格迥异，并非学位论文，不妨信马由缰，能引起阅读兴趣，就算完成任务——毕竟，珠玉在后。

2021年2月19日于京西圆明园花园

导读：书海情长话沧桑

卫　纯

　　对世上某一类人而言，书可谓"身外之物"中最挤占斗室又最难以割舍者。"宁可三日食无肉，不可一日居无书"，千百年间，出现了一长串诸如"书虫""书迷""书呆""书痴""书魔"的头衔。被冠名者虽自知这些名头对发达富贵毫无帮助，但还是难免"沾沾自喜"。得意的背后，倒非"才欲其大，志欲其小"的自勉，而是来自一种文化传承的肯定，甚至潜藏着周遭某种不言自明的敬意。

　　这样的人，无论是读、是买，还是收藏，对书的感情前提都是热爱，我们可以统称其为"爱书者"。这份爱虽非无疆大爱，但会让人心定行笃，言说这份感情时往往真挚平实，易让同好击节共鸣。由于这些文章历来为人关注，也有不少珠玉在前的结集成书，看起来再度发挥的余地不大。但编者划定两条界线，一是写作时间锁定在1978年以后，专叙改革开放以来的大陆书情；二是在人书之间管中窥豹，以期观察时代脉搏，乃至个体的安身立命。在这两条边界之内有情趣、有实学、有典型性的好文佳作，都在我们关注的视野里。

· 一

新中国成立以来，许多行业都发生了结构性的变化，图书业也不例外。民国时期许多出版社、书店，都在二十世纪五十年代初进行了合并重组，而像北京琉璃厂这样鼎盛一时的书肆，也因为"公私合营以后，旧肆都已合并，从业员也都另分配了工作"（黄裳《几种版画书》），没能重塑辉煌。放在工业化的历史进程中观察，这都是国家经济建设中的沧海一粟，好像不足挂齿，可对于心心念念的爱书人来说，就非同小可了。尽管还是"从旧籍里去寻找温暖"（姜德明《琉璃厂寻梦记》），但没有了"朴实殷勤，时而在耳边亲切地递个话儿"的店员（萧乾《救救旧书业——中国书店四十周年感言》），没有了在店里吃茶闲话的乐趣，有的只是门可罗雀的旧市场、接待外宾的古玩铺，或百货大楼里严肃的柜台，那真是说不出的满心寂寞、道不尽的满目苍凉。

在"全国一盘棋"的指导意识下，工作调动对个人来说也屡见不鲜。读书人最怕搬家，好像应了那句歇后语"孔夫子搬家——全是书（输）"，之前那些被汗水、情感、故事、旧梦寄托的藏书无法一起带走，才真是让人垂头丧气。可恰好因为有知识、懂技术，这些人往往成为组织考虑异地征调的主要对象。姜德明、谷林都曾写过一边是对"投身革命"的憧憬，一边是忍心割舍爱书的痛楚。买书、藏书的爱书人，那段时间确实会相当纠结。

而当读书一脉传到更年轻一代身上时，不可避免地带有鲜明的时代烙印。首先就是找旧书来读。维一曾记述当年的中学时代：

> 那时候的书店只有两家，全归政府控制，一家是出售新书的新华书店，另外一家就是出售旧书的中国书店。因为新华书店只销售新书，而新书都是已经通过检查，允许公开发行，并不需要"内部"，所以我的淘书大都是在中国书店里。（维一《淘书最忆是荒唐》）

阿城在接受访谈时，也曾有过类似的说法：因为从小出身不好，学校组织的各种政治活动统统要靠边站，只好自己误打误撞，跑去旧书店看书，谁承想，知识结构从此和同代人很不一样，甚至提前完成了思想启蒙（查建英《八十年代访谈录》）。老派读书人的伤心地，可能到了"社会主义新人"那里，又是一个别样的天堂。

旧书之外，更让少年人好奇憧憬的是"内部图书"。这一高深莫测的特色其实由来已久，如《金瓶梅》等书籍早在此列。"文革"之后，这一名目更是登峰造极，"原本已经差不多销声匿迹的旧书店突然都败部复活，纷纷成立'内部图书部'，凭过硬的单位介绍信可以买到市面上根本见不到的书籍"，"一般总是离门口越近，书的成色越低，越到里面，就越有好书"。这种神秘感已对少年构成诱惑，自然就会产生许多与"面部表情肌肉麻痹的"看门人斗智斗勇的故事（维一《淘书最忆是荒唐》）。而琉璃厂旧书店也于1972年以"内部书店"的形式重新营业，对新老读者倒是一种难得的慰藉。

正如那篇著名的《读书无禁区》所揭示的那样，"文革"期间为了读书、护书，爱书者们也做出了种种的努力，或当"孔乙己"，或做"抢书人"，或给藏书的壁橱糊上伟大领袖的画像，这些都何尝不是一种对命运的抗争？而诸如倪墨炎所讲述的种种"奇遇"，透过书的世界，人世的悲欢离合又何尝不能尽收眼底？

· 二

二十世纪八十年代后，中国步入改革开放新时期，经济快速发展，体制注入了活力，之前被压抑的人们，在这时产生了爆发式的知识需求，甚至以此形成了"文化热"的时代氛围。与图书相关的出版、经营，都已步入正轨。这个时期的读书人明显气定神闲了不少。可眨眼之间，天翻地覆的变化，也让人有些应接不暇。随着商品化浪潮越来越强,爱书人又有了新的"烦恼"。比如二十世纪八九十年代之交,"各地旧书店都因对旧书限价机械、赚头有限,而改以售新华书店下架书及出版社的积存及尾数书为主。由于利润相距悬殊,有些旧书店宁愿卖音响影视产品——甚至冰箱服装"(萧乾《救救旧书业——中国书店四十周年感言》)。而有学者观察当时北京的旧书店:"不过几年,这类书店就一起变了风味。且不要说灯市西口的那家,你到海王村走走看!我所说风味之变,不止指古籍书店里'古籍'所占比例之小,还指那些出版物包装之俗艳——形式却也正与内容一致。"(赵园《买书记(之一)》)

这些担忧一方面说明作为商品的图书,在市场经济环境下,会因利益驱动,出现粗制滥造与恶俗谄媚的现象,让幸福于时代的读书人猝不及防;另一方面也说明,这个时期的爱书人能够表达自己书里书外的心情,对书籍之于自己的意义,有着清晰的理解与认识,这是胸有成竹之后形成个人读书观的成熟表现。出版家范用就曾总结:

> 书没有绝对好或绝对坏的。好书坏书,看了以后得自己判断。
>
> 读好书可以得益,读坏书也可以得益,从反面得益,可以知道什么是坏书,坏在哪里。
>
> 我的读书格言:"博学之,明辨之,开卷有益,读书

无禁区。"（范用《我的读书观》）

而新时期成长起来的一代读书人，对书之爱更加内省。陈平原回忆"上山下乡"的一代如何珍惜来之不易的读书机会，甚至因为老想着"把'四人帮'造成的损失加倍夺回来"而用力过猛，不免走了弯路。扬之水则自陈"书不能不拼命买"，"尽量把它'圈养'，一切只为使用的方便"。杨葵、止庵都怀念过去在北京一家一家书店逛个遍的时光，虽然辛苦，但"一生的思想基础多少就因为读这些好不容易买到的书而奠定"。

随着经济改革的深化，市场类别不断细分，人们对于书籍的需求也产生了分流。曾经令人担心的旧书市场萧条问题，随着像北京潘家园这样的旧货市场兴起，得到了改观："时隔数年，我再度来到潘家园，才发现这里已面目全非。最初的旧货市场远没有潘家园现在的气派与有条有理。"（李辉《走在潘家园》）书店经营，也是多线并举，属于实体书店的艰难与无奈，在今天越来越受到宽容。而蔚为大观的网络售书，因数据和信息透明，也使得旧书价格飙升，爱书人倒也乐观其成。虽然"淘旧书'惊艳'捡漏的机会是越来越少了"（陈子善《淘旧书》），但不妨碍仍会有"奇遇"发生（辛德勇《牛头、鸡肋与狗屎》），只不过此一时彼一时，心情和前辈大不相同罢了。

· 三

除了时代和心情，我们谈书之爱，也不能不提到书的形式美与物质性。随着知识传播形式的多样，尤其是新世纪以来，电子书大行其道，纸质书的价值也受到人们的关注，其形式感的重要性得到凸显。其实爱书者爱装帧，四十年前就已是题中应有之义，甚至用唐弢的话说，"书籍封面作画，始自清末，当时所谓洋装书籍，表纸已用彩印"，可见此事大有来历，我们也愿意呈现这一条"书叶之美"的线索，哪怕稍稍逾出我们的边界，将眼光投射到鲁迅身上。

倪墨炎在《鲁迅与书刊设计》一文中曾指出："近代'洋装书'的出现，使我国出版史进入了新阶段……使书籍装帧进入美术的领域，在我国，是和鲁迅分不开的。"鲁迅在新文学的历史上地位极高，不仅文字影响深远，他"使生活多一点色彩"（唐弢《"拙的美"——漫谈毛边书之类》）的趣味，对于书籍装帧形式的赏鉴与实践，也开创了书籍美学的先河。鲁迅自己对封面设计非常讲究，经常不厌其烦地给出版方写信表达自己详细的装帧设想，甚至有时亲力亲为。他非常喜欢毛边书，自称"毛边党"："切光的都送了人，省得他们裁，我们自己是在裁着看。我喜欢毛边书，宁可裁，光边书像没有头发的人——和尚或尼姑。"他关注书刊的开本，重视版式与插图，甚至对目录和版权页的位置都有自己的设想。这些书的"零部件"，在鲁迅的视野中，都是一本书美感的重要组成部分，同时也有各自的规律与气质。他的这些关心告诉读者，书籍装帧的用力之处并非只有封面，而关涉书籍形式的各个方面。这些细节，在今天依然是饶有趣味的书界话题。

比如，同样是对毛边书的把玩，蔡翔认为适合做成毛边书的，"最好是那种有内秀的书，粗读上去，觉得也没什么，但细一品味，却品出许多意思……这就不觉地拿起水果刀，裁毛边本"。范用编了一辈子书，编书之余也取"业余"的谐音做笔名，亲自做封面装帧，自成一种"减法的艺术"，他同时提倡文学作品要在插图上下一点功夫。自称"读书毁了我"的王强，"相信在每一个爱书者情感的书页上，一定会紧粘着这样一张深情的藏书票"，因而不仅写出爱书的誓言，更简述了藏书票的历史。谢其章会讲护封对于封面的保护作用，同时也可将其视为一件美丽的书衣，与书体有一种呼应的关系。周振鹤对腰封的态度，远比网络上的"恨腰封小组"宽容。而徐雁平《书叶之美》，以及我们对叶浅予、张守义、宁成春等人文字的呈现，也是想让书籍设计师从幕后走到舞台中央，凭其平实有据、言之有物的文字，展示自家的思路与风采。

现代书籍艺术虽然是受西方影响并逐渐形成自我风格，但中国传统书籍艺术也从未销声匿迹。藏书及藏书家自古即有，按谢兴尧的话说，还有高下之分，并指出："善本书现在已不多见，偶尔出现，则归公家图书馆收藏，个人无力购存。"老一代读书人可能低估了时代发展的速度。随着经济水平的提高，图书在市场流通更加方便，一度沉寂的个人藏书，新世纪以来又逐渐兴起，并且产生了不少专门收藏古籍善本的藏家。无论是写作《得书记》《失书记》、享誉书界的韦力，还是将眼光放至西文善本书的王强，再加上专门收藏"新文学旧书"的陈子善，他们的收藏行为，无论是为了"收藏""赏鉴"，还是有"校雠""考订"的冲动与努力（洪亮吉对藏书家的四类分法），至少说明，现代藏家对于公众的意义不仅是提供脍炙人口的传奇故事，也有推动学术发展的可能。而他们提到的藏书拍卖形式，更是新时代一道崭新的风景，值得作为一个话题予以关注。

不过，对于绝大多数爱书者来说，这样的收藏较为奢侈，可望而不可即。他们更习惯将书斋看作"一种生活方式"，哪怕是"见缝插针式地填满"斗室（王安忆《我的"书斋"生活》），"使原本就不宽敞的居室显得更为褊窄"，但"环堵琳琅，确也蔚为壮观"，"尽可以志得意满，顾盼自雄"了（王充闾《我的四代书橱》）。他们想要的只是一间书房，"和书相爱"，"需要我的书可以陪伴我"，这样的书房才有生命（江晓原《和书相爱》）。由此可见，关于藏书的投入、观念，大家虽不相同，甚至南辕北辙，可各自的理由，恰都是出自对书本身的热爱。这也是"所谓藏书"并无定论但又饶有趣味的表现。

为丛书体例统一计，本书的文章编选，以辑为单元，辑内尽量按写作时间或发表时间排序。港澳台作家暂时无法收入，殊为可惜，希望以后有机会再做增补。虽每辑各有主题，但也不希望"跑马圈地"，文章"老死不相往来"。因为对于书题的对象而言，爱书是本分，爱的是书之整体，难以切割。我们只是在注定挂一漏万的宿命下，在不同框架内尽量展示多个侧面。人和书相遇的故事，从来都让人欣赏与感动，所以希望本书遴选的这批文章，能像多棱宝镜一般，在人书之间折射出更丰富的意涵。

目　录

辑三　书叶之美

辑四　所谓藏书

辑一　拣拾旧梦

读书无禁区

李洪林

在林彪和"四人帮"横行的十年间，书的命运和一些人的命运一样，都经历了一场浩劫。

这个期间，几乎所有的书籍，一下子都成为非法的东西，从书店里失踪了。很多藏书的人家，像窝藏土匪的人家一样，被人破门而入，进行搜查。主人历年辛辛苦苦收藏的图书，就像逃犯一样，被搜出来，拉走了。

这个期间，几乎所有的图书馆，都成了书的监狱。能够"开放"的，是有数的几本。其余，从孔夫子到孙中山，从莎士比亚到托尔斯泰，通通成了囚犯。谁要看一本被封存的书，真比探监还难。

书籍被封存起来，命运确实是好的，因为它被保存下来了。最糟糕的是在一片火海当中被烧个精光。后来发现，烧书毕竟比较落后，烧完了灰飞烟灭，不如送去造纸，造出纸来又可以印书。这就像把铁锅砸碎了去炼铁一样，既增加了铁的产量，又可以铸出许多同样的铁锅。而且"煮书造纸"比"砸锅炼铁"还要高明。"砸锅炼铁"所铸的锅，仍然是被砸之前的锅，是简单的循环；而"煮书造纸"所印的好多书，则是林彪、陈伯达、"四人帮"还有王力、关锋、戚本禹以及他们的顾问等等大"左派"的"最最革命"的新书。这是一些足以使人们在"灵魂深处爆发革命"的新书，其"伟大"意义远远超出铁锅之上。于是落后的"焚书"就被先进的"煮书"所代替了。

如果此时有人来到我们的国度，对这些现象感到惊奇，"四人帮"就会告诉他说：这是对文化实行"全面专政"。你感到惊讶吗？那也难怪。这些事情都是史无前例的。

是的，对文化如此摧残，确实是史无前例的。

两千多年前，秦始皇烧过书。他烧了多少？没有统计。不过那时的书是竹简，写在竹片上的，按重量说大概很不少，但是从种类和篇幅说，肯定比不上林彪和"四人帮"对书籍这一次"革命"的战果如此辉煌。

烧的烧了，煮的煮了。剩下一些劫后余生的书籍怎么办呢？大部分禁锢，小部分开放。

在"四人帮"对文化实行"全面专政"的时候，到底禁锢了多少图书，已经无法计算。但是可以从反面看出一个大概。当时有一个《开放图书目录》，出了两期，一共刊载文科书目一千多种。这就是说，除了自然科学和工程技术书籍之外，我国几千年来所积累的至少数十万种图书，能够蒙受"开放"之恩的，只有一千多种！

除了秦始皇烧书之外，我国历史上清朝是实行禁书政策最厉害的朝代。有一个统计说清代禁书至少有二千四百余种。蒋介石也实行禁书政策，他查禁的书不会少于清朝。但是，和林彪、"四人帮"的禁书政策相比，从秦始皇到蒋介石，全都黯然失色。理工农医书籍除外（这类书，秦始皇也不烧的），清朝和国民党政府查禁的书，充其量不过几千种，而"四人帮"开放的书，最多也不过几千种，这差别是多么巨大！

在"四人帮"横行的时期，凝集着人类文化的各种各样的图书，绝大部分终年禁锢在寒冷的库房里，只能和樟脑做伴。如果图书都会呼喊的话，当人们打开书库大门的时候，将要听到多么可怕的怒吼啊！

历史是公正的。对人和书实行"全面专政"的"四人帮"，被愤怒的中国人民埋葬了。在中国的土地上，春天又来临了。被禁锢的图书，开始见到阳光。到了1978年春夏之交，一个不寻常的现象发生了。门庭冷落的书店，一下子压倒美味食品和时式服装的店铺，成了最繁荣的市场。顾客的队伍从店内排到店外，排到交叉路口，又折入另一条街道。从《东周列国志》到《青春之歌》，从《悲惨世界》到《安娜·卡列尼娜》，几十种古今中外文学名著被解放，重新和读者见面了。那长长的队伍，就是欢迎这些精神食粮的行列。

这件事也引起外国客人的注意。通过重印世界文学名著和学术名著，更重要的是通过我们在文化、教育、科学、艺术各个方面拨乱反正的实践，外国朋友们看出来了：粉碎"四人帮"之后，中国共产党已经决心领导中国人民回到世界文明的大道，要把人类已经获得的全部文化成就，作为自己的起点，用空前的同时也是现实的高速度，实现四个现代化。

像极度干渴的人需要泉水那样，1978年重印的一批名著，瞬息间就被读者抢光了。经过十年的禁锢，中国人民多么渴望看到各种各样的好书呀！

但是，书的禁区还没有完全打开。因为有一个原则性的是非还没有弄清楚，"四人帮"的文化专制主义的流毒还在作怪，我们一些同志也还心有余悸。

这个原则问题就是：人民有没有读书的自由？

把书店和图书馆的书封存起来，到别人家里去查抄图书，在海关和邮局检扣图书，以及随便把书放到火里去烧，放到水里去煮，所有这些行动，显然有一个法律上的前提：人民没有看书的自由。什么书是可看的，什么书是不可看的，以及推而广之，什么戏是可看的，什么电影是可看的，什么音乐是可听的，诸如此类，人民自己是无权选择的。

我们并没有制定过限制人民读书自由的法律。相反，我们的宪法规定人民有言论出版自由，有从事文化活动的自由。读书总算是文化活动吧。当然，林彪和"四人帮"是不管这些的。

什么民主！什么法制！通通"打翻在地，再踏上一只脚"！这些封建法西斯匪徒的原则很明确，他们要在各个文化领域实行"全面专政"，人民当然没有一点自由。问题是我们有些同志对这个问题也不是很清楚。他们主观上不一定要对谁实行"全面专政"，而是认为群众都是"阿斗"，应当由自己这个"诸葛亮"来替人民做出决定：什么书应该看，什么书不应该看。因为书籍里面，有香花也有毒草，有精华也有糟粕。人民自己随便去看，中了毒怎么办？

其实，有些"诸葛亮"的判别能力，真是天晓得！比如，《莎士比亚全集》就被没收过，小仲马的名著《茶花女》还被送到公安局，你相信吗？如果让这种"诸葛亮"来当人民的"文化保姆"，大家还能有多少书看？究竟什么是香花，什么是毒草？应当怎样对待毒草？这些年让"四人帮"搅得也是相当乱。例如，《瞿秋白文集》本来是香花，收集的都是作者过去已经发表过的作品，在社会上起过革命的作用，是中国人民宝贵的文化遗产，这已成为历史，是客观存在的事实。但是，后来据说作者有些什么问题，于是，这部文集就成了毒草。谁规定的呢？没有谁规定《瞿秋白文集》应当变成毒草，而是"四人帮"的流毒，使人把它当作禁书。

文学书籍，被弄得更乱。很多优秀作品，多少涉及一些爱情之类的描写，便是"毒草"，便是"封、资、修"，便是"资产阶级生活方式"。"四人帮"这一套假道学，到现在也还在束缚着一些人的头脑，因为它道貌岸然，"左"得可怕，以致有人像害怕魔鬼那样害怕古今中外著名的文学著作。本来在社会生活中，"饮食男女"是回避不开的客观现实。在书籍里面，涉及社会生活的这个方面，也是完全正常的现象，许多不朽的名著都在所难免。这并不值得大惊小怪。即使其中有不健康的因素，也要看这本书的主要内容是什么。不要因噎废食，不要"八公山上，草木皆兵"，把很多香花都看作毒草。

对于包含香花和毒草在内的各种图书，应当采取什么政策？

任何社会，都没有绝对的读书自由。自由总以一定的限制为前提，正如在马路上驾驶车辆的自由是以遵守交通规则为前提一样。就是在所谓西方自由世界，也不能容许败坏起码公共道德的黄色书籍自由传播，正如它不能容许自由抢劫、自由凶杀或自由强奸一样。因为这种"自由"，势必威胁到资本主义社会本身。任何社会，对于危及本身生存的因素，都不能熟视无睹。无产阶级的文化政策，当然更不会放任自流。

不过一般地讲，把"禁书"作为一项政策，是封建专制主义的产物。封建主义利于人民愚昧。群众愈没有文化，就愈容易被人愚弄，愈容易服从长官意志。所以封建统治者都要实行文化专制主义，要开列一大堆"禁书"书目。其实，"禁止"常常是促进书籍流传的强大动力。因为这种所谓"禁书"，大半都是很好的书，群众喜爱它，你越禁止，它越流传。所以"雪夜闭门读禁书"成为封建时代一大乐事。如果没有"禁书政策"，是不会产生这种"乐事"的。

我们是马克思主义者，对全部人类文化，不是采取仇视、害怕和禁止的态度，而是采取分析的态度，批判地继承的态度。同时我们也有信心，代表人类最高水平的无产阶级文化，能够战胜一切敌对思想，能够克服过去文化的缺陷，能够在现有基础上创造出更高的文化。因此，我们不采取"禁书政策"，不禁止人民群众接触反面东西。毛泽东同志在二十二年前批评过一些共产党员，说他们对于反面东西知道得太少。他说："康德和黑格尔的书，孔子和蒋介石的书，这些反面的东西，需要读一读。"（《毛泽东选集》第五卷，第346页）毛泽东同志特别警告说，对于反面的东西，"不要封锁起来，封锁起来反而危险"（同上，第349页）。

连反面的东西都不要封锁，对于好书，那就更不应当去封锁了。

当然，不封锁也不等于放任自流。对于书籍的编辑、翻译、出版、发行和阅读，一定要加强党的领导，加强马克思主义的阵地。对于那种玷污人类尊严、败坏社会风气、毒害青少年身心的书籍，必须严加取缔。因为这类图书，根本不是文化。它极其肮脏，正如鲁迅所说，好像粪便或鼻涕。只有甘心毁灭的民族和完全腐朽的阶级，才能容许这种毒菌自由泛滥。当然这种毒品是极少的。对于研究工作所需而没有必要推广的书籍，可以少印一点。但是不要搞神秘化，专业以外的人看看也是完全可以的。世界各地的各种出版物，都要进口一点，以便了解情况。有的要加以批判，有的要取其有用者为我所用。不要搞锁国主义，不要对本国保密，当然也不是去宣传。至于古今中外的文学名著，则应当充分满足人民的需要，这是提高我们民族文化水平和思想境界不可缺少的养料。不要前怕虎，后怕狼。要相信群众，要尊重历史，要让实践来检验书的质量。历史上流传下来的，人民群众喜爱的书籍，必有它存在的价值。这是我们和书打交道时必须承认的一个客观现实。

在书的领域，当前主要的问题是好书奇缺，是一些同志思想还不够解放，是群众还缺乏看书的民主权利，而不是放任自流。为了适应四个现代化的需要，我们迫切希望看到更多更好的书。应当打开禁区，只要有益于我们吸收文化营养，有助于实现四化的图书，不管是中国的，外国的，古代的，现代的，都应当解放出来，让它在实践中经受检验。

世界上没有绝对的"纯"。空气里多少存点尘埃，水里多少有点微生物和杂质。要相信人的呼吸器官能清除尘埃，消化道也能制服微生物。否则，只好头戴防毒面具，光喝蒸馏水了。打开书的禁区之后，肯定（不是可能，而是肯定）会有真正的坏书（不是假道学所说的"坏书"）出现。这是我们完全可以预见也用不着害怕的。让人见识见识，也就知道应当怎样对待了。

（原载1979年第1期《读书》）

琉璃厂寻梦记

姜德明

现在，北京东西琉璃厂的一些老店铺是正在拆除了。

这里将要建成一座新的文化街，是适应外国旅游者的要求，听说还可以赚外国人的大钱呢。

那天，我站在海王村路口，往西看，邃雅斋书铺的原址不见了；往东看，信远斋的原址也不见了。它引起我无限的遐想，把我对琉璃厂的一些温馨的记忆一下子也都撕碎了。

我并不感伤，我期待着新的琉璃厂快快建成。旧的总要被新的代替，琉璃厂的确古旧破败得可以了，人们要寻觅它的新梦。

· 一

琉璃厂旧书肆形成于清乾隆年间，已经有二百多年的历史了。古今来，记载琉璃厂书肆盛况的有多少著作啊，而我记得最真切的还是当年鲁迅先生在这里留下的脚步。翻开《鲁迅日记》，你可以看到当他1912年到北京的一周以后便去逛琉璃厂了。从此时有所至，往往隔几天便去一趟，说起来总有几百次之多吧。

1932年鲁迅最后一次北返探亲，他还流连于琉璃厂书肆，并发现笺纸的可贵，鼓动郑振铎同他合编了一部《北平笺谱》。我常想：鲁迅先生写《中国小说史略》，整理《嵇康集》，拟编汉唐石刻，很多零散的原始材料都是琉璃厂供给的，而鲁迅先生回赠给琉璃厂的却是千古不朽的研究成果，包括目前世界各大图书馆珍藏的《北平笺谱》在内。只有鲁迅先生的眼光才能发现这些行将淹没的民族文化精华。他还预言这部出自琉璃厂书肆的笺纸，可以走向世界而无愧，到三十世纪"必与唐版比美矣"。琉璃厂应该以接待过鲁迅这样的知音而感到荣耀。

当时身在北京的郑振铎也承认，他的目光的确不如鲁迅先生："至于流行的笺纸，则初未加以注意。……引起我对于诗笺发生更大的兴趣的是鲁迅先生。"又说《北平笺谱》的印成："全都是鲁迅先生的力量——由他倡始，也由他结束了这事。"这些话都见于郑振铎写的《访笺杂记》。

当我还没有到过北京而先读到《访笺杂记》这篇散文时，我便向往琉璃厂，做着梦游厂甸的美梦了。

"留连到三小时以上。天色渐渐的黑暗下来，朦朦胧胧的有些辨色不清。黄豆似的灯火，远远近近的次第放射出光芒来。

我不能不走。那末一大包笺纸，狼狈不堪的从琉璃厂抱到南池子，又抱到了家。心里是装载着过分的喜悦与满意。……"

"那一天狂飙怒号，飞沙蔽天；天色是那样的惨澹可怜；顶头的风和尘吹得人连呼吸都透不过来。一阵的飞沙，扑脸而来，赶紧闭了眼，已被细尘潜入，眯着眼，急速的睁不开来看见什么。……"

鲁迅先生以为郑振铎的这些描写"是极有趣的故事"，也许引起了他当年漫步于琉璃厂的回忆吧。

鲁迅先生是忘怀不了琉璃厂的。不知今天琉璃厂的人们，当你们骄傲地向外国顾客展示《北平笺谱》的时候，可曾想到正是鲁迅先生，以及郑振铎先生完全依靠了个人的微薄力量来发掘和抢救这些国宝吗？

· 二

三十多年前，当我刚到北京的时候，心里总是想着琉璃厂。我要沿着鲁迅先生的脚步，去重温那些迷人的旧梦。有一天，我终于来到琉璃厂，推开了一家家店铺的门。

这条名街已经变成了名副其实的陋巷，一片荒败的景象。顾客不多，房屋低矮而阴暗，线装书散出一股霉气，连荣宝斋也空荡荡的，店员闲得正下象棋……我的梦幻破灭了，琉璃厂的盛况在哪里？多彩的文化宝藏又在哪里？

这破败的景象是日伪和国民党摧残的结果，而我们刚刚进城，百废待兴，一系列社会改革运动正在进行着，一时还顾不上琉璃厂。

多年来，我很少到琉璃厂去。我感到今天的琉璃厂同我所向往过的书肆有很大的不同，书铺越来越少了，这里已经变成一座专卖古玩和字画的小巷。旧书大概都被全国各大机关抢购一空了吧。五十年代初，一些苏联专家常来这里搜求古玩，中国顾客是不能靠前的。到了十几年前，这些古玩铺、碑帖店索性都挂上只接待外宾的告示，自己的同胞连看一看自己民族的古董也不可能了。我也就更加不愿意到琉璃厂来。

还是从旧籍里去寻找温暖吧。

鲁迅和他《新青年》的朋友们，多年来搜求一部古典小说《何典》，始终找不到。1926年刘半农在厂甸的地摊上偶然发现了，鲁迅高兴地为它写了序言。

一本《碧血录》，是关于明朝东林党人同阉党斗争而被残害的纪事，吴晗一直把它作为珍藏书。这还是他1933年在清华大学做学生时买来的，书末写道："在厂甸巡礼，凡帙巨者虽翻阅不忍释，顾终不敢一置问。偶于海王村侧一小摊得此书，价才三角，大喜，持归。"

朱自清先生也是琉璃厂的常客，他诗咏厂甸：

"故都存夏正，厂市有常期。

宝藏火神庙，书城土地祠。

纵观聊驻足，展玩已移时。

回首明灯上，纷纷车马驰。"

这一切，终于都是消逝了的旧梦。琉璃厂究竟要以什么来吸引他的同胞？难道是几百元一本的普通的碑帖吗，上千元的一幅时人的绘画吗？

·　三

目前的琉璃厂，只有一家卖旧书的中国书店。但是，也很少能见到几本可心的旧书了。近几十年来北京古旧书行业的兴衰史，似乎还少有人研究。几百年来琉璃厂的旧书市场是不是就这样渐渐衰落下去了呢？人们的担心不是多余的。听说，巴黎和东京都有旧书市场和专卖旧书的书铺大街，未来的文学家、科学家很可能最初是从这书摊前起步的。我们正在提倡保护民族文化和发扬精神文明，琉璃厂这地方不是应该吸引着未来的学人从这儿走向他们的理想世界吗！

十几年前，我在东琉璃厂的松筠阁配过解放前出版的文艺杂志，见过书店主人刘殿文先生。他满头白发，沉默寡言，但是一谈起旧杂志来却如数家珍。他能一口气回答你提出的某一期刊创刊于何年，终刊于何月，编者何人，中间是否换过编辑人，等等。如果你想细谈的话，他还可以告诉你，某一期刊未及发行便被查禁了；有的刊物的某一期再版过，等等。他的记忆之精确，令人惊异，素有"杂志大王"之称。多年来他还结合业务著有《杂志知见录》稿本。琉璃厂旧书肆中就有这样的有心人。

有一天，我碰见刘殿文先生的后人，现在是子继父业的刘广振同志，承他告诉我他父亲经营旧杂志的一段掌故。今照录如下：

"我父亲刘殿文是一九六五年退休，一九七四年七十八岁时死的。我祖父刘际唐是一九四二年死的。松筠阁创设于清光绪二十几年，当然经营的是线装书。我父亲也是学徒出身，是个夹包袱的。您还不知道什么叫夹包袱吧，那时讲究给学者送书上门，把新收来的书拿出头本来当样子，送到人家的府上。五四运动以后新期刊风起云涌，我父亲的思想也紧跟潮流，注意到同行里还没有人留心，同时也看不起的这门新生意。当时的旧杂志很便宜，又因常常遭到查禁，寻找不便，我父亲便走街串巷，四处搜购，每天天不亮就到崇文门外的小市上，从烂纸堆里挑拣期刊。慢慢别的同行知道他专收期刊，有了货便往他那儿送。他零收杂志，却不零卖，专门为了配套，《新青年》《向导》《东方杂志》《少年中国》以及《语丝》《沉钟》等等，都有全套的。

"我父亲是个做买卖的，但是他也是个中国人，有民族感情。日本占领北平期间，很多杂志都有抗日内容，全不能公开出售了，连存放这些杂志也非法。我父亲想了个办法，就大胆地把《东方杂志》等刊物放在书架的最里层，外面又摆上一层线装书遮挡着。终于逃过了日本人的眼睛。

"多年来，我父亲把五四以来的每种期刊都留了一本创刊号，作为研究杂志的样本。到一九四九年已经存了创刊号几千种。几大厚本的《杂志知见录》稿本在十年动乱中也遭到劫掠，到现在关于文艺杂志的那一本仍不见下落。

"说起我父亲的经验，那时也无非是为了生活，如果在旧书行业里不走一条别人没有走过的路，也许就不能求生养家。在我们旧书业有个行话叫'单吃'，我父亲就单吃一行，注重经营特色而已。"

刘殿文先生当然有他的局限性，他终归是一位商人，但是公平地说，他也为搜集和保存文化贡献了自己的力量。他所经营的松筠阁还印过一些有用的书，如有名的《清代燕都梨园史料续编》等即是。不知道今天的琉璃厂还能不能出现新的"杂志大王"？还能出现那样精于业务，对几十年来各种期刊的来龙去脉倒背如流的人才吗？我想，在新社会更应该出现这样的人才，我默默地期待着。

解放前，在琉璃厂学徒十几年，解放后又在琉璃厂旧书店辛勤工作了几十年的老店员们，现在还有不少，我以为他们也都是些经验丰富的人。比如帮助《贩书偶记》的作者、通学斋主人孙殿起整理《贩书偶记续编》的雷梦水君便是。近年来他又整理了已故藏书家伦哲如先生的著作《辛亥以来藏书纪事诗》。到现在，他还保存着朱自清先生给他的一封信，那是四十多年以前，朱先生鼓励他在琉璃厂不仅要学会卖书，还要拿起笔来写下所见所闻。雷君果然写下了稿本《旧书过眼录》，于图书目录学也大有裨益。

那天，我在海王村碰到了雷君，他手持一份讲义，正要给书店的年轻人去讲业务课，每周两次。我心中为之一动，琉璃厂不是已经开始培养人才，后继有人了吗！

我真想告诉雷君，在他讲课时不要光讲版本知识，也要讲一讲琉璃厂的历史沧桑，特别是外国人在琉璃厂的劫掠，以及唯利是图的书商、古玩商人们怎样帮助外国人盗卖我们的珍品。那时候，我们的政府软弱腐败，日本人从清末便开始在琉璃厂来搜刮我们的珍本册籍了。到了抗日战争以前，他们更疯狂地广搜我们的地方志，为帝国主义的侵华政策服务。他们买书时不论本，而是论摞，一摞书只花一元钱就够了。甚至用文明杖一挥，他们就把整个书店的旧书全部席卷而去。这就是我们的很多古籍版本在国内已经失传，而在海外却有留存的原因之一。这些话也正是雷君曾经亲口对我说过的。

现在东西琉璃厂的店铺是正在拆除了。我拣拾一些过往的旧梦，也无非为了向往着未来的新文化街能保持琉璃厂真正的传统。我想，只有当琉璃厂的传统文化和经营特点真正能为自己的同胞服务的时候，也才能真正保持它那永远不会泯灭的价值吧。

琉璃厂是我们民族文化的骄傲，当然也应该向外国顾客和旅游者开放，赚一些外汇也是理所当然的。但是，琉璃厂当初并不是为外国人建立的橱窗，我也不相信一个不能很好地为本国人民服务和受到人民热爱的琉璃厂，竟能受到外国人民的喜爱。让琉璃厂发扬它的特长吧，让向往着琉璃厂的同胞们能在这里随意推门而入，就像鲁迅先生当年那样流连忘返。琉璃厂终归是我们自己的！

1981年3月

（原载1981年第6期《读书》）

卖书记

姜德明

买书是件雅事，古人向来爱写藏书题跋，常常是在得书之后随手而记，讲起来多少有点得意。卖书似乎欠雅，确实不怎么好听。先不说古人，黄裳兄跟我说过，他卖过几次书，传到一个"大人物"康生的耳朵里，那人就诬他为"书贩子"，果然在"文革"开始后，有人便盯上了他的藏书，来了个彻底、干净地席卷而去，还要以此来定罪名。贤如邓拓同志，因为需用巨款为国家保存珍品而割爱过个人的藏画，亦被诬为"倒卖字画"。

我也卖过书，一共卖了三次。

头一次可以说是半卖半送，完全出于自觉自愿，并无痛苦可言。那是天津解放后不久，我要到北京投奔革命了。风气所关，当时我的思想很幼稚，衣着如西装、大衣之类与我已无缘，我就要穿上解放区的粗布衣、布底鞋了。旧物扔给了家人。最累赘的是多年积存的那些旧书刊，五花八门，什么都有。为了表示同旧我告别，我把敌伪时期的出版物一股脑儿都看成汉奸文化当废纸卖掉了。这里面有北京出版的《中国文学》，上海出版的《新影坛》《上海影坛》，还搭上抗战胜利后上海出版的《青青电影》《电影杂志》《联合画报》（舒宗侨编），等等。有的觉得当废纸卖可惜，如北京新民印书馆印的一套"华北新进作家集"等，其中有袁犀（即李克异）的《贝壳》《面纱》《时间》《森林的寂寞》，山丁的《丰年》，梅娘的《鱼》《蟹》，关永吉的《风网船》《牛》，雷研的《白马的骑者》《良田》等。再加上徐訏的《风萧萧》和曾孟朴的《鲁男子》（这是我少年时代最喜欢读的一部小说），等等，凑成两捆送给我的一位堂兄，让他卖给专收旧书的，好多得几个钱。这也是尽一点兄弟间的情谊，因为那时他孩子多，生活不富裕。我匆匆地走了，到底也不知道是否对他略有小补，也许根本卖不了几个钱。

留下的很多是三十年代的文艺书刊和翻译作品，还有木刻集，包括《苏联版画集》《中国版画集》《英国版画集》《北方木刻》《法国版画集》《抗战八年木刻选集》，等等。临行时，几位同学和邻居小友来送别，我又从书堆中捡出一些书，任朋友们随便挑选自己喜爱的拿走，作个纪念。我感到一别之后，不知我将分配到天南海北，更不知何时才能再聚。可是风气已变，记得几位小友只挑去几本苏联小说，如《虹》《日日夜夜》，和西德小说《面包》之类，别的都未动。

这就是我第一次卖书、送书的情况。

到了北京，学习紧张，享受供给制待遇，也无钱买书。后来，我已做好了去大西北的准备，可分配名单却把我留在北京。几年之后，社会风气有变，人们又讲究穿料子服了，我也随风就俗，把丢在天津家中的西装、大衣捡了回来。参加"五一"游行的时候，上面号召大家要穿得花哨些，我穿上西装，打了领带，手里还举了一束鲜花，惹得同伴们着实赞美了一番。当然，也有个别开玩笑的，说我这身打扮像是工商联的。

我把存在家中的藏书全部运到了北京。

生活安定了，办公的地方距离东安市场近，我又开始逛旧书摊，甚至后悔当初在天津卖掉那批书。

第二次卖书是在1958年大炼钢铁的时候。

那时既讲炼钢，又讲炼人。人们的神经非常紧张，很多地方都嚷嚷着要"插红旗""拔白旗"，而批判的对象恰恰是我平时所敬重的一些作家和学者。整风会上，也有人很严肃地指出我年纪轻，思想旧，受了三十年代文艺的影响。我一边听批评，一边心里想："可也是，人家不看三十年代文艺书的人，不是思想单纯得多，日子过得挺快活吗？我何苦呢！"有了这点怨气和委屈，又赶上调整宿舍搬家（那时我同李希凡、蓝翎、苗地诸兄都要离开城外的北蜂窝宿舍，搬到城内来），妻子一边帮我收拾书，一边嫌我的书累人。我灵机一动，也因早有此心，马上给旧书店挂了个电话，让他们来一趟。

第二天下班回到家里，老保姆罗大娘高兴地抢着说："书店来人了，您的书原来值这么多钱呀。瞧，留下一百元呢！"望着原来堆着书的空空的水泥地，我苦笑了一下，心里说："老太太，您可知道我买来时花了多少钱吗？"他拉走的哪里是书？那是我的梦，我的故事，我的感情，我的汗水和泪水……罗大娘还告诉我，那旧书整整装了一平板三轮车。不过，当时搬家正需要用钱，妻子和孩子们还真的高兴了一场。我心里也在嘀咕：就这样可以把我的旧情调、旧思想一股脑儿卖掉了？我这行动是不是在拔自己的"白旗"！

这一次，我失去了解放前节衣缩食所收藏的大批新文学版本书。其中有良友图书印刷公司和晨光出版公司出版的"文学丛书"，包括有《四世同堂》在内的老舍先生的全集（记得当时只留下其中的两本，一是老舍先生谈创作经验的《老牛破车》，一是钱锺书先生的小说《围城》。现在这两本书还留在我的身边）。失去的还有几十本《良友画报》，整套的林语堂编的《论语》和《宇宙风》，还有陈学昭的《寸草心》、林庚的《北平情歌》等一批毛边书，都是我几十年后再也没有碰上过的绝版书。

那时我并不相信今后的文学只是唱民歌了，但是我确也想到读那么多旧书没有什么好处。我顶不住四面袭来的压力，为什么我就不能像别人一样地轻松自如？有那么多旧知识，不是白白让人当话柄或作为批判的口实吗？趁早下决心甩掉身上的沉重包袱吧。

第三次卖书是在"文革"前夕的1965年。那时的风声可紧了！《林家铺子》《北国江南》《李慧娘》都成了"大毒草"，连"左联"五烈士的作品也不能随便提了。我的藏书中有不少已变成了毒草和违碍品，连妻子也为我担心。那时人人自危，我也不知道怎么就爱上了文艺这一行，真是阶级斗争不以人的意志为转移，我这是自投罗网，专爱"毒草"！深夜守着枯灯，面对书橱发呆，为了妻子和孩子的幸福，也为了自己的平安，我又生了卖书的念头。这一次又让旧书店拉走了一平板三轮车书，连《列宁全集》《斯大林全集》也一起拉走了。我想有两套选集足够了。第三次卖掉的书很多是前两次舍不得卖的，几乎每本书都能勾起我的一段回忆，那上面保存了我少年时代的幻想。我不忍心书店的人同我讲价钱，请妻做主，躲在五楼小屋的窗口，望着被拉走的书，心如刀割，几乎是洒泪相别。妻子推开了门，把钱放在桌上怆然相告："比想象的要好一点，给的钱还算公道。可是，这都是你最心爱的书呢……"我什么也没有说。我第一次感到自己是一个不幸的人，懦弱的人。我在一股强风面前再一次屈服了。

不久，"文革"来了，我们全家都为第三次卖书而感到庆幸，因为拖到这时候连卖书也无门了。

风声愈来愈紧，到处在抄家烧书，而我仍然有不少存书。这真是劣根难除啊，足以证明我这个人改造不彻底。若在第三次卖书时来个一扫而光该多干脆，不就彻底舒服了吗！书啊书，几十年来，你有形无形地给我添了多少麻烦，带来多少痛苦，怎么就不能跟你一刀两断？我应该爱你呢，还是恨你！

　　大概人到了绝望的程度，也就什么都不怕了。这一次，我也不知道何以变得如此冷静和勇敢。我准备迎受书所带给我的任何灾难，是烧是抄，悉听尊便，一动也未动。相反地，静夜无人时，我还抽出几本心爱的旧书来随便翻翻，心凉如水，似乎忘记了外面正是一个火光冲天的疯狂世界。

　　然而，居然什么事都没有发生，我的残书保留下来了。二十年来，我再也没有卖过一本书。

　　今后，我还会卖书吗？不知道。

1986年7月

读廉价书

汪曾祺

文章滥贱，书价腾踊。我已经有好多年不买书了。这一半也是因为房子太小，买了没有地方放。年轻时倒也有买书的习惯。上街，总要到书店里逛逛，挟一两本回来。但我买的，大都是便宜的书。读廉价书有几样好处。一是买得起，掏出钱时不肉痛；二是无须珍惜，可以随便在上面圈点批注；三是丢了就丢了，不心疼。读廉价书亦有可记之事，爱记之。

· 一折八扣书

一折八扣书盛行于三十年代。中学生所买的大都是这种书。一折，而又打八扣，即定价如是一元，实售只是八分钱。当然书后面的定价是预先提高了的。但是经过一折八扣，总还是很便宜的。为什么不把定价压低，实价出售，而用这种一折八扣的办法呢？大概是投合买书人贪便宜的心理：这差不多等于白给了。

一折八扣书多是供人消遣的笔记小说，如《子不语》《夜雨秋灯录》《续齐谐》等等。但也有文笔好，内容有意思的，如余澹心的《板桥杂记》、冒辟疆的《影梅庵忆语》。也有旧诗词集。我最初读到的《漱玉词》和《断肠词》就是这种一折八扣本。《断肠词》的样子我到现在还记得，封面是砖红色的，一侧画一支滴下雨滴墨水的羽毛笔。一折八扣书都很薄，但也有较厚的，《剑南诗钞》即是相当厚的两本。这书的封面是米黄色的铜版纸，王西神题签。这在一折八扣书中是相当贵的了。

星期天，上午上街，买买东西（毛巾、牙膏、袜子之类），吃一碗脆鳝面或辣油面（我读高中在江阴，江阴的面我以为是做得最好的，真是细若银丝，汤也极好）、几只猪油青韭馅饼（满口清香），到书摊上挑一两本一折八扣书，回校。下午躺在床上吃粉盐豆（江阴的特产），喝白开水，看书，把三角函数、化学分子式暂时都忘在脑后，考试、分数，于我何有哉？这一天实在过得蛮快活。

一折八扣书为什么卖得如此之贱？因为成本低。除了垫出一点纸张油墨，就不须花什么钱。谈不上什么编辑，选一个底本，排印一下就是。大都只是白文，无注释，多数连标点也没有。

我倒希望现在能出这种无前言后记，无注释、评语、考证，只印白文的普及本的书。我不爱读那种塞进长篇大论的前言后记的书，好像被人牵着鼻子走。读了那样板着面孔的前言和啰唆的后记，常常叫人生气。而且加进这样的东西，书就卖得很贵了。

· 扫叶山房

扫叶山房是龚半千的斋名，我在南京，曾到清凉山看过其遗址。但这里说的是一家书店。这家书店专出石印线装书，白连史纸，字颇小，但行间加栏，所以看起来不很吃力。所印书大都几册作一部，外加一个蓝布函套。挑选的都是比较严肃的，有一定学术价值的古籍，这对于置不起善本的想做点学问的读书人是方便的。我不知道这家书店的老板是何许人，但是觉得是个有心人，他也想牟利，但也想做一点于人有益的事。这家书店在什么地方，我不记得了，印象中好像在上海四马路。扫叶山房出的书不少，嘉惠士林，功不可泯。我希望有人调查一下扫叶山房的始末，写一篇报告，这在中国出版史上将是有意思的一笔，虽然是小小的一笔。

我买过一些扫叶山房的书，都已失去。前几年架上有一函《景德镇陶录》，现在也不知去向了。

· 旧书摊

昆明的旧书店集中在文明街，街北头路西，有几家旧书店。我们和这几家旧书店的关系，不是去买书，倒是常去卖书。这几家旧书店的老板和伙计对于书都不大内行，只要是稍为整齐一点书，古今中外，文法理工，都要，而且收购的价钱不低。尤其是工具书，拿去，当时就付钱。我在西南联大时，时常断顿，有时日高不起，拥被坠卧。朱德熙看我到快十一点钟还不露面，便知道我午饭还没有着落，于是挟了一本英文字典，走进来，推推我："起来起来，去吃饭！"到了文明街，出脱了字典，两个人便可以吃一顿破酥包子或两碗焖鸡米线，还可以喝二两酒。

工具书里最走俏的是《辞源》。有一个同学发现一家书店的《辞源》的收售价比原价要高出不少，而拐角的商务印书馆的书架就有几十本崭新的《辞源》，于是以原价买到，转身即以高价卖给旧书店。他这种搬运工作干了好几次。

我应当在昆明旧书店也买过几本书，是些什么书，记不得了。

在上海，我短不了逛逛旧书店。有时是陪黄裳去，有时我自己去。也买过几本书。印象真凿的是买过一本英文的《威尼斯商人》。其时大概是想好好学学英文，但这本《威尼斯商人》始终没有读完。

我倒是在地摊上买到过几本好书。我在福煦路一个中学教书。有一个工友，姑且叫他老许吧，他管打扫办公室和教室外面的地面，打开水，还包几个无家的单身教员的伙食。伙食极简便，经常提供的是红烧小黄鱼和炒鸡毛菜。他在校门外还摆了一个书摊。他这书摊是名副其实的"地摊"，连一块板子或油布也没有，书直接平摊在人行道的水泥地上。老许坐于校门内侧，手里做着事，择菜或清除洋铁壶的水碱，一面拿眼睛向地摊上瞟着。我进进出出，总要蹲下来看看他的书。我曾经买过他一些书——那是和烂纸的价钱差不多的，其中值得纪念的有两本。一本是张岱的《陶庵梦忆》，这本书现在大概还在我家不知哪个角落里。一本在我来说，是很名贵的："万有文库"汤显祖评本《董解元西厢记》。我对董西厢一直有偏爱，以为非王西厢所可比。汤显祖的批语包括眉批和每一出的总批，都极精彩。这本书字大，纸厚，汤评是照手书刻印的。汤显祖字似欧阳率更《张翰帖》，秀逸处似陈老莲，极可爱。我未见过临川书真迹，得见此影印刻本，而不禁神往不置。"万有文库"算是什么稀罕版本呢？但在我这个向不藏书的人，是视同珍宝的。这书跟随我多年，约十年前为人借去不还，弄得我想引用汤评时，只能于记忆中得其仿佛，不胜怅怅！

· 小镇书遇

我戴了"右派帽子",下放张家口沙岭子劳动。沙岭子是宣化至张家口之间的一小站。这里有一个镇,本地叫作"堡"(读如"捕")。每遇星期天,节假日,没有什么地方可去,我们就去堡里逛逛。堡里有一个供销社(卖红黑灯芯绒、凤穿牡丹被面、花素直贡呢,动物饼干、果酱面包,油盐酱醋、韭菜花、青椒糊、臭豆腐),一个山货店,一个缝纫社,一个木业生产合作社,一个兽医站。若是逢集,则有一些卖茄子、辣椒、疙瘩白的菜担,一些用绳络网在筐里的小猪秧子。我们就怀了很大的兴趣,看凤穿牡丹被面,看铁锅,看扫帚,看茄子,看辣椒,看猪秧子。

堡里照例还有一个新华书店。充斥于书架上的当然是毛选,此外还有些宣传计划生育的小册子、介绍化肥农药配制的科普书、连环画《智取威虎山》《三打白骨精》。有一天,我去逛书店,忽然在一个书架的最高层发现了几本书:《梦溪笔谈》《容斋随笔》《癸巳类稿》《十驾斋养新录》。我不无激动地搬过一张凳子,把这几册书抽下来,请售货员计价。售货员把我打量了一遍,开了发票。

"你们这个书店怎么会进这样的书?"

"谁知道!也除是你,要不然,这几本书永远不会有人要。"

不久,我结束劳动,派到县上去画马铃薯图谱。我就带了这几本书，还有一套郭茂倩的《乐府诗集》，到沽源去了。白天画图谱，夜晚灯下读书，如此右派，当得！

这几本书是按原价卖给我们的，不是廉价书。但这是早先的定价，故不贵。

· 鸡蛋书

赵树理同志曾希望他的书能在农村的庙会上卖，农民可以拿几个鸡蛋来换。这个理想一直未见实现。用实物换书，有一定困难，因为鸡蛋的价钱是涨落不定的。但是便宜到只值两三个鸡蛋，这样的书原先就有过。

我家在高邮北市口开了一爿中药店万全堂。万全堂的廊下常年摆着一个书摊。两张板凳支三块门板，"书"就一本一本地平放在上面。为了怕风吹跑，用几根削方了的木棍横压着。摊主用一个小板凳坐在一边，神情古朴。这些书都是唱本，封面一色是浅紫色的很薄的标语纸的，上面印了单线的人物画，都与内容有关，左边留出长方的框，印出书名:《薛丁山征西》《三请樊梨花》《李三娘挑水》《孟姜女哭长城》……里面是白色有光纸石印的"文本"，两句之间空一字，念起来不易串行。我曾经跟摊主借阅过。一本"书"一会儿就看完了，因为只有几页。看完一本，再去换。这种唱本几乎千篇一律，开头总是"自从盘古开天地，三皇五帝到如今"，三皇五帝是和什么故事都挨得上的。唱词是没有多大文采的，但却文从字顺，合辙押韵（七字句和十字句）。当中当然有许多不必要的"水词"。老舍先生曾批评旧曲艺有许多不必要的字，如"开言有语叫张生"，"叫张生"就得了嘛，干吗还要"开言"还"有语"呢？不行啊，不这样就凑不足七个字，而且韵也押不好。这种"水词"在唱本中比比皆是，也自成一种文理。我倒想什么时候有空，专门研究一下曲艺唱本里的"水词"。不是开玩笑，我觉得我们的新诗里所缺乏的正是这种"水词"，字句之间过于拥挤。这是题外话。我读过的唱本最有趣的一本是《王婆骂鸡》。

这种唱本是卖给农民的。农民进城，打了油，撕了布，称了盐，到万全堂买了治牙疼的"过街笑"、治肚子疼的暖脐膏，顺便就到书摊上翻翻，挑两本，放进捎马子，带回去了。

农民拿了这种书，不是看，是要大声念的。会唱《送麒麟》《看火戏》的还要打起调子唱。一人唱念，就有不少人围坐静听。自娱娱人，这是家乡农村的重要文化生活。

唱本定价一百二十文左右，与一碗宽汤饺面相等，相当于三个鸡蛋。

这种石印唱本不知是什么地方出的（大概是上海），曲本作者更不知道是什么人。

另外一种极便宜的书是"百本张"的鼓曲段子。这是用毛边纸手抄的，折叠式，不装订，书面写出曲段名，背后有一方长方形的墨印"百本张"的印记（大小如豆腐干）。里面的字颇大，是蹩脚的馆阁体楷书，而皆微扁。这种曲本是在庙会上卖的。我曾在隆福寺买到过几本。后来，就再看不见了。这种唱本的价钱，也就是相当于三个鸡蛋。

附带想到一个问题。北京的鼓词俗曲的资料极为丰富，可是一直没有人认真地研究过。孙楷第先生曾编过俗曲目录，但只是目录而已。事实上这里可研究的东西很多，从民俗学的角度，从北京方言角度，当然也从文学角度，都很值得钻进去，搞十年八年。一般对北京曲段多只重视其文学性，重视罗松窗、韩小窗，对于更俚俗的不大看重。其实有些极俗的曲段，如《阔大奶奶逛庙会》《穷大奶奶逛庙会》，单看题目就知道是非常有趣的。车王府有那么多曲本，一直躺在首都图书馆睡觉，太可惜了！

1989年8月

（录自《汪曾祺散文》，浙江文艺出版社，2001年版）

访书奇遇

倪墨炎

　　这是1976年的事。这年春天，我被借调到人民文学出版社参加《鲁迅全集》的编辑注释工作。在我担任责任编辑的集子中，《且介亭杂文》和《且介亭杂文二集》是由华东师大的教师注释的。为了和注释者联系工作，这年秋天我就从北京出差来到上海。

　　那时我家住在上海愚园路。这是一条幽静的马路。解放前不少高等华人和上层知识分子聚集在这里。我住的院子就是当年邵洵美等人办出版印刷公司的地方，至今大门口的矮房里还住着美术印刷厂的职工。从我住宅向西走二百米，就是静安寺庙弄，这里有郑振铎的故居。再往西走，穿过乌鲁木齐路，就是愚谷邨，是林语堂、陶亢德编辑风行海内外的《论语》等杂志的地方。我有晚饭后散步的习惯。每天，在夕阳的余晖下，我就在这些地方穿街走巷，想象着当年的文人雅士们怎样在这里匆匆地送走充实的或贫乏的人生。

有时我也驻足在十字路口的招贴栏前。散步本来就是一种悠闲的活动，目的在于休息，在于运动体肢；何况，招贴栏前还可了解一些社会动向，有时还能读到令人发噱的文字。一天，我在胶州路口的招贴栏上，在交换房屋、对调工作、修理家用电器、出让木器家具等等的招贴中，发现一张用苍劲的钢笔字写成的小条：

出让全套《文艺报》。价格面议。接洽地址：愚园路××弄××号沈。

我简直为这张小条惊住了。这人怎么敢公开招贴出让《文艺报》，胆子实在太大了。但我又想：此公既然收藏全套《文艺报》，一定是爱好文艺的，或许还收藏现代的旧书刊呢！倒不妨去看一看的。于是我就把地址抄了下来。

第二天是星期日，上午八时，我就根据所抄地址找上门去了。离我家不远，不过二三站公共汽车的路程，这是一个幽静、整洁的里弄，我所找的门号在弄内深处，门口种着一株枝茂叶盛的夹竹桃。我揿了电铃，一个小伙子来开门，待我说明来意，他就转向里面喊道："爸爸，又有人来买你的《文艺报》了！"接着，一位七十多岁的清癯的老叟出来，连声说："真抱歉，真抱歉，《文艺报》昨天下午已有人买去了。"我悄声问："老伯是否还藏有其他旧书旧刊？"不等他回答，我立刻通报了我所在单位，我的姓名，并向他说明：我爱好现代文学，正在用心收藏"五四"以来的旧书旧期刊。他好像略知我的姓名，对我打量了一下，扬手让道："那就请里面坐吧！"

这是一间明亮、整洁的书房兼卧室：靠北墙是单身小床，南窗下是写字台，台上报纸堆中夹着一本《革命文物》。它是当年唯一有点内容的刊物，连不玩文物的人也看起来了。房子中间是一张玻璃面的小圆桌，两边放着藤椅。他让我在小圆桌旁坐下，自己坐在对面，说："我看过你写的文章。早就猜测你大概在出版社服务的。解放前我也是搞这一行的。"我喜出望外地询问他在哪家出版社工作过？他不回答我的问题，却说："我编过杂志，也编过书。"我不再问他在哪家书店工作过，也不问编过哪些杂志和哪些书，那个年头人们多有这样那样的顾虑，我只向他请教二十年代、三十年代文学界和出版界的一些事情。他兴致来了，从北京文坛谈到上海文坛，从"京派"内部的派系谈到"海派"名称的来源；从北新书局、人文书店、朴社、新月书店，谈到当年自费印书的盛行，最雅致最高贵的是线装铅字精印本，甚至有人把自己的情诗精印成小巧玲珑的豪华本，专为求爱用。他一再为自己的茶杯兑水，也为我泡了一杯绿茶。从他的谈话中，我知道了二十年代他在北京工作，以后定居上海，解放后改行在中学教书，六十年代初退休。他熟悉的是京派、新月派、论语派方面的作家和作品，绝口不提左翼作家的事。他的兴致勃勃的谈话，几乎没有间隙，为着礼貌，我不看手表，但从隔壁厨房传来的阵阵的炒菜油香，我估计已到十点半了吧。我心想：他那么熟悉文艺界和出版界的情况，一定有不少藏书吧？或许另有藏书室？今天可有一睹为快的缘分？他大概看出了我的神情，谈话戛然而止，站起来说："今天就让你看看我的破书吧！"说着，他在西壁上一拉，像变魔术似的，哗的一声，打开了壁橱的门，里面整整齐齐装满了书，还飘出来樟脑的馨香。这时我才发现，东西两壁全是上顶天花板、下踏水泥地的壁橱。东边三橱，西边三橱，每橱分上中下三层。他随手打开的，是西壁靠南的第三橱的中层。

我惊奇而愕然了。他欣然地说："这西边三橱，全是定居上海后收集的，东边第一橱是在京时购置的，另两橱全是旧杂志。我这一生不抽烟，不吃酒，不嫖妓，除了一天两杯绿茶，所有零花就是买书了。"

我探头看了他随便打开的那一层，共三格，每格是两排书。这里是"论语丛书""人间世丛书"，林语堂的集子，邵洵美的集子；虞琰的诗集《湖风》，我还是第一次看到，鲁迅在《登龙术拾遗》中曾不指名地提到过她；曾今可、张若谷、傅彦长、邵冠华等人的集子，都是我所不藏的；最下面的一格，竟还发现叶灵凤的几种集子也插在那里。

"你把叶灵凤归在论语派？"

"我随便打开的这一层，最乱，放的是论语派和不好归类的一些人。叶灵凤可以把他放到创造社那一橱去，也可把他列入现代派，但后来和傅彦长等人也接近过。"

我关上了开着的橱门，转向东边第一橱。啊！这里简直是一个宝库。我真为金光灿烂的宝贝镇住了。我爬上小木梯，从第一层看起。这里是我国新文学的第一批著作：全套的"晨报社丛书""新潮丛书"和"新潮社文艺丛书"，十分难得的"清华文学社丛书"，大量的北新书局的书，鲁迅著作的初版本毛边书，刘半农的著译；钱玄同的几种大开本的音韵学和语言学的书，也收集齐全了。

"我不懂音韵学、语言学，但既然是钱玄同的书，我当然也都搜罗来了。"沈老先生在旁这么说。

周作人的书放了整整一格。周作人的著作，三十几本，是齐全的。周作人的译本，也一本不缺。周作人编的书和写序跋的书，大致完备。我收集多年，才收集齐周作人的著作，但译本不齐，不少序跋的书还是在这里第一次看到。真不容易啊！

"老伯喜欢周作人吧？"

"是的！"他毫无忌讳地干脆地回答。

我忽然想起，他这么多"反动派"的书，"汉奸"的书，"文化大革命"的时候，是怎么脱逃的呢？

沈老先生淡淡一笑说："我是退休教师，冲击自然少些。更重要的，我买了墙纸，把两边壁橱糊住，每边再贴上毛主席不同时期照相八幅。"

"您真行！"我笑了起来，他也爽朗地笑了。

"那后来怎么又把墙纸撕了呢？"

"这样整整糊了九年，我可愁得慌啊！我多么想看看这些书啊！多么想摸摸这些书啊！今年二月，我一位同事平反，抄去的书也还给他了。我就在一个夜里把墙纸撕去烧了。我抱着大把的书睡了一夜。现在虽然还在喊'反击右倾翻案风'，但大家都不想再乱来了。你不是去参加《鲁迅全集》的注释了吗？我们都希望我国的文化复苏啊！"

厨房间不但传来锅灶的菜香，而且还传来碗勺声：快到吃中饭的时间了。但我还不想马上就走。我心里嘀咕着：此公爱书如命，这些藏书是不肯卖掉的。但他已高龄了，这些书在他身后可有安排？他可有子女也爱好文学或书籍？我一边在小木梯上往下爬，一边说："老伯的子女可也有爱好藏书的？"

他让我仍在小圆桌边坐下，自己也坐到对面的藤椅上，叹口气说："我有三个儿女。老大是领导阶级，在一家钢管小厂当工人。他们厂礼拜是星期三，今天上班去了。老二原插队在安徽，今年暑假考取大学，回上海当'工农兵大学生'了，是学物理的。刚才你门口遇见的就是。老三是女儿，现仍在安徽农村插队。我一生积储起来的这些破书，他们没有一个喜欢的。"

"那么，日后您送给哪家单位？"

"公家图书馆我不送！一个国家是不是富强，不靠吹牛，要看人民是否富裕，所以有句话，叫'藏富于民'。图书也一样，要'藏书于民'，公家藏书最不可靠。秦始皇阿房宫的藏书在哪里？历朝历代的内府藏书在哪里？当年上海首屈一指的商务印书馆的东方图书馆，还不毁于炮火之下！听说中华书局的藏书，因为藏书的房子要用，工宣队就把藏书搬到外滩附近的一座什么破楼里。光是那些书、报、刊在卡车上甩上甩下，就让人心痛啊！我们学校是上海历史悠久的名牌中学，图书馆藏书不算少，可是前几年烧的烧，偷的偷，还剩多少！再说，海内外的孤本珍籍，哪本不是私人保存下来的！近年上海印的容与堂水浒全传、脂评石头记甲戌本，原来不也是私人藏书，想不到现在成了尊法贬儒的'武器'！不敢夸口，我的破书中，相当一部分，就是北京图书馆和上海图书馆也是缺藏的。当年要是给唐弢、钱杏邨知道了，他们还不天天在我屋前屋后转！……"

"老伯真有见解，所说极为精辟！"我由衷地说。

他淡淡一笑，呷口茶，继续说："……我这些破书，要让给和我一样爱书如命的人。老弟有意，当然也是人选之一。"

"承蒙老伯垂青，十分感谢。"好事来临，我的心房剧跳起来，"老伯要是肯把全部藏书让给我，真不知要怎样厚答您老才好！我个人财力有限，但我有几位爱书的好友，如《人民日报》编副刊的姜德明、钱杏邨的女婿吴泰昌……"

"现在我可不能出让！"他的眼神变得忧郁起来，"这些书伴了我大半辈子，我怎么忍心把它们搬走。没有了这些书，我每天做些什么呢！必须等我行将就木之时，我躺在床上已不能看书了，我才能让给你们。这时我会为它们找到了好主人而感到宽慰。"

"对，对，老伯说得合乎情理。"

"你要是想看我的破书，就欢迎你来。但有一条规矩，任何人都不许把这里的书带出大门。"

这时进来一位五十开外的妇女，说："已快一点钟了，真该吃饭了。老二肚子饿得厉害，已在厨房里吃过了。这位客人也在这里用餐吧！"

我站起来礼貌地喊道："伯母！"

"我内人过世已快二十年了。她是刘妈！"沈老先生说。

我改口叫："刘妈！"一丝红云从她脸上掠过，她出去搬饭菜了。

我赶紧向沈老先生告别，临走留下了地址。

在上海办完公事，我就去了北京。在北京开过几次鲁迅著作注释的大型讨论会。我们还接待了一批又一批的来自各省市的鲁迅著作注释组。工作很忙，1976年的春节我没有回上海，接着发生了地震，我们在抗震棚里讨论注释稿。大热天，我们去了武汉，在武汉大学讨论《花边文学》等集子的注释。不久，我们又去了长春，和吉林师大、延边大学的教师一起讨论《二心集》《伪自由书》的注释。我们又去沈阳，与辽宁大学教师一起讨论《准风月谈》等集子的注释稿。这年我没有时间去上海。国庆前夕，我写信给我爱人，要她假日中去拜访一下沈老先生，向他问候。很快我爱人回信说：沈老先生对她的拜访似乎并不怎样高兴。老先生说："我答应过你丈夫，在我不行了的时候，我的藏书可以让给他。现在你们是不是盼望我早日不行，所以你才来看我啊！"我不知道是我爱人不善辞令，以致引起老先生的误会，还是老先生另有不愉快的事，才对看望他的人表示厌烦。

在工作告一段落后，我就离开了人民文学出版社。1978年3月我的工作岗位又回到了上海。我虽然时常想起沈老先生，坦率地说也很向往他那精彩的藏书，但由于他对我爱人的拜访有过那样的误会，我也不敢贸然去打扰。何况，我在他那里留有地址，他有事会主动找我的。

这样竟匆匆一年过去了。1979年4月间的一天，和我同室办公的胡启明同志偶尔与我谈起，约2月前的一个星期天，他在静安寺新华书店闲逛，一个青年问他：你要不要旧书旧刊？我家有一批旧书刊要卖掉，老胡当时身边没带钱，他对旧书旧刊也并不渴求，竟连那青年的地址也没有问。

我猛然想起沈老先生。这天下午我请假匆匆去看望沈老先生。大门虚掩着，敲了几次，无人回音。推开老先生的书房，烟雾弥漫，四个人正在打麻将，两壁壁橱已拆除，露出白墙壁。

"你找谁？"

"沈老先生。"

"我父亲三个月前已过世。八索我吃！"

"那老先生的书呢？"

"你大概就是和我父亲谈好要买他书的那位倪先生吧？"

"是的，是的。"

"我父亲病危后，天天念着要找你。你留下的地址，和煤气票、自来水票一起压在小圆桌玻璃板下，不知什么时候丢了。他只知你姓倪，也住愚园路。刘妈到好几条弄堂里去找过，就是找不到。二筒，我和啦！"我看清楚了，说话的人三十多岁，颜容苍老，他就是沈老先生的大儿子吧。他把牌一推，与牌友们算着："门清，嵌档，自摸！我父亲死后口眼不闭，我想一定是等你！"

"那老先生的书呢？"

"父亲死后，我家老二，星期天特地上书店找过你，以为你喜欢书，总常常跑书店的。东风，拍！南风！"另一副牌已砌起，他一边聚精会神地打牌，一边说，"后来实在找不到你，书就卖给了旧书店！"

"啊！"我倚在门上，差一点昏倒了。

我离开了沈家，沉重地走在愚园路上。走了约一百米，刘妈拿着个纸包追了上来。她喘着气，说：

"老先生哪里是病死的，是气死的！在安徽的那个阿三，给一个医生送了许许多多东西，买通了一张证明，去年夏天，就病退回上海了。她在安徽已经有了男人。他也是上海人。阿三回来不久，他也回到上海。以后阿三天天吵着闹着，要书房间给他们做新房。老先生的大房间已给阿大夫妻住了，书房间让出，叫他住灶间去！"

她眼角上有了颗水珠，继续说："五八年那年，老先生夫人过世。我男人是五七年过世的。我把四岁的女儿托给我阿姊，来老先生家帮忙。那时阿大十三岁，阿二十岁，阿三七岁。还不是我操劳拉扯大的。老先生一死，他们要我走了。那些书共卖了五百元，送给我三百元，说是留个纪念！"

"全部书只卖了五百元！"我惊讶地说。

"旧书店的人说，要在两年前，他们再贱也不要。还说是反派角色的书多，不知有不有单位要呐！"

我深深地叹了口气。这时她把纸包递给我，里面是十本书。她说：

"旧书店那天来搬书，先是不管三七二十一塞进麻袋，再是一麻袋一麻袋往卡车上甩。装了满满一卡车。当时我想起了你。你也像老先生那样爱书如命，你总有一天会来看老先生的。我趁他们不注意时，就抽出了十本，给你留着做个纪念。"

我从她微微颤抖的手中接过十本书，五本是良友图书印刷公司的硬面精装本：梁得所作《未完集》、倪贻德作《画人行脚》、鲛人作《三百八十个》、大华烈士译《十七岁》、赵家璧译《今日欧美小说之动向》。这五本书不是一套丛书里的，但开本、装帧相仿。三本是现代书局出版硬面精装本：《田汉散文集》、叶灵凤作《未完的忏悔录》、杜衡作《叛徒》，这三本书也不是一套丛书里的，但开本装帧也相仿。两本是商务印书馆的硬面精装本"文学研究会创作丛书"：杨骚著《记忆之都》、李广田著《画廊集》。这十本书都像新书一样，有护封的两本，护封也是新的。它们散发着樟脑的芳香。在刘妈看来，硬面精装的书当然是最好的。可以想见，十本书，她是分三次抽下来的。

十分感谢她给我这么多好书，我从袋里摸出两张十元钞送给她，说："我没有别的东西送你，请你收下。"她却生气了，用力推了回来，说："我若要钱，就不留下这些书了。这是老先生给你留作纪念的。"

我知道她对沈老先生很有感情，忽而想到了她今后的生活："他们要你走，你到哪里去呢？"她欣然笑道："我和女儿一起过。女儿在纺织厂做工，去年已结了婚，女婿也是纺织厂的。他们对我还孝顺。"我握了握她粗糙的双手，向她告别。

经过千方百计地向旧书店打听，后来才知道了沈老先生的一大卡车旧书的下落：一小部分旧书店留下作为自用的资料，一小部分存在旧书店仓库里，而一半已卖给了北方某油田的图书馆。

人们说，人间沧桑。在图书世界里，何尝不充满着悲欢离合的故事。……

沈老先生为什么要口眼不闭呢？

愿他安息！

（录自《倪墨炎书话》，北京出版社，1998年版）

几种版画书

黄　裳

　　四十年前开始买旧书，前后大约有十年光景是最起劲的时期。买的书很杂乱，并无明确的目的，所以各种门类都有一点，不能形成系统的专藏，成不了气候。就说版画，也买到过十来种，大抵是明代晚期的制作，也就是中国版画艺术极盛时期的出品。这如果拿来和郑西谛、马隅卿、王孝慈诸君相比，简直就连小巫也算不上，不过这些书的收得，都各有一段故事，今天看来，也可以算作书林掌故了。

　　五十年代初，有一天到三马路的来青阁去闲坐。一位店员问我，有一本宋板的《尚书图》，要不要？打听下来，这原来是孙伯绳君的书，他买到以后，发现纸墨太新，印工太好，怀疑这不是真宋板，有点后悔了，想转手卖掉。我取来一看，是一本白麻纸精印、典型建本风格的宋刻版画，毫无可疑，就留下了。以极偶然的机缘，买到宋刻版画，实在是十分难得的巧遇。

原书别无收藏印记，只有琳琅秘室主人胡心耘的两行小字跋尾，说是从费圮怀家流出的。过去未见著录。

传世有《六经图》或《七经图》，明万历中熙春楼吴氏刻本，大册。我前后收到过两本，分别为四明卢氏抱经楼和董斋昌龄所藏。对比下来，吴氏正是根据这个宋本翻刻的。只不过宋板今天只剩下了六经之一的《尚书图》而已。翻刻是忠实的，于此可见宋代的版画就已有非常高的水平，工细简直不下于明代中叶的作品，自然更多些端严气势。可能这就是孙君怀疑它不是宋刻的理由之一吧。

吴刻《六经图》于每卷首大题下都有熙春楼刻书记事一行。董斋所藏的一本，已将这一行割去，补以棉纸，上钤他的藏书大印。这当然是意图冒充宋板所作的手脚。昌龄是曹寅的外甥，栋亭藏书后来大部都到了他的手里，传世曹氏藏书往往都有两家藏印，可以知道流传的端绪。不过这书并无栋亭印，可知作伪的并非曹寅。此外，我还见过季沧苇藏的汪文盛刻《前汉书》，也是用了同样的手法来冒充宋板的。可能这在清初是一种风气，藏书家意在夸奇斗富，难免出此下策。因此对季氏书目、栋亭书目中那些累累的宋板字样，不能无疑了。可能这中间就正夹带着这样的假货。

孙伯绳君是个很有意思的人，他喜欢收藏，最早是书画，曾由商务印书馆印过一册虚静斋藏画。后来又转而收藏鼻烟壶，最后是买书，常在来青阁里碰到。不过我们之间并没有什么矛盾，因为彼此买书的路子不同。他只买刻本，不买钞校，因为后者鉴别困难。他买明板书，只收白棉纸本，不收竹纸印本，又一定要初印干净的，那标准是纸白如玉、墨凝如漆。至于书的内容则不大过问。他曾由来青阁介绍从丰润张氏后人买到了结一庐旧藏的四种宋元版书，十分得意，曾约我到他家里去看宋本《花间集》。真是极精的宋本，还是席玉照家的旧装。他本打算重新装修，后来被徐森玉劝阻了。到底取原书一叶，制成锌板信笺，以为纪念。不久，他的兴趣又转移了，将这四种书连同其他明版一两百种，一起卖掉了。"文化大革命"初期，一次在电车上偶然相遇，他说刚印好《虚静斋藏书目》，要送我一册，问了我的住址，过两天就寄了来，是一册手刻蜡板印的小册子，那几种宋元本都在目中，其他虽然都是些较常见的明刻本，但都是印刷精美的印本，也要算是难得的了。不久，又听说他也去世，详细情形不知道，自然也无从去打听。

我买到《尚书图》后，又有机会到北京去，就随身带着想给郑西谛看看。在团城他那有点阴暗的办公室里，西谛翻开书页就忍不住跳了起来，问我从哪里得到的，一定要留下，列入即将开幕的中国印本书展览会，就这样，《尚书图》归了北京图书馆。后经《中国版刻图录》收入，宋刻版画所著只四本，《东家杂记》外，此图最早亦最精，云"疑是绍熙前后建阳坊本"。

1950年，上海旧书市场曾经热闹了一阵子。修文堂主人孙实君伙同古董商孙伯渊买到了无锡孙氏小绿天的藏书，就陈列在孙家，整整摆满了楼下的三间客厅。孙毓修是商务印书馆的旧人，曾写过一本《中国雕板源流考》，又编印过《涵芬楼秘笈》，翻印稀见的古书，各有书跋。张元济编印《四部丛刊》，他也是重要的合作者之一。他自己也收藏古书，没有宋元本，以明刻为主，尤注意活字本。因为无锡安国是他的同乡先辈，所以更重视安氏桂坡馆的活字本以及安氏家集。身后家人出售藏书，曾将书目送请张元济先生定价，菊生先生按照过去的书价一一批出，这与五十年代初期的行市相差得太远了，最后折价为孙实君等三家合伙买得。

与此同时，修绠堂主人孙助廉又从北京买得姑苏王君九的遗藏若干种，带来上海。其中以毛抄和黄（荛圃）跋数种为最精。孙助廉又从抱经堂主人朱遂翔处陆续买得精本若干种，每天收进的旧书就摊放在温知书店楼上厢房里的大案子上，真有点版本展览的味道。我是每天午饭后都要过去看看的，真的看到了不少好书。

朱遂翔本来常在九峰旧庐主人王绶珊家走动，王氏的藏书绝大部分也都是他经手收进的。王氏身后，他从王家得到了一批精本，一直深藏密锁，不给人看。这时的抱经堂已经不大经营旧书了，虽然店还开着，四壁也琳琅摆满了旧书，但主人却在另外经营着金笔生意，颇为顺利。孙助廉就劝他将所藏精本出让，用这笔资本来经营笔厂，真的说动了他，于是下了决心将藏书精粹扫数拿了出来。

就是在温知的楼上，我见到了宋刻的《五臣文选注》。这是一册残本，存卷三十。卷尾有二行云，"钱唐鲍洵书字，杭州猫儿桥河东岸开笺纸马铺钟家印行"，字体朴茂，抚印精美，卷中宋讳桓构等字均不缺笔，定为北宋刊本是有足够的条件的。赵万里先生因鲍洵曾于绍兴三十年写刻《释延寿心赋注》，说鲍洵一生可有三十年左右工作时间，因定此书为建炎三年升杭州为临安府之前，也就是南宋初期刻本。（见《中国版刻图录》说明）这一考订看来精密，而实际成为问题的关键期也不过三年而已。即使定为北宋末期所刻，也完全可以在鲍洵可能的工作时期以内。版本目录学者往往采取严格的标准，判定两宋刻本的分野，这与某些藏书家为了夸说所藏旧本之古，提前确定刊刻年代，是两种相反而实际同样不符合实际的表现。

与这本《文选》同时从抱经堂取来的书中，有一部《吴骚合编》，同样是令人为之眼明的精本。《合编》并不是稀见的书，过去在书肆里也见过不只一本。只是大抵后印，线条模糊了，甚至还有抄配的本子。这一本却是最初印的，卷中版画二十余幅都出自晚明著名刻工项南洲、汪成甫等之手。画面的工丽，人物衣褶的生动飘举，眉目之间的喜笑颦蹙，都用极纤细但却刚劲的线条表现出来。这是明季版画烂熟时期的代表作，书前还保存着棉纸印的扉叶，蓝印书名，朱印牌记，上面盖有云龙大园朱印，多是别本失去的。据为王家管理藏书的人说，这书出自杭州，索价三百五十元，郑西谛争购未得，终归王绶珊。

从版本历史价值上着眼，自然是《文选》来得重要，但我还是选定了《合编》，书价高低也不论，先拿回来再说。后来勉力付出书值，不足部分，还车去了整整一三轮车旧书才找补齐全。这在我买书的经验中是不易忘怀的一件。正是所谓"书痴加人一等"，今天想想，真不知当时何以会有如此的"豪兴"。

1949年冬到北京，抽空去琉璃厂访书。当时旧书市场寥落，书店大都门可罗雀。偶然走进来薰阁，主人陈济川在上海时有点认识，让进去吃茶闲话。架子上书满满的，却没有什么可看，记得各种版本的《金瓶梅》就塞满了半架，就中还有崇祯本，不过已是后印的了。说起来似乎有点不可思议，《金瓶梅》在当时实在算不得什么宝书，几乎随手可得。就说崇祯本所附全图，也有极初印的本子在。后来影印万历本《词话》①，就将这图印在卷首，也不加说明，其实《词话》本是白文无图的。马隅卿还用这图复刻了四叶，制成诗笺，就是"不登大雅之堂制笺"，分赠友人，流传甚少。沈尹默也分得一盒，给我写信时曾经用过。

坐在店堂里既无书可看，我就提出看看他们积存的残本。后进有好几大间，满满地堆着旧书，这里倒颇有些善本，我选得了棉纸初印阔大的嘉靖刻《宋文鉴》十几册，每册都有会稽钮氏世学楼藏书图记，又有莫友芝手写面叶与书根，就是莫氏

---

① 指《金瓶梅词话》。——编者注

得于皖口行营，后来著录于《宋元旧本书经眼录》的那一本，本来已是残书了。又有嘉靖重庆府刻黑口本《蓝关记》一册，是敷衍韩湘子故事的。又正统关中刻《诗林广记》一厚册，存后集卷五之十。有阳平王瑛跋。皮纸极坚而薄，开板古朴。此书曾数见明刊本，大抵都是嘉靖前后翻元刻本，此本却未前见，可以作为明初宁夏复刻书标本。在积满灰尘的书架上，又抽得了一册版画，是崇祯本《壬午平海纪》的卷首插图，是用连环画形式记录镇压"海盗"始末的官书，每两半页合为一幅，图绘细密，刻工极精，举凡海上战斗、枭斩盗犯、抚贼散众、班师赏功等场面，无不细细描绘，是极好晚明历史的写真。全书共二十七图，并大字序两通。可惜的是书已被老鼠咬过，啮掉了下角的四分之一，作序人的姓氏也不能知道了。从王重民先生的《中国善本书提要》中知道美国国会图书馆藏有此书，二卷，崇祯间活字本。程峋撰。原书是峋官苏松兵备道时镇压海盗军的往来书札、檄揭。看来这原来是一部书，只因卷首残破，遂为估人抽下，只以本文二卷出售，终于流出域外，这图却因残破而获存。又过了五年，又从苏州买到此图的残页十二幅，却是完整的全幅，就将两书合装在一起。虽然是小小的一册版画，其离合完缺也自有这一番曲折的经历，访书的辛苦与快乐，更不是局外人所能领会的了。

解放初期，江苏各地的旧家藏书，大量流入上海，正当书市寂寞之时，书店无力收购，全部落入了还魂纸厂。这是极可惜的事。当时唐弢同志在华东文化部文物处工作，我曾建议他组织人力在这些"废纸"化浆之前加以拣选，虽然只是小规模地进行了一个短时期，也不无收获。记得孤本《蟠室老人文集》残卷就是从纸厂的车间里拣得的。此书宋葛洪撰，东阳人。其文集原藏东阳葛氏祠堂，已有残轶，尚存十卷。现在则只剩下了两卷，是宋以后公私目录都没有著录的书。大字精刻，黄棉纸初印，纸墨晶莹，夺人目睛。郑西谛南来观书，也极赞成这种办法，可惜工作没有持久深入，所选也只以旧本古刻为主。大量近代史料，都这样淘汰销毁了。当时人们还不大懂得利用经济规律处理问题。如能对还大量存在的旧书店铺，加以扶持，国家再用较高的价格（不过较高于废纸价而已）收购，则大量的图书文物就不会落入纸厂而转入坊肆，终于得到保存，不致造成无可挽回的损失了。

记得有一天走过陕西路上的秀州书社，主人朱惠泉告诉我，上海城内奚氏铸古庵的藏书已经卖给旧纸铺，就要转入还魂纸厂了。我就请他马上去看，尽量开包拣选，谅必有些好书。第二天又去，他只取出了两三本书给我看，说是纸铺怕麻烦，只打开了两三包，就不许再动了，只拣得了这两三本破书。其中一本《续复古编》，黑格旧抄本的残卷，有鲍以文、何梦华藏印。还有一卷破画，倒是棉纸印本，已经是稀碎的一堆破烂了。买回来后请人装潢，经过整治，竟自楚楚可观，除脱去第一页的半幅图版外，其余竟毫无破损。这是一本明万历刻的《罗汉十八相》，大本方册，是新安诸黄最精美的版画。刻工有黄应瑞等六七人，都是当时的名工。人物衣冠都用极纤细而劲健的线条表现，有如富有弹性的金属丝，人物颜面肢体，似乎都带有弹性的活力。衣饰层次分明，裌裘的厚重与内衣的轻柔都有差别显然的精细体现。飘举的衣袂更是生气盎然。

像这样的方册版画，另外我在济南市上见到过一册《东方三大》图，版式如一，刻得较早，也不及此册的工丽。另外又曾看到过几本春图，也是同样形式的大方册棉纸印本。可见晚明版画施用之广和风格之多样，自然也表现了时代气息和那种世纪末的风调。

以上所说大抵都是近四十年前的旧事。公私合营以后，旧书肆都已合并，从业员也都另分配了工作，说到的几位书友，也都已去世。北京的琉璃厂重修以后，曾去过几次，不记得来薰阁是否还在，但从前那种吃茶闲话访书之乐，是不可再得了。这是想起来总不免觉得有点寂寞的。

（原载1991年第3期《读书》）

曾在我家

谷　林

　　我所藏的一部《谈虎集》，上卷为1936年6月的第五版，下卷则为1929年6月的第三版。上卷毛边，封面左侧古日本画家光琳所绘虎图无边框，亦无画家题名；下卷封面的虎图加有边框，画家题名见于虎爪间，书边已切齐，因之开本较上卷短小一圈。上卷书面正中盖了一个腰圆公章，文曰："江苏省立南通中学教务处"；下卷也有一个名印，朱文篆书"启楠"二字，盖在虎图边框之内右下角。这么一部凑合起来的旧书，上卷扉页却记有我当年邂逅获致的快乐，写道："一九四八年六月廿二日，为××购《九尾鱼》，过河南路，以四十万元得此，狂喜！"接下去还说："先是试向《论语》投稿，想挣稿费能买这部书，后是参加'走私与缉私'讲演竞赛得奖，痴望奖品中能有这部书……"所说都是指犹在做中学生时旧事，约当这部旧书上卷第五版新出前后。此书原价上下卷各为九角，做中学生时没钱买，毕业后有了工薪，却没处买。读元稹《遣悲怀》"今日俸钱过十万"诗句，直觉得情文俱至，感慨无穷。得此书时，南京一位友人刚巧给我讨来一张周作人的字，写放翁词《好事近》一阕："华表又千年，谁记驾云孤鹤。回首旧曾游处，但山川城郭。　纷纷车马满人间，尘土污芒屦。且访葛仙丹井，看岩花开落。"周氏以前自编文集，往往兼收译作，如《谈龙集》里就有《〈希腊神话〉引言》《〈初夜权〉序言》两篇。此写古人词，是否也是"借他人酒杯"？以意逆志，不能深求。他于1945年12月6日在北平被逮捕，次年5月27日解往南京，关押在老虎桥监狱。到写这幅字时，拘系已约九百日。再半年多，1949年1月26日，被保释出狱，有口占《拟题壁》一诗云："一千一百五十日，且作浮屠学闭关。"词调"好事近"，倒真个成了"语谶"。

　　1949年初，我犹在上海，报上见到谭正璧先生出售藏书的广告。去信询问有周氏著作否，希望抄示一个书目。得复信说，有二十余种，多为初印本，可以全部出让，代价白米五石；书目多，不暇抄写。——谭先生不愿开示目录，揣想恐是"全或无"之意，亦即不容别择去取，而其中当有我搜求既得者。虽则谭先生所出让的，估量其书品必然较好，但是议及代价，古之高士于五斗米可以不为折腰，而今则十倍焉！且其时物价一日数跳，我也委实搞不清"白米五石"该怎么个计算。总由于俗障太重，忍心割舍了。

　　1950年6月，调动工作，我从上海到了北京。住在东城，离东安市场、隆福寺街都不远。在机关吃完晚饭，常常还来得及赶去看看旧书摊，于是继续搜求周氏著译。成绩很不坏，不到百日，居然积起三十多种。其间曾两次买了缺页书：一册《夜读抄》，当中扯掉了篇《一岁货声》；一册《看云集》，扯去末篇《关于征兵》。但不久都又觅得完帙。重买时惩于前事，自然当场检点，翻开《夜读抄》的内书名页，忽见边框左侧有作者题赠手迹，上款是"闲步道兄"，下署"苦茶"。天缘辐辏，这一喜非同小可！其时贪饕之心，近于痴迷，望见缺藏的品种露布摊上，辄以为前后左右行人，都是奔向此书，便急急大步紧赶。攫书在手，犹觉心跃。至终所欠仅只《侠女奴》《玉虫缘》两种早年译本，连《红星佚史》也买到了。就中尤推《永日集》和港版《过去的工作》《知堂乙酉文编》为翘楚，盖咸从作者手头得来。前一种保存如新，扉页右下角钤"且以永日"长方章，序言末钤"苦雨斋印"方章，字作魏碑体，纵横各加界划。后两种新书，有题款，并钤"周作人"三字钟鼎文圆形章。这后两种书且曾于1963年经孙伏园先生假阅，时伏老右侧已病瘫，我求他留题，他在3月29日以左手题《知堂乙酉文编》曰"先生今年按旧算法八十"，一言便流泻出无限念旧深情。又云："乙酉是一九四五年。那年我在重庆、成都，和先生远隔关山万重。文中一些地名人名，于我却十分亲切，而事物的处理意见和方法，如关于宗教信仰等等，间尝听先生口述。所以一读再读，不忍释卷。"伏老又因听我说起此翁更有旧体诗一卷，便即走函往借，旋由周丰一送到。我遂据手稿为伏老过录一份，又自行抄存一份。1987年岳麓书社出版《知堂杂诗抄》，承钟叔河君远道寄贶，核阅旧抄，发现篇目略多于印本，乃以旧抄寄赠钟君。钟君得之大喜，以为不徒补缺，并足正误，举例复信云：《往昔》三之四《邵雍》一首尾联，印本作"后世寒康节，揭帜走江湖"，"寒"字不可解。顷见抄本"寒"字作"赛"，也就是如后世以"赛鬼谷""赛柳庄"为名的走江湖算命先生，疑团冰释。我读了来信，亦深庆这一旧抄本之得所。伏老处又曾数见此翁来信，那时如果向伏老求讨，大概会慨然见赐的。伏老作古忽忽二十多年，如今已无可踪迹。我自己也曾收到过此翁寄来的短札五六件，记得被"抄"后确已发还，却遍寻不获，不忆搁置何所。我搜罗周氏著译单行本之外，凡遇零种旧杂志载有其文字的，以及他人著译之有其序跋的，也一并收购，往往发现集外文字，尝思抄出别存，卒卒少暇，未尽如意。及至大难临头，嗣又举家迁往干校，"零落成泥碾作尘"，不可究诘矣。然聚散原是人生常理，经历渐多，世情稍减，亦不复十分措意，只是有一次叔河君来信，打算重印《陀螺》等几种译书，托觅原本而无从再得时，风轻云淡，心头不禁略为回环片刻耳。

八道湾去过两次。一次在1950年9月间，到门见外院有巡逻的军人，即告他欲访周。他问我与周什么关系，访他何事。如果照实说"一个读者来找他闲扯"，似乎不成话，只得含胡应之。守卫倒也不问我的姓名，一挥手说：进去吧。进院便见丁香海棠翁翁郁郁，老人不住正屋，又转入后院，有一间颇宽大的西房，是他的住处了。衣笼米柜，书案条桌，环傍四壁。条桌上竖立着几册日文书。壁上一镜框是老人五十画像，没有"苦雨斋"和"煅药炉"的斋额，却有些烟火熏染痕迹。老人从后边出来，比画像略显清癯，时年六十六，看去没有那么老，然而颜色枯黄，身穿同我一样的灰衣裤。我是从市场买来的成衣，下水便缩，袖不及腕，裤不掩踝，他也仿佛如此。落座后我讲了已得他的著译情况，说及《药堂杂文》纸墨太差，他说初版本较好。回去一查，所得果系重印本，以后乃另买了初版本。他又说自存著作亦已不全，少一册《苦口甘口》。我又说想看些讲北京乡土风俗的旧书，他介绍《北平风俗类征》。我说，读《越缦堂日记》每于典制名物，多有不了，他说，如遇徐一士笔记，可买些翻翻。我问他新用笔名"十山"的含义，他说，旧曾署"药堂"，药为入声第十韵。——这像在解释"十堂"，对于"十山"似欠圆满，但也不便再问。一会儿他忽然说道："有一个人，死得早了，很可惜，刘复，刘半农。"言下若有黯然之色，颇为动情。不觉已过了一小时许，见他靠在椅上挪左挪右，不甚安生，想是精力惫荼，就起身告辞。后一次去，已隔十年，因闻香港印行《过去的工作》《知堂乙酉文编》两书，无由购置，写信问他。他答书说，可以见赠，但虑万一寄失，嘱自去领取。再到八道湾，他已移住上房，是东边的一间，光线较暗，窗下一张方桌，靠里壁一架书橱，纤尘不沾。他仍从后边出来，初冬季节，穿一身绸质玄色薄棉袄裤，有些伛偻，神采则比十年前远胜。他拿着两册书，一个圆墨盒，用毛笔站在桌前题了款，又取出图章盖上。还示我一册没有封面却已经装订起来的校样，说："这是天津排好的，眼下缺纸，不能付印，书名《鳞爪集》也欠妥，得改。"室内未安炉火，我没有久坐，接过书就道谢告辞。几年后，"文化大革命"，他在劫难逃，带着他的艺术品味、文化特色，消逝了。

钱歌川在《床头夜读》一文中写过："记得周作人有一部小品文的集子，叫作《雨天的书》……雨天读的书，也许是一部最干燥无味的书。因为雨天你不便出外，朋友也不会来，镇日枯坐无聊，只要有书可读就成，无论那书怎样的无趣味，平时一字也读不下去，这时正好读它。"——我不知道钱先生后来究竟读了《雨天的书》没有，但天总不会老是下雨的，而况打发雨天枯坐无聊，如今也不必非仰仗一部"干燥无味"的书不可了。然则我所絮叨的，也该烟消云散了。

1993年11月9日

（录自《书边杂写》，辽宁教育出版社，1995年版）

淘书最忆是荒唐

维 一

前次回京，立刻就有朋友建议我到潘家园的旧货市场去逛逛，见识一下那里的阵式。一来是我还从来没有去过，值得开开眼，二来是说我原本干过考古这个行当，既有这双法眼，没准能淘换出点儿什么真玩意儿来也未可知。

我去了，但没有去找真玩意儿，倒是碰上了几个像是文物贩子的人，从我身边蹭过去，眼睛直视前方，可口中低声念念有词："有要真古董的没有？要真瓷器、真铜器不要？要的跟我走……"我就装作没听见，其原因，一是没有那个闲钱，买不起真古董；二是即便买了，我没有那些个有势力的朋友，出海关的时候也是个麻烦。

买不了真的，于是就随便看看。十几年没有回国，也确实想看看新气象。最后顺便找个卖铜器的小摊，随手捡起个铜觚，放在手心里掂了掂。摊主一看立刻就发话说："师傅，您甭掂。

三斤半的铜，错不了，都是在河北生产，一块儿批发来的。"

看来他是怕我嫌分量不足，可我是怕一不留神买了个真的，惹上麻烦。有了他这话，我就放心了。看看铜觚上面的花纹和做旧儿还算不错，有那么点儿意思，照规矩怎么也得杀杀价，于是你来我往，砍下二十块钱也就成了交。

不过到潘家园来逛的，我想绝大部分人不会是像我这样专门找假货买。他们都是真有一双法眼，诚心诚意要买点真东西。特别是在什么不起眼的旧书报、旧手札，或者旧画片里用小钱儿出其不意地淘换出点稀罕东西。比方说，我的老街坊国栋的三叔，就是在这里陆续找到不少的旧戏单，然后裱装成册，真像是那么回事儿。像裘盛戎、荀慧生和马连良等名角儿几十年前在长安和吉祥演出的戏单他就有好几张，说是余叔岩的他也有，我没看见，可我相信他的话。他三叔退休了，有的是闲功夫，多好的东西也能落在他的手里。而我即便想买到好东西，也没有那份闲功夫，一共才回来三个礼拜。

想想也是，二十多年过去，社会真是昌明富足了，大家也都有闲心和闲钱来淘换旧东西。跟着我就不由得想起我在"文化大革命"中也曾有过淘换旧书的经历，当然和今天来潘家园的人相比，那是小巫见大巫，手面小得多了，不过兴致倒是不亚于他们。马克·吐温有句名言说得好："如果想让别人急于得到一样东西，你就让这样东西难于得到。"

我淘换旧书就是在旧书极为难于得到的时候。

其实我也不能算是太没见过世面。小时候常跟在父亲屁股后头到琉璃厂去。旧书店里的伙计都极有眼力价儿，什么人是真买书的，什么人只是随便翻翻，他们一眼就能看出来。头回去不认识，二回你想找哪一类的书他都能猜个八九不离十。来薰阁、翰文斋总是常去的几家，虽然公私合营了，可柜台里做买卖的老规矩不改，人还是那么和气，顾客怎么提要求也不烦。要哪一部书，他们如数家珍，说有就一定有；倘若没有，留下一个电话，他们想法儿淘换来，马上告诉你。他们甚至记得住顾客之间的关系，有时候电话一时联系不上，碰到你的熟人到他们那里去，他们还会托人带话通知你。

父亲由重庆到上海，又从上海到北京，书丢了不少，后来家里的许多线装旧书都是这样陆续从琉璃厂买来的。父亲有时也在东安市场、隆福寺和西单商场里的旧书店去翻旧书，那一般是陪母亲逛商店，母亲去买东西，父亲便闪进书店。我不愿意跟母亲串来串去多走路，自然就尾在父亲身边。北京的这几个旧书"据点"我就是这样在无意之中记在心里的。

后来"文化大革命"时好些旧书店都关了张，我也就长大了，需要读书了。

我清楚记得，突然感觉到要读书的时候是在1968年。那时候，"大革命"闹了两回也就腻歪了，我一下子发觉脑子里空空如也，虽说初中还没上完，可是忽然觉得要找点书来看才成。

刚开始是从同学手里找到一两部旧小说，"三言""二拍"

之类，原来都读过，再看几遍就不新鲜了。于是有些胆大的同学就去砸抄家物资的仓库。那时候，北京每个中学都有"文化大革命"初期抄家缴获的财物，一直封在一间房子里。于是就有了这个时期的二次"抄家"的"抄家"。不过只是找书，其他东西并不要，还美其名曰，这是"取之于民，用之于民"。

我是从他们的"余唾"中看过《红与黑》和莫泊桑的几个短篇，还有就是晚清的几本市井言情小说。记得最有意思的是一部《战争与和平》，是一位小学同学的母亲在"文化大革命"初期自觉交给红卫兵组织的，认为像这种"毒草"不能再让它流传下去了。可是后来她发现，我们几个年轻人手里像是《圣经》一般传递的书竟就是她上缴的那套《战争与和平》。

还有一次是在西单碰到小学同学西扬兄，只见他十分激动的样子，执意要引我到当年路西"公益号"（又称"栗子王"）的食品店里冷饮部小坐，一看就知道是心中有无数的话要对人倾吐。二人坐罢，汽水还没入口，他就把当年脍炙人口的手抄本文学《第二次握手》侃侃道来。我简直无从置喙，整整听罢他把落基山的雪花飘到加利福尼亚的精彩段落讲述完毕，我们才依依惜别。他说书的后半部还没有看完，等看完之后找个时间再来讲。

当然，这些实在算不上"淘书"，但我真正到书店自己找旧书也就是在这个前后开始的。那时候的书店只有两家，全归政府控制，一家是出售新书的新华书店，另外一家就是出售旧书的中国书店。因为新华书店只销售新书，而新书都是已经通过检查，允许公开发行，并不需要"内部"，所以我的淘书大都是在中国书店里。

"文革"以前当然肯定也有"特供图书"，像《施公案》《金瓶梅》这类书籍就属一般人士不宜，但是在这个时候，原本已经差不多销声匿迹的旧书店突然都败部复活，纷纷成立"内部图书部"，凭过硬的单位介绍信可以买到市面上根本见不到的书籍，而且把图书也像人的出身一样分做三六九等，有所谓"内部图书"一说，开这个风气之先，应该是滥觞于此时，只是其原因不详。这使我想起东北朋友于君讲给我听的真事。当年他们长春市的供应奇缺，但苹果尚不缺乏。这样一来，卖苹果的售货员手中没有紧俏商品可以与其他人交换，就不吃香了。于是卖苹果的就把苹果囤积起来，一下子苹果也成了抢手货，卖苹果的也就有了后门。我不能够说旧书店也是出此奇招，或许只是我如今在美国不免以小人之心度君子之腹了吧。

不过可以放心大胆地说，到了这个时候，过去旧书店里那些和气面善的伙计肯定都不见了，旧书店的门口变成总有一个面部表情肌肉麻痹的人把门，沉着脸，眼皮也不抬，不动声色地看你出示的介绍信，然后指示你可以进入的房间。一般总是离门口越近，书的成色越低，越到里面，就越有好书。而且介绍信的日期一般不能超过两个月，两个月以上拿不出新的就算作废。这是门口把门的人定的游戏规则，大家倒也认可，全都遵守。

我第一次进入这种莫测高深的书店是与几个同学去的。记得发起人是高我一级的一凡兄。他提议应该要学各种文字，而且他知道有一本日本人出版的《六国语言字典》，包括中、日、德、法、英、俄六种文字的对照。这在当时可是了不起的动议，大家都纷纷响应，记得同行的还有振开兄（据说现在起了个雅号叫北岛？）和其他三两个人。一凡兄靠家里的关系搞到一张民主党派机关的介绍信，胸有成竹地表示这张纸肯定可以发生效力。别人我不知道，至少我自己是将信将疑。

我们去的是西单商场的旧书店。旧书店在第三商场中间，商场门口总是有好几个厨师在毫无休止地包馄饨，里边卖面茶的小吃店和峨眉酒家不知是房顶漏水还是饭馆爱干净，坑洼的地面好像永远也不会干。旧书店的"内部图书部"就设在这种地方的二楼，我们是趟着泥水上的二楼。

民主党派的介绍信居然好用。民主人士投诚过来以后，无所事事，学学外语也言之成理，把门的人大约是顺着这个思路。我们给让进里屋，架子上全是外文旧书，这时我们才后悔身上没有多带钱。

大约我们每个人都买了一本《六国语言字典》，我现在还记得是花了两块一毛钱，这本其实就是一本生词簿的骗人货至今还在我的书架上。后来我学了其中几种语言，可从来没有查过它一次。日本人外语之差，大约也是受累于这类"辞典"。不过那时我们仿佛真要做大学问的样子，神气地离开了西单旧书店。

"内部书店"还没逛出个味儿来，我们就被撵下乡去了。真正频繁进出京城各处旧书店，实际上是我1972年从云南回到京城以后的事情。那时候，不想看的书，新华书店一层一层地摆着，想看的"内部图书"和其他物资一样无比紧缺。

或许真是让马克·吐温不幸言中，书越是不好买，我就越是想买。其实说"买"，这也是昧心话，因为我并没有什么闲钱买书。我一天到晚担心警察来查户口，肉票还是朋友匀给我的，连购货本儿上的二两芝麻酱和四两粉丝都是算计着买，有的月份实在没钱，一狠心，两斤白糖居然也不买了，眼睁睁地看着它作废。所以拿钱买书那真比现在京城里有钱人泡酒楼还奢侈。我成天到西单商场三场旧书店二楼，王府井东安市场书店后身儿，或者是隆福寺东口路南的高台阶儿去乱转，实际上都是站在书架边上白瞧。小时候经常去的琉璃厂，因为离我这时住的地方太远，也没有钱买车票，所以就很少问津，后来干脆免了。

这时候京城各处旧书店所设的"内部书店"更加成熟，连新华书店的新书也有了"内部图书发行部"，比如说王府井南口的那家大新华书店。尽管除了那几本公开的巨著之外都是内部图书，但"内部书店"还是分了工。这一分工倒是让我从中发现了一个秘密：一定是管事的认为，凡是识字的人都可以读中文，所以中文图书管得格外严格，几乎点水不漏，所需的介绍信也需要十分高层。记得有一次，拜托一位朋友的父亲，原来是家出版社的社长，开了一封介绍信，我想这回总能看看到底他们藏了些什么货色。但人家书店把门的人一看，说是介绍信上写的是行政十级，可他们这里九级以上才能进。我只得对天长叹，从此死了这条心，决定另想办法暗度陈仓，曲线救国。

逐渐我发觉外文图书控制有漏洞可钻，可能当局认为那都是些洋码子，就是给你看，量你也不认识，所以管得松一些。不过要是想看懂这些书就非得学会外文不可，我既没有势力也没有后门，也就只能从这里下手了。出人意料的是，几年以后，形势大变，外文成了时髦货，我也就趁势上了学。但如果说我有先见之明，那绝对是抬举我。当初只是因为中文书控制得太紧，看到外文书还略微有些松动，这是无心插柳，没有办法的办法，不足为训。

东安市场和隆福寺的旧书店多是中文古旧书，而且因为出版社不印新书，卖一本少一本，已经难以为继了。所以我最常去的还是灯市口路东的那家旧书店，因为只有那里才有点像样的外文书。从威尔斯的《世界史纲》、荷恩比的《高级英文文法》到马克·吐温的小说和拜伦的诗集，一知半解地生吞活剥，应该说我的外文启蒙是从这个书店开始的。

灯市口旧书店里只有外文书，而且分"层"，按照不同级别的介绍信可以进不同的屋。外屋这一间都是一般的工具书、教科书，或者老得不成话的残书。如果有了高一点儿的介绍信，就可以给让进里屋，里面是文学、历史之类。我当年除了进书店就是到处求人搞介绍信，什么民主党派、出版社、研究所，真是"有介绍信就是娘",而且介绍信的格式和语气如何才能对得上旧书店把门人的胃口,我渐渐都有不少的心得和体会。这时候的介绍信还是老规矩,管两个月,但介绍信对我来讲十分珍贵,我也不想总是麻烦别人,到底人家给我这么个没有知识的"知识青年"开介绍信多少也要担些风险,所以就是过了期的介绍信我也总得想办法将它起死回生,不能轻易放弃。其中用自制"消字灵"药水是惯用的一招。"消字灵"药水最初是小学同学卢先生发明出来专门为办理病退回城用的,但我触类旁通也用来改进介绍信。卢先生现在是美国一所大学的数学教授,不再研究这类化学问题了,所以配方也就不妨略微透露一二。其实"消字灵"是高锰酸钾掺草酸,另外再加上几味至今我仍不准备传授的成分制成。另外,因为只是改动日期,往往仅需将月份往后挪两个月,所以操作并不麻烦。但要注意的是,介绍信上涂过"消字灵"的地方再写字容易洇漶,所以要十分小心,笔尖要尽量细。这些秘诀当年用来得心应手,改过的介绍信真可以说是妙手回春,天衣无缝,遗憾的只是这类学问如今到了海外完全派不上用场,觉得十分可惜。

介绍信尽管还是两个月内有效,但是并不限制每天多少钟头。那个时候我成天闲着,所以没事儿就往那儿溜达,而且一站就是好几个钟头。只是有时看到有人拿着更加高级的介绍信,给让进跨院的另一间房子,才知道这处小院其实还是天外有天。这时,几个同处一室的"看客"便不免互相递个眼色,可以看得出炉火中烧的愤恨。那个时候，灯市口外文旧书店里的最大矛盾就是介绍信，简直让人恨得牙根直痒。

灯市口旧书店门口的铁栅栏永远半开半关，不知道的人怕造次绝对不敢往里面闯。门里总有个人隔着布帘往外瞅，仿佛是看着不好，立刻可以把铁栅栏拉上锁起来似的。记得几年以后，外国人可以来中国留学了，有个哈佛来北大进修的美籍华人高先生，也想见识一下北京的"内部书店"，于是就跟我们一道去灯市口。起先他还真不敢进，硬着头皮撞，进去之后，说是跟崂山道士撞墙一个滋味。万事开头难，后来他一个人穿上一件蓝布制服也敢大摇大摆地去了，回来对我说，那儿不错，就是书少点，可真便宜，我听了还挺得意。

现在到了美国，见识了人家的书店，不管是新书店还是旧书店，这才知道其实他说这话是客气。不过话说回来，能够残留到灯市口书店里的书，而且还能让我们看见，那都是大难不死，劫后余生，这份缘分实在不易。

我曾找到过一本有日文批注的书，是卫聚贤的《中国考古学史》，其实是本中文的，可是却放到了日文图书一起。起先我不明白中文书怎么会漏出来，后来还是朋友关先生推测说，大概是版式装帧有点像日本书，里面又有日文批注，再加上卫聚贤这个名字也有点像日本人。我觉得他说的理由有点荒唐，卫聚贤这样的名教授怎么会想到日本人那里去。但是关先生说，见怪不怪，既是"文化大革命"，便总要有一点想象力。许多年以后，我替出版社翻译外国的考古学文章，讲到像安特生、魏敦瑞、步达生和德日进这些洋人在中国的工作，卫先生的书还真派上了用场。

另外在旧书店还偶然可以发现一些名人的藏书，这可能是后人的出手，也可能是"文革"抄家的劫余。其中我曾找到一部杨丙辰先生藏的德文文法，扉页上还有杨先生的藏书印。杨先生当年是北大德文的大家，听说冯至先生还是他的学生辈。前些日子读过从国内买来的张中行先生的《负暄琐话》，知道杨丙辰先生到了"文革"的时候已经十分潦倒，手头拮据得很。我的忘年朋友冯爷也曾经告诉过我，"文化大革命"初期，他在景山后街有一次碰见杨先生，杨先生马上就说他有书想卖。冯爷到他家买了一套两册的德文《天方夜谭》。冯爷那时也没钱，好歹给了十块，杨先生还谢得不得了。杨先生的这本德文文法我是付给书店三块多，这要是书店叫杨先生收购的，不知会给杨先生多少钱，要是"红卫兵"抄家抄来的，那杨先生就一个子儿也不会得到了。

除了原版旧书，我在这里还前后凑齐了许国璋的四册英文教科书。这四本书后来一开放，简直成了《圣经》。人家都爱凑个热闹，其实能够把这四册读下来的人并不多。而且后边还有俞大纲编第五、六册和徐燕谋编的第七、八册，知道的人就更不多了。当年许国璋的名字如雷贯耳，连我家楼上许先生的堂兄都感到名声的波及，时常有人来托购许先生的教材。

我的总角之交郑先斗，那时还在北大荒劳动，也读英文，于是每次写信，我就用打字机给他打上几段徐燕谋先生的课文。前几年郑先生来美国开会，送给我一本他写的书，还提到我当年从隆福寺旧货店花五块钱买的这架"名牌"UNDERWOOD 打字机，可见印象之深刻。其实这架打字机有些年头了，记得还是个在北京的洋行代销的，机身上有洋行的标牌。打字机是德文的，而且还少了个"Q"键。当时旧货店的师傅见我掏五块钱还直含糊，便道："这也就是如今，赶上抄家物资大处理。要是放在过去，五十块我也不能给你。"

后来，这架打字机和杨丙辰先生的那本德文文法在1977年考进研究所和1983年到德国留学的关键时刻都立下了功劳，只是德文键盘的指法后来在很长一段时间里还常常让我在电脑上打错字，而且每每一打到"Q"字，发现键盘上居然还有这个键，就会莫名地感动起来，使我想起我的 UNDERWOOD 来，这是后话了。

如果说当时的图书出版界从来就不引进外国新书，甚至我还得靠打字机从书上打印课文，这话并不公道。后来我到了考古所才知道，实际上这些国家级的研究机构一直是可以直接购买外国新书的，尤其是考古所，有夏鼐先生在那里坐镇，外国的考古书籍买得真是很内行，就是"文化大革命"最惨的那一段停过几年，除此从来没有中断过。

可是人间并不同此凉热，市面上一般人其实连望梅止渴都极难做到。比如说灵格风的外语唱片，除了五十年代进口了那么一批之外，就像如今美国定数制作的乔丹收藏版耐克球鞋一样，几成绝响。于是当时除了从各种渠道搜罗来的旧书之外，还有一种特殊的书籍，这就是影印境外出版的图书，绝大部分是欧美出版的外文书。我想其中大概也应该有中文的，像港台的出版物，当然控制得就要严格许多，像我这一等人物自然十分难得染指。后来才知道，北京有个608邮政信箱，外地还有个4060信箱，是专门影印外文图书的，印好之后还有图书目录，写信去就可预定。这种图书因为没有版权，所以并不公开出售，在外文书店都设有"内部图书部"，需要有介绍信方可入内。据我所知，只有王府井北口八面槽的那家外文书店楼上是最全的，门口检查介绍信也比较马虎，是个戳子就差不多。到了我读书的时候，"四人帮"倒了好几年，那个时候实际反倒是防着别让外国人瞧见，对中国人自己倒不害怕。可外人不用瞧介绍信，光瞧脸就成，检查就更松了。

在我下乡之前那段最荒唐的年月，差不多只影印技术方面的外国图书，记得我在去云南之前曾定购过一本有关激光原理的书，还带到乡下去看。同行的朋友都不理解我为什么到了西双版纳还非跟激光没结没完，其实我是只看英文句法和词汇，不管内容。最后书都快翻烂了，可是洋人发明了激光唱机以后，别人问起来，我还是一条像样的道理也讲不出来。

1972年回到京城之后，这几家工厂的影印技术更娴熟了，手脚快得很，外国刚出版一本书，没几个月就准能在八面槽楼上发现。像《英语九百句》和《基础英语》那几本发蒙的英文书真是让外文书店八面槽楼上着实风光了好一阵。如今经常听说国内盗版图书如何猖獗，我总怀疑是否有当年608信箱或者4060信箱的高手下海在背后指点。我的朋友冯爷买过《韦氏国际大辞典》第三版，两千六百多页的八开大书，才五十块。我还是嫌贵，最终是在灯市口的旧书店买了一本第一版的，才八块，当然也凭介绍信，不过只要是一般的就可以。那可真是原版，字迹和插图清晰不说，纸张也漂亮。在家里我专门找了一张小柜放这本书。后来我毕业之后有了点闲钱，又买了一本三版的《韦氏大辞典》，这时候和外国总算接轨了，是人家授权翻印的，那就不能再算是盗版了。可是纸张太差，还收了我九十八块，比我当时一个月的工资整多出一块钱。不过我心里还是高兴，至少这件事说明不让大家随便买书的日子总算过去了。所以上次妻子回京，我什么都没让她给我带，单把这本大字典给我扛到美国来了。其实《韦氏国际大辞典》这里随便可以买到，价钱也还算公道，但那不是个念想，因为太容易到手了。

至今我在美国仍然精心保存了几本当年从"内部书店"凭介绍信买来的书籍，其中最有意义的是一部1974年影印出版的《当代汉英词典》。这是妻子（当时尚云英未嫁）在我身无一文，落拓潦倒的时候送给我的，花了她差不多一个月薪水的三分之一，其中当然是暗含着勉励我上进的意思，现在想起来，多少有点"公子落难，多情小姐后花园赠金"的味道吧。

更有意思的是，大家都知道这本词典是林语堂先生编纂的，但是翻遍全书也找不到著者姓名。只是在书的扉页里插上一张小纸片，抬头是"致读者"，看来是影印者的说明，可是既不提原出版社的名称，也不提著作者的姓名。正文说道："《当代汉英词典》的主要编纂人站在反动立场上，以资产阶级唯心主义观点编纂此书，故在词条注释中有不少封、资、修的反动思想和反动政治倾向性。……还有污蔑历代革命群众运动以及宣扬孔孟之道的反动词条。"落款是"北京608邮政信箱"。

不知道这算是谁写的，也不知道说的算是什么，就像小时候在胡同口的墙壁上经常可以看到的粉笔字，歪歪斜斜，一看就知道是出自顽童的手笔："小黑子，你不是人！""打倒大坏蛋李栓柱！"

不过我想，这张纸片我一定要收好，再过一些年，等我也退休了，就把它拿回国，撂在潘家园的地摊上，和余叔岩或者杨小楼老板的旧戏单放在一起，说不定也是一样稀罕呢。

2001年3月，波士顿

（录自《旧时宣武门前燕》，中国城市出版社，2001年版）

我当过"孔乙己"

陈子善

鲁迅先生笔下的孔乙己有一句名言："窃书不能算偷……窃书！……读书人的事，能算偷么？"从此"孔乙己"成了"窃书"者的代名词。尽管"窃书"者被称为"雅贼"，毕竟还是属于鸡鸣狗盗辈的不光彩之事，为君子所不屑。然而，我当年也窃过书，而且自以为很勇敢，很光荣，至今不悔。

那是1967年冬天，"复课闹革命"虽已折腾了一阵，无书可读的可悲状况并无改观。说"无书可读"当然也不确切，"红宝书""大批判"和"文革"社论集之类还是有的，但读来读去，实在乏味之极，无聊之至。作为高一的中学生，我那时求知欲特别强烈，与几位志趣相投的同学聚在一起，大家都深感无书可读的彷徨和苦闷，都极想找书，尤其是找"禁书"来读，哪怕冒一点风险也是值得的。

一日张君神秘兮兮地相告，学校教师宿舍楼三楼有个鲜为人知的图书馆书库，"文革"风暴骤起时就被封存了，里面应有许多"禁书"，不妨"自己动手，丰衣足食"。我听了大为高兴，但又觉得此事非同小可，一旦败露，后果不堪设想，应从长计议，精心策划后方能付诸实施。于是我俩又约上马君，他是根正苗红的"红卫兵"，正可为我们的"革命行动"壮胆。

随后接连半个多月，我们三人频繁出入这座宿舍楼，熟悉地形，设计撬门的种种方案和万一发生意外如何安全撤退，最后商定马君"望风"，张君"开门"，我则担负进库"选书"的重任。

我们就读的继光中学原名麦伦中学，是所著名的教会中学，1999年度过了它的百年诞辰，马叙伦、沈体兰、魏金枝等现代文化名人都曾在该校留下他们的足迹，该校图书馆的藏书经多年积累而十分丰富也就可想而知了。当我破门而入，站在一排排满架的"封资修大毒草"前，眼睛不禁为之一亮，真的有阿里巴巴入宝山的惊喜之感。怀着紧张不安的心情，凭着有限的中外文学知识，我尽可能地挑选久闻其名的欧美大作家的代表作，记得有《红与黑》《欧也妮·葛朗台》《高老头》《嘉尔曼》《她的一生》《约翰·克利斯朵夫》《简·爱》《傲慢与偏见》《德伯家的苔丝》《少年维特之烦恼》《欧根·奥涅金》《当代英雄》《前夜》《罗亭》《白痴》《罪与罚》《怎么办？》《安娜·卡列尼娜》《战争与和平》《复活》《红字》《珍妮姑娘》《嘉莉妹妹》《草叶集选》《牛虻》《贝多芬传》……还有"三言""二拍"《孽海花》《子夜》《家》《春》《秋》……大部分书还是崭新的，有的还是民国时期的初版本，好像从未出借过，均一一被我取下书架，分给张、马二君携出。

由于那时正值隆冬，三人御寒的棉袄或大衣里面正可大量藏书，出入校门竟然堂而皇之，如入无人之境，真是天助我也。起先只敢一天一次，后来胆子越来越大，一天搬运数次，满载而归。其间也曾发生过一次意外，我们三人的"革命行动"无意中被住在二楼的一位物理老师的儿子发觉了，幸好张君临危不慌，软硬兼施稳住了这位初中生，他还一度成了我们的"同党"。

就这样，我们三个"孔乙己"先后从继光中学图书馆"窃"得大批中外文学名著，总共约二百余册，这在当时是一笔多么巨大又多么来之不易的精神食粮啊！从六十年代末到七十年代初，这些书在我们的同学好友中暗暗流传，不胫而走，又伴随着我们"上山下乡"，在不知多少个一灯如豆的夜晚偷偷阅读，成为我在那个精神饥荒的年代最好最可靠的启蒙老师，而且与我后来走上文学研究和教学生涯有着直接的关联。

我至今还保存着这批文学名著中的好几本，有的已经失去封面封底，破旧不堪了，但我仍舍不得从自己的藏书中剔除。无论如何，它们是我在那个时代被迫当上"孔乙己"的纪念，也是我不自觉地反抗"文化大革命"也即文化专制的见证。今天我们已经有读不完的书，我当然不可能再去当"孔乙己"。但如果时光倒流，要我重新选择一次的话，我仍会毫不迟疑地去当"孔乙己"。因为在一个健康正常的社会里，每个人都有自由读书的"天赋人权"，都有自主地接受人文和科学教育的"天赋人权"，一旦被侵犯了，被剥夺了，就应不惜一切代价，包括采取非常的手段去争取，去维护。选择不受约束和限制的读书，就是选择心灵的自由飞翔。

（原载2002年7月21日《上海新书报》）

买旧书

钟叔河

鲁迅从百草园到三味书屋，是在光绪年间。湖南三味堂刻魏源《元史新编》，也在光绪年间。1948年寒假中某一天，我在南阳街旧书店中随意乱翻，偶尔在书牌上发现了三味堂，从而知道了"三味"乃是一个典故，并非只在绍兴才有用的。寻求这种发现的快乐，便是我从小喜进旧书店的一个理由，虽然那时读不懂（现在也读不懂）元史。

五十多年前，长沙的旧书店差不多占满了整个一条南阳街。那时习惯将刻本线装书叫作旧书，以别于铅印洋装（平装、精装）的新书。学生当然以读新书为主，但有时看看旧书的亦不罕见，教本和讲义也常有线装的。1948年冬我在耽读巴金译的克鲁泡特金和罗稷南译的狄更斯，但仍常去旧书店。叶德辉在长沙刻的《四唐人集》十分精美，其中的《李贺歌诗编》尤为我的最爱，却无力购买。有次侥幸碰到了一部也是"长沙叶氏"

刻的《双梅影暗丛书》，因为卷首残破，四本的售价只有银圆二角（一碗寒菌面的价钱），便立刻将其买下了。

上世纪五十年代开头几年，是旧书最不值钱的时候。土改中农民分"胜利果实"，最没有人要的便是地主家的书，只能集中起来用人力车或木船送到长沙城里卖给纸厂做原料。街头小贩担头挂一本线装书，一页页地撕下来给顾客包油条或葱油粑粑，成了早晨出门习见的风景。这真是有心人搜求旧书的大好时机，可惜我那时正因为爱看旧书、不积极学习"猴子变人"，大受批评，年年鉴定都背上一个大包袱，正所谓有这个贼心没这个贼胆，眼睁睁错过了机会。

1957年后被赶出报社"自谋生活"，反而又有了逛旧书店的"自由"，当然这得在干完劳动挣得日食之后。这时的古旧书店，经过"全行业改造"，已经成为新华书店下属的门市部，全长沙市只剩下黄兴南路一处，而且线装刻本是一年比一年少了。但民国时期以至晚清的石印、铅印本还相当多，我所读的胡适和周作人的书，便差不多全是从这里的架子上找得的，平均人民币两角到三角钱一本。我初到街道工厂拖板车时，月工资只有二十八元，拿出两三角钱并不容易。后来学会了绘图做模型，收入才逐渐增加，两元四角钱十本的《四部丛刊》白纸本《高太史大全》才能买得。

最值得一说的是买下"民国二十五年八月初版"饶述一译的《查泰莱夫人的情人》的事。时为1961年秋天，正在"苦日子"里。当我在古旧书店架上发现了这本久闻其名的书时，却被旁边另一位顾客先伸手拿着，一时急中生智，也顾不得许多，便一把从他手中将书夺了过来。他勃然变色，欲和我理论，我却以和颜悦色对之，一面迅速走向柜台问店员道："你们收购旧书，不看证件的么？"

"怎么不看，大人凭工作证，居民凭户口本，学生凭学生证。"（其实我早就从张贴在店堂里的告白上看到了，乃是明知故问。）

"学生怎么能拿书来卖，还不是偷了自己家里的书。这本书便是我儿子偷出来卖的，我要收回。"

"这不行。对店里有意见可以提，书不能带走，——你也应该教育自己的小孩子呀！"

"好吧，意见请你向店领导转达。这本书就按你们的标价，一块钱，由我买回去，算是我没有教育儿子的报应好了。不过你们也确实不该收购小学生拿出来的书，是吗？"

店员原以为我要强行拿走书，做好了应战的准备；结果却是我按标价买走这本书，店里无丝毫损失，自然毫无异议表示赞成，立刻收款开发票，《查泰莱夫人的情人》便属于我了。

先伸手拿书的那位顾客站在一旁，居然未插一言（也许他本来无意购买，只是随便看看；也许他比我还穷，连一块钱也拿不出来），到这时便废然离去了。

这件事我一直在友人中夸口，以为是自己买旧书的一次奇遇和"战绩"。二十多年之后，我在岳麓书社工作时，因为岳麓是古籍出版社，不便出新译本，便将此书拿给湖南人民出版社去出（索要的"报酬"是给我一百本书送人），结果酿成滔天大祸，连累好人受处分。有位从旁听过我夸口的老同事，便写材料举报我，标题是《如此总编辑，如此巧取豪夺的专家》，以为可以把我推到枪口上去，结果却失算了。因为《查泰莱夫人的情人》毕竟是公认的世界文学名著，并非淫秽读物，出版社错只错在"不听招呼"，又扩大了发行范围。而买书时的我也不过是街道工厂一搬运工，并非什么总编辑和专家，"巧取"则有之，"豪夺"则根本谈不上也。

如今我仍然不是什么专家，总编辑更早就没有当了，不过旧书有时还是要去看一看，翻一翻的。古旧书店早已名存实亡，古旧书便散到了清水塘、宝南街等处的地摊上。二十多年来陆续拣得的，有《梅欧阁诗录》，是张謇在南通开更俗剧场，建梅欧阁，请梅兰芳、欧阳予倩前往演出的纪念诗集，线装白棉纸本，卷首有照片十九帧，非卖品，以一元五角购得。有《杜氏家祠落成纪念册》，是民国二十年杜月笙在浦东高桥修祠堂举行盛大庆典时，由上海中国仿古印书局承印，赠给来宾做纪念的，线装上下二册，由杨度编辑（名义是"文书处主任"），章士钊为作后记（题作《杜祠观礼记》），有蒋中正、于右任等多人题词，价三元。还有一册"光绪十一年乙酉八月刊刻"的《杨忠愍公集》，为其中张宜人"请代夫死"的奏疏所感动，以为这是从另一角度对专制政治残酷黑暗的揭露，花二元四角钱买了下来。本亦只以普通旧线装书视之，可是今年5月13日报纸上登出了准备申报《世界记忆名录》的"首批中国档案文献遗产名单"，上列第十项"明代谏臣杨继盛遗书及后人题词"，正是区区此本。虽然那该是真迹，此只是刻本，但一百一十八年前的刻本，在今天也弥足珍贵了。

我所拣得的旧书都很便宜，但也有贵的，而且是越来越贵了。一个月前在清水塘地摊上，见有《新湖南报反右斗争专刊》合订本一册，第一期便是蓝岗揭露唐荫荪、钟叔河"同人报右派集团"的材料，薄薄十几页索价高达五十元，几经讨价还价，才以二十五元得之。假如没有自己这三个字（还有朱纯的两个字）在上头，我还真的舍不得当这一回二百五呢！

2003年8月

坠网记

——我的网络淘书生涯

曹亚瑟

互联网极大地改变了我们购买旧书的形态。过去,我们只能逛本地旧书摊,身在文化积淀不深的地方只能徒呼枉然,空手而归,到外地出差逛逛旧书摊的机会也极寥寥。而互联网开通之后,我们从买本地变成了买全国,甚至买世界的旧书,港台甚至日本的旧书都有机会流通了。当然网络书店也抬高了书价,本地旧书店主的标价大都参照孔网标准,过去五到八元的旧书动辄升至二十元、三十元。过去由于信息不对称,偶尔还会捡捡漏的可能性几乎断绝。很多书摊都会把好书上网拍卖,剩下的大路货再上架,你杀价时他都会说:比网上便宜多了!

· 一

因为偏居中州一隅，所在城市不像北京、上海那样有丰厚的旧书积存，所以想靠逛旧书摊来搜集好书，几乎是一场春秋大梦。早年间在郑州大学河边、淮河路古玩城的书摊上，见得最多的就是二十世纪八十年代大量出版的外国小说、中国历代笔记史料。

这些年我也去北京潘家园、上海文庙、苏州街头的一些旧书市或书店以及全国各地的旧书市逛过，基本无甚收获。一则好书被买得差不多了，有熟人引领还有可能见到一些店主压箱底的好书，不然是连影子也见不到的；二则很多地方每周六大都有旧书的"鬼市"，你天不亮就要去，而且要每周坚持，不定瞅冷子会碰上什么好书，像我们只是偶尔去一两次，是绝对不可能有什么惊人收获的。

因为经常逛本地旧书摊，我跟很多摊主建立了很好的关系，经常会有人给我打电话："我又收了个企业图书馆，快来看看有没想要的吧！"我抓紧赶去，会看到堆满一间库房的旧书，还能挑出一些。有一次，一个摊主把某家出版社清出的一批五六十年代的藏书一网打尽，也让我先去过瘾，使我一次收集了很多新中国成立之初的新文学版本。还有一个摊主，不知货源从哪里来，竟然经常上拍稀见的新文学版本，有一次我拍得他的书，他为我送书上门，并邀我到他的住处，看到他把很多民国书都打包密封，放进地下室，说是现在卖不上价，这些都是要卖给新密的煤矿老板们的。我诧异：现在的煤老板素质都高到玩版本的程度了，还是矿主们也开始买旧书来保值增值了？

要说寻书之难，也真的很难。1986年，我在《新民晚报》读到老作家施蛰存的一篇《重读"二梦"》，里面对张岱的《陶庵梦忆》《西湖梦寻》两书推崇备至，称重读此"二梦"之后，"非但《经史百家杂钞》一时成为尘秽，就是东坡、放翁的题跋文字，向来以为妙文者，亦黯然减色"，更有甚者，"唐宋八大家，被我一一淘汰，只有韩愈、王安石二名可以保留。曾南丰文章枯瘁，如尸居余气之老人。欧阳修词胜于诗，诗胜于文。其他如丑女簪花，妖娆作态，而取譬设喻，大有不通，等而下之，桐城诸家，自以为作的是古文，而不知其无论如何，还在八股牢笼中，死也跳不出来。公安竟陵，当年奉为小品魁斗，后来愈看愈不入眼。大抵三袁之病，还在做作；钟谭之病，乃在不自知其不通。独有张宗子此二'梦'，还经得起我五十年读书的考验。近日重读一过，还该击节称赏"。什么文章，竟然值得此老如许推重，连东坡、放翁都等而下之了？我那时正迷晚明小品，读影印的施蛰存编《晚明二十家小品》，施老很推崇公安、竟陵派，那里面偏偏没有收张宗子的小品。我倒要看看张宗子是怎么把施老这样的文章大家迷住的，于是就开始了长达十数年的苦苦寻觅。

彼时，既无电脑查询，又无网络书店，为获得新书资讯，我专门订阅了北京的《社科新书目》和上海的《书讯报》，每期细细爬梳，寻觅自己需要的书籍，划上红线，然后到出版社邮购。此书因为出版年头太早，此时已无踪迹可寻。无奈，我只有通过朋友，找到河南省图书馆的友人，把馆藏的清代线装本《陶庵梦忆》复印了一套，如获至宝地拿回家去细细品读。谁知功夫不负有心人，1996年一个星期天，我终于在郑州大学河边的旧书摊上发现了上海古籍出版社1982年出版的绿色封面的《陶庵梦忆　西湖梦寻》，此时距是书出版已长达十四年。现在还能记得当时我心潮澎湃又故作镇静地拿下此书的情景。这是我在本地旧书摊上最丰硕的收获。

　　而真正大量购得自己心仪的旧书，还是在2000年后孔夫子旧书网和天涯论坛的"闲闲书话"兴起之后。"闲闲书话"后来又衍生出天涯书局，专卖二手书，尔后又衍生出布衣书局、花猫书局，让我结识了一些书友，也买到一批好书，这里且按下不提。我主要说说孔夫子旧书网，因为我买二手书的大宗是来自孔夫子旧书网。

·　二

　　除了搜集中华书局、上海古籍出版社版的历代笔记史料外，我还是外国文学作品的迷恋者，但除了二十世纪七十年代末八十年代初的外国文学名著印量较大、比较易得之外，八十年代中后期到九十年代上半期，那段时间文化低迷，书籍印数少，发行渠道不畅，所以许多书只闻其名却没见过什么样儿。我那时见闻不广，也不大懂得版本，能买到书就不错，还管什么版本。比如，"外国古典文学名著丛书"的"网格本"、"二十世纪外国文学丛书"的"版画本"都是从引领我走上此道的哥哥那里听说的。我那时只有部分"网格本"，经常被我哥哥用其他版本"调包"了，我也不在意，想着不就是封面包装不同嘛，又有什么分别呢。后来才知道，"网格本"和"版画本"是由人民文学出版社、上海译文出版社共同操作的两套外国文学丛书，几乎是当时最佳的选题、最好的译者、最精准的译本，讲究版本的是非此两套不收的。只是后期的一些品种印量很少，只有一两千册，所以很多内地书店几乎没进过货。

"外国文学名著丛书"共有一百五十一种，"二十世纪外国文学丛书"也有近一百三十种，每套都有二十至三十种非常稀缺。2004年至2005年，孔夫子旧书网刚刚兴起拍卖，我在集齐这两套丛书的大多数品种后，就开始转战各网上拍卖场，把更稀缺的品种以拍卖的形式拿下。我记得当时有一本精装"网格本"的波德莱尔《恶之花 巴黎的忧郁》，品相极好，历经二百多次车轮大战后，终于被我以三百七十二元的高价拿下。其实这书我有其他版本，同样是钱春绮翻译，同样是人民文学版，只是封面不同而已，但是求全之心驱使着，只差一两本总是别扭，为凑齐全套而不惜代价。后来，一个更痴迷精装"网格本"的上海"网格迷"，以一本平装"网格本"的《恶之花 巴黎的忧郁》外加一本周作人的1936年初版本《苦竹杂记》，好 说歹说把它换走了。那阵子，我成了孔夫子旧书网上叱咤风云 的"网格本"搜集者，为了得到一本心仪之书，往往是不计代 价，血肉横飞。现在想想，有时也确实过于冲动，无意中抬高 了"网格本"的价格。现在更讲究书缘，错过了，或者价钱太高， 那都是缘分不够，不值得孜孜以求，留待他日好了。

还有一次惊险小经历，我为了去掉"网格本"《多情客游 记》的馆藏标签，按照网友教的办法先在微波炉里加热，谁知 书脊上有装订的铁钉，导致书籍冒起黑烟来，幸亏我立即取出， 不然会酿成大祸。后来，只有再高价另买一本《多情客游记》， 那本只有扔掉了。

"网格本"的珍稀品种如《高乃依戏剧选》《古罗马戏剧 选》《巴塞特郡纪事》《蕾莉与马杰农》《特利斯当与伊瑟》《英 国诗选》《德国诗选》《摩诃婆罗多插话选》《耶路撒冷的解放》 《亚·奥斯特洛夫斯基戏剧选》《契诃夫小说选》《草叶集》，我 都早早拥有了。连二十世纪六十年代出版的古典精装"网格本" 的周作人译《伊索寓言》（与后来的同名"网格本"不是同一 译者），以及《哈克贝利·费恩历险记》《布登勃洛克一家》《安 徒生童话选》《萧伯纳戏剧三种》都被我搜集全了。还收集到 了"版画本"的稀缺版本《夸齐莫多 蒙塔莱翁加雷蒂诗选》《养 身地》《幸运儿彼尔》《好伙伴》《红颜薄命》《探险家沃斯》《旧地重游》《萨尔卡·瓦尔卡》《风中芦苇》《细雪》《海浪》等等。我搜罗这两套丛书的后期已赶上"网格本"热，所以还是付出了不菲的代价的。所幸我已经把这两套丛书全部配齐了，据知全国能把这两套丛书集为全璧的书友也不太多。

由于我下手早，还在网上配齐了全套三联书店版"文化生活译丛"，上海译文出版社版"外国文艺丛书"，漓江出版社版"获诺贝尔文学奖作家丛书"，漓江出版社版、安徽文艺出版社版"法国廿世纪文学丛书"，云南人民出版社版"拉丁美洲文学丛书"，三联书店版"读书文丛""现代西方学术文库""新知文库"（小开本，而非现在的"新知文库"），作家出版社版"文学新星丛书"，上海古籍出版社版"中国古典文学丛书"，等等。须知，那都是多达五十至一百本的大套丛书啊，一本本找来，颇为不易。还有一些"小而美"的丛书，如岳麓书社版"明清小品选刊""凤凰丛书"、周作人著作集，湖南人民出版社版"诗苑译林""骆驼丛书"，湖南人民出版社版（后为岳麓书社版）"走向世界丛书"，四川人民出版社版"走向未来丛书"，孙犁以百花文艺出版社版为主的"耕堂劫后十种"，上海文艺出版社版四卷八本的"外国现代派作品选"，上海古籍出版社版"海外汉学丛书"，中华书局和上海古籍出版社版的各种诗话、词话、历代诗词纪事，等等，也都被我陆续搜罗齐全。没有互联网，这辈子肯定不作此想。

· 三

我在上网买书的过程中，遇到的大多数店主都是诚实守信的，标注的品相、版本的准确度、寄书的包装和速度都是不错的，少数店主会有标注虚高的现象。我遇到的疑似销售诈骗的只有一次。那是湖北的一个叫"住林"的贩书者，他没开网上书店，只是发帖子卖书，而且都是品种稀缺的好书。我在他那里买到过"版画本"的《两宫之间》《甘露街》等书籍，还有过三四次交易，都算比较靠谱。2005年7月，他又发布了一批好书，我选购了《钱锺书集》十种十三册、《郑孝胥日记》五册等书籍。通过网上银行付款之后，两周多时间没有收到书。我就发信息给他，不回。又过了一段时间，仍不回复。我就在论坛上发帖子询问别人，谁知陆续有二十二个人反映在他那里订书付款后未收到书。我们试着以他留的手机号和银行账号来咨询当地书友，看能否追查或报案。其中有一网友是湖北公安部门的，他告诉我们这案子不好弄，一是单个人的受骗金额太小，达不到立案标准，二是被骗的网友联合起来金额倒是足够，但证据又不好凑齐，总之，不好弄。他甚至反映到了当地政法委书记那里，也无济于事。我奇怪，既有银行账户、户名，又有手机号、姓名，怎么就会查不到呢？因为网友的损失多在几十元至几百元钱，专程去湖北处理此事似乎有些得不偿失。后来有一网友查到"住林"的最后留言，说几月几日去北京，回来后马上发书云云。我们大家又推测，莫非是他在赴京途中遭遇车祸而殒命了，而非故意拖着不发货？总之在种种猜测和努力之后，此事也就不了了之了。这是我在孔夫子旧书网上购书的一次最惨痛的教训。

我在孔夫子旧书网买书，有过几次与店主关于品相的纠纷，多求助于孔网的管理员，遇到的往往是和稀泥或者偏向店主，最后不了了之。尤其是后来孔网收费以后，为了稳住店主，我觉得有些策略失误，在产生纠纷时不及时处理店主，很多时候不惜牺牲顾客的利益，因而造成了一些欺诈事件，给孔网带来了不好的声誉。在这点上，淘宝网的处理就透明得多，也及时得多，查明欺诈的，不退款就大力封店，因为他们知道，不维护好购买者的利益，顾客离你而去，任你店主再多也会衰败的。

我在孔夫子旧书网上最有戏剧性的一次买书经历，是2006年购买的那本曹聚仁签名题赠的周作人《知堂回想录》精装本。那也是一次在论坛上发布信息的交易，发帖者是个广州人，只有书影，未标书价。那是一本香港听涛出版社1970年出版的周作人《知堂回想录》，是曹聚仁签赠给"吉如先生"的。经过我与他数次交流，他同意以一千三百元的价格出售。由于他不是孔网店主，交易的安全性不能保证，为吸取上次的教训，我就找了位广州的朋友，约好地点与他当面交易，验书付款。谁知，在交易前，他又变卦，说是不卖了。经过短信数次讨价还价，他把价格提高至一千七百元，才愿意出面成交。

经查阅资料，曹聚仁自署书斋名为"听涛室"，他出版过《听涛室人物谭》，这个听涛出版社当是曹聚仁自己操作。《知堂回想录》初版本是香港三育图书文具公司于1970年5月出版的上下两册，而我手头的这本《知堂回想录》，是1970年7月出版的，比它晚了两个月，是一卷本的精装本。经查，因为三育初版本卷前刊有一封周作人致曹聚仁的书信，里面有对许广平不敬的言辞，因而被上峰责令追回，过两个月后又推出了这个删除书信的"听涛版"。最重要的是，此版本是曹聚仁签赠给"吉如我兄侭存"的，我查找南天书业公司1973年8月出版的两册《周曹通信集》，发行人就是李吉如，可见他是南天书业公司的老板。曹聚仁晚年病重，需要花钱的地方很多，李吉如为曹聚仁预支稿费，曹才把《周曹通信集》放在他的出版公司出版，还签赠《知堂回想录》给他。因而，这本《知堂回想录》是我收藏的最有价值的周作人版本之一。

· 四

网络真是好东西，它圆了很多人收集不同作家各种版本的梦想。

2000年我在深圳工作时，就见到一位相熟的书友在孔夫子旧书网购得过周作人著作的大部分民国初版本二十余种，这在过去是不可想象的。我自己也在孔夫子旧书网上买到了周作人《自己的园地》《雨天的书》《苦茶随笔》《风雨谈》《苦口甘口》《立春以前》《书房一角》《药味集》等初版本，以及周黎庵的民国二十九年《吴钩集》，周佛海的民国三十一年《往矣集》，文载道（金性尧）的民国三十三年《风土小记》，纪果庵的民国三十三年《两都集》，钱锺书的《围城》《谈艺录》初版本，沈从文的《废邮存底》《黑凤集》《边城》初版本，黄裳的民国三十五年处女作《锦帆集》、民国三十七年的《旧戏新谈》，还有他1949年后的通讯集《新北京》、杂论集《西厢记与白蛇传》《谈水浒戏及其他》，以及他后来很少提到的《一脚踏进朝鲜的泥淖里——拟美国兵日记》《和平鸽的翅子展开了》，等等。这些收藏，比之在京沪等地的大佬们固显寒酸，在我已相当满足了。

因为我们毕竟不是专业研究人士，买这些书也就是花钱买一乐，用一刻闲暇、一缕闲情、一点闲钱来满足自己的癖好而已。

2014年3月22日至24日，小鲜馆

辑二　书香新缘

买《世说新语》记

孙 犁

　　我们知道，鲁迅先生不好给青年人开列必读书目，但他给许寿裳的儿子许世瑛开的那张书目，对我们这一代青年，却发生了意想不到的影响。我记得在进城以后，大家都争先恐后地搜集那几本书。《世说新语》就是其中的一种。

　　我先在南市地摊上，买了一本启智书局铅印的本子，只有上册。这本书后来送人了。

　　不久我在南开区一家废纸店，买了一部《四部丛刊》黑纸本的《世说新语》。那时，《四部丛刊》流落街头的很多，旧书店只收一些成套的白纸本，黑纸本无人过问，就都卖给废纸店了。这部书一共三册，我给他三角钱他已经很高兴了。

　　《四部丛刊》本的《世说新语》，是影印的明袁氏嘉趣堂刊本，首页有袁褧写的序，他说：

晋人话言，简约玄澹，尔雅有韵，世言江左善清谈，今阅《新语》，信乎其言之也。临川撰为此书，采掇综叙，明畅不繁。孝标所注，能收录诸家小史，分释其义，训诂之赏，见于高似孙《纬略》。余家藏宋本，是放翁校刊本。

目录后所附的高氏《纬略》说：

宋临川王义庆采撷汉、晋以来佳事佳话为《世说新语》，极为精绝，而犹未为奇也。梁刘孝标注此书，引援详确，有不言之妙。

从以上两段引文，可见古人对此书的评价。这是当之无愧的。

后来，我又在天祥市场，买了一本唐写本《世说新语》。是罗振玉印的，极讲究，大本宣纸。这是《世说新语》最古的本子，系长卷，分藏四个日本人家，罗氏借来合印的。末附罗振玉手写的长跋，其中包括杨守敬初见此卷时的题跋。

这个写本，后来附印在中华书局1962年影印的，宋绍兴八年，广川董莽，据晏殊校定本所刻的《世说新语》的后面，当然是大大缩小了。这部书，我也购存一部，末附宋人汪藻所作叙录，包括书名篇数考证，考异，人名谱各一卷。

我买唐写本时，并不是打算考证《世说新语》的源流，对于这种学问，我是一无所知的。是为了习字。唐人写经，我已经有了几种，很喜欢这种楷法，这个写本，字更精彩，也大一些。

买来以后，我临写过两次。发现：这个写本，虽为考古家所重，当作字帖也很好。如果当作书籍来读，就很费劲。抄写时，脱字、错字很多，很多地方，读不成句，或不明其义。此外，有些字的写法，也很特别，虽系古法，已不适用于今日。

唐时，书籍靠抄写，为人抄写经卷，是一种职业。但这些书手，只写得一手好字，文化却不高明。抄写错漏之处，也不愿修改，因为那样一来，会使得卷面不干净，引起主人的不满。如果主人再不察，随即束之高阁，那就只能以讹传讹了。

无论是晏殊校本，还是陆游校本（实际也是根据的晏殊校本，即董芬刻本），都是在传写的基础上，经过整理的。古籍经过整理，总要进一步，但也要看整理者是什么人。如果遇人不淑，不学无术，妄自尊大，那古书的命运就很难说了。晏、陆二家，一代名宿，所校当然可靠。但《四部丛刊》本陆游跋语甚简略，并未说曾经他校改。文字可疑之处，已经后人校出，列于书后。

《四部丛刊》本《世说新语》，虽系明刻，实际上重开宋本，仅次真迹一等，确是善本。我现在阅读的，主要是这个本子。

我还从天津古籍书店，买过一部光绪十七年，湖南思贤讲舍刻的，经王先谦、叶德辉校勘的本子，共四册。第一册多题跋、释名，各一卷，第四册多考证、校勘小识，引用书目、佚文各一卷。材料多一些，但读起来，还是不如《四部丛刊》本醒目。

这部书，在书店翻阅时，标的定价是四元，当时我没买。后来，请他们给我送来，书价已改为六元。临时加码，装入私囊，这是一些书商的惯技，所遇已非一次，我只好任他敲了一下轻轻的竹杠，权当送他的车马费。

杨守敬跋唐写本云：

> 自《规箴篇》"孙休好射雉"起，至"张闿毁门"止。其正文异者数十字，其注异文尤多。所引《管辂别传》，多了七十余字。窃谓此卷不过十一条，而差异若此。

这是考据家的发现，应该尊重，但与读书关系不大。后来的整理本，删去《管辂别传》七十余字，是因为这一注文过长，有些文字与正文关联不大。其他个别字的差异，则因为写本的遗漏或错误。如"元帝过江犹好酒"一条，末句："酌酒一酣，从是遂断。"写本作"酌酒一唾从此断"，显然不雅。"远公在庐山"一条，"执经登坐，讽诵朗畅"句，写本脱"朗畅"二字，使句子不整。

像《世说新语》这类书，记载的是历史人物的言行，在古代，曾被列入史部，后来才改为子部小说类。史评家刘知几，曾对这样的"史书"，做如下评论：

> 孝标善于攻缪，博而且精，固以察及泉鱼，辨穷河豕。

嗟乎！以峻（孝标名——耕堂注）之才识，足堪远大，而不能探赜彪、峤，网罗班、马，方复留情于委巷小说，锐思于流俗短书；可谓劳而无功，费而无当者矣。(《史通》)

但真正的历史家，例如司马光，在他撰写《资治通鉴》时，却常常取材于这类"小说"，读者信之，不以为非。

在古代，历史和小说，真是难分难解，能否吸取它的精华，全看自己的鉴裁眼光如何。

《世说新语》这部书的好处和价值，已见开篇引文。为更使览者明确，再引鲁迅论断：

《世说新语》今本凡三十八篇，自《德行》至《仇隙》，以类相从，事起后汉，止于东晋，记言则玄远冷俊，记行则高简瑰奇，下至缪惑，亦资一笑。孝标作注，又征引浩博。或驳或申，映带本文，增其隽永，所用书四百余种，今又多不存，故世人尤珍重之。(《中国小说史略》)

我读这部书，是既把它当作小说，又把它当作历史的。以之为史，则事件可信，具体而微，可发幽思，可作鉴照。以之为文，则情节动人，铺叙有致；寒泉晨露，使人清醒。尤其是刘孝标的注，单读是史无疑，和正文一配合，则又是文学作品。这就是鲁迅说的"映带"，高似孙说的"有不言之妙"。这部书所记的是人，是事，是言，而以记言为主。事出于人，言出于事，情景交融，语言生色，是这部书的特色。这真是一部文学高妙之作，语言艺术之宝藏。

虽是小品，有时像诗句，有时像小说梗概，有时像戏剧情节。三言两语，意味无尽。这是中国一种特殊的文体，一种文史结合，互相生发的艺术表现形式。

人言东晋，清谈误国，是否如此，不得而知。统观此书，其谈吐虽冲远清淡，神韵玄虚，然皆有助于世道人心之向善，即所记人物行止，亦皆备惩劝之功能，绝非虚无出世之释道思想，所可比拟也。

此书尚有清代纷欣阁刻本，亦称善本，寒斋未备。

1986年12月20日记

（录自《耕堂读书记》，百花文艺出版社，2012年版）

救救旧书业

——中国书店四十周年感言

萧　乾

　　人人老年，一个难免的倾向是怀旧。我是土生土长的北京人。对于老北京的一切，自是无限眷恋。可倘若要我讲出顶怀念的是什么，却又不知从何说起。反正我想的不仅仅是那已拆掉了的城墙，而是城墙内熙熙攘攘、丰富多彩的生活：隆福寺庙会，天桥的杂耍，蟠桃宫的沙雁或白云观的大糖葫芦，都在我记忆中散放着馨香。有些事物本身虽很美，但却属于应该被时代所淘汰的，诸如踩出清脆铃声的有轨电车或运煤的驼群。另外也有些在革新的形式下至今依然存在着，如没有了香火的庙会和讲求卫生的风味小吃。作为读书人，仔细想来我最心爱的还是往日散在京城各个角落（尤其是东安市场）的那些旧书铺。可惜五十年代中期它们就从北京人的生活中基本上消失了。这比城墙的拆除更要使我痛心多了。

如今，我很少去百货公司，尤其怕进东风市场。楼那么高，货品那么齐全，可就是再也不见丹桂或桂铭商场里中原或春明书店的踪影了。当年，那里穿蓝大褂的店员那么朴实殷勤，时而在耳边亲切地递个话儿：店里又新到了什么什么。你只要照顾过一回，他们就能晓得你的兴趣所在。每去一次旧书铺，那就像逛了一趟宝山，花不多钱就能拣回一件或几件寻觅多时的珍物。五十年代初期我住在东总布胡同时，东安市场卖洋书的中原书店还常派伙计夹个蓝布包儿到我家来。多卷本的全集，不论是狄更斯还是马克·吐温，他们总是先捎来两本供我观赏。他们是书贾，那时也没有"物价监督员"，然而他们在利润上却十分懂得克制。"文革"前，我有一批书由于放在办公室里，竟然幸免于难。至今，我书架上还有四套百科全书，都是从东安市场旧书店搜集来的。一套二十九卷的《大英百科》，书上至今还写着标价：人民币五十元！

　　我从未跟古籍沾过边儿，但我也是旧书业的一个受惠者。我自己解放前出的书，大都毁于"文革"那场浩劫。有些旧作如《人生采访》和《梦之谷》，就是中国书店帮我觅到的，我也因此而结识了该店年轻有为、知识渊博的沈望舒经理和这方面的资深行家王炳文。我是先采访了他们二位，才动手写此文的。

　　世上有文学史、新闻史、出版史，可就是没有旧书业史，然而这一行业对于保存、传播，尤其抢救古籍的功绩，是独特的，也是不可磨灭的。倘若撰写这样一部历史，内容必然会是十分丰富的。文人、研究家一向与这一行业结下不解之缘，在他们的精神世界中，它占有特殊位置。翻看《鲁迅日记》，光提到琉璃厂就有四百八十处之多。郑振铎、冯友兰、刘半农等"五四"以来的学者，无一不是旧书业的常客。从孙殿起所著的《贩书偶记》中，可以领略到学者与书贾之间许多感人的逸事。书贾虽属商人，但他们却对保存古老文化看得远比金钱为重。这也正是他们与学者之间情谊的基础。社科院历史所的老研究员胡厚宣抗战期间曾在重庆任教。他急需北平来薰阁独家所藏的一部古籍。当时平渝间邮路不通。来薰阁的陈济川竟忍痛把全书拆成单页，作为信件一页页地经香港寄给胡教授。抗战胜利后，胡教授专程到来薰阁致谢并提出结账，陈济川笑笑说："算了吧。"我的老同学侯仁之（地理学家）敌伪时期被捕入狱。释放后就寄住在天津，开通书社旧书贾郭济森利用收售旧书之便，往返于平津之间，为洪煨莲和侯仁之传递信件。

太平年月，古旧书业能为学者们提供踏破铁鞋也难以觅到的珍贵资料。中国书店曾为金石专家胡厚宣提供甲骨拓片和《古钱大辞典》，使他得以编写成《甲骨文合集》。容庚在编写《商周彝器通考》时，也曾得力于旧书店为他提供的《金石聚》和《西清古鉴》等重要资料。已故老友翁独健校点《元史》时，有赖于这家书店为他提供的百衲本《二十四史》。邓拓托他们找过《唐人写经》《说郛》等，都如愿以偿。《金瓶梅词话》

最早的版本和《聊斋志异》篇目最全的早期钞本都是古旧书业发现的。

中国书店不仅仅面向文史界，他们也在为现实建设服务。书店曾为农业经济学家吴觉农提供过古代的农书和有关茶的资料。当冶金工业部编写《中国冶金简史》以及黄河治理委员会设计治河方案时，中国书店都及时地做出贡献。

旧书业还有一宗鲜为人知的行当——一项独特的技艺：修补。多少残卷珍本书都经他们灵巧的手整旧如新。在保全文化方面，这也是一宗可贵的贡献。它需要高超而熟练的技巧和无限的细心和耐性。老教授刘盼遂将此技艺称为古旧书刊的"续命汤"。班禅大师在现场看到赵树枫老师傅将一部破烂不堪的经卷修整如新时，感动得对那位修补师傅说：你是国宝！

读书人虽然也经常进出新书店，但我却没听说过这类逸事。其实，这也不难理解。新书业从各出版社渠道进书，上了架，然后与顾客就是普通的店员与顾客之间的关系了。有就卖，没有就拉倒。虽然有的新华书店设有代觅的服务项目，无奈出版物的印数卡得很紧，售光又不再版！旧书业则不然。首先，进货渠道可没那么现成。他们得到处打听。六十年代我倒楣时，就有一位琉璃厂旧书店员叩我的门，也不知他怎么晓得了我有一部鲁迅与郑振铎合编的《北平笺谱》，他可能还了解到那时我在经济上正拮据不堪，就几次登门反复劝我把它卖给国家。他们大概就是这么凭知识和眼力从山东一农家购到半部宋版的

《春秋公羊传》。在那之前，又从北京一住户购到一部宋版《楚辞》。当时，《人民日报》还为此发了消息。许多珍贵资料硬是在纸厂化浆池边或即将焚毁的垃圾堆中抢救回来的。二十年代旧书业就是这样从白纸坊救出大批清宫档案，近年来一部宋版的《古今注》也是这么抢救的。八十年代他们曾收购到一本破破烂烂的画册。经前驻美大使黄镇辨识，正是他在长征途中所作的素描。如今，已作为反映二万五千里长征的唯一画册出版了。

在动乱时期，旧书业更是写下了光辉灿烂的一页。八国联军洗劫北京城之后，古籍大量散失。正是琉璃厂的行家们抢救了多少珍贵文物。高举"破四旧"大旗的"文革"浩劫中，中国书店从一开始就成了"斗批散单位"。店里的行家们立即靠边站了。中国书店的营业项目只限于卖"红宝书"、像章和样板戏。那时，查抄的各种本册成车地往纸厂拉，多叫人心焦啊！在可能范围内，中国书店还是从纸厂化浆池边抢救出不少贵重古籍。

这样一个对祖国文化卓有贡献的行业，今天的命运如何呢？它在社会主义文化大厦里，又占了何等样的位置呢？

写到这里，不能不令人感慨万分。解放后，许多行业都大力扩展，唯独旧书业则只见萎缩，至今已濒于消灭。解放前仅北京就有近四百家专售古籍的店铺，现只有中国书店一家。四十三年来，上海由一百三十家减到两家，天津原有七十四家，现在只剩了一家。广州原有一百二十家，苏州也有过十二家，如今都只各剩一家了。北京今天许多行业的门面都由茅屋变成巨厦了，唯独旧书业却恰恰相反。在新兴的城市建设中，根本没有它的位置。1968年，东安市场旧书店由三千平方米一下子缩为二百平方米，西单商场本来有一家规模相当大的旧书店，重建后，索性整个挤掉了。

再看看仅存的旧书店的实际营业状况吧。以位于首都的中国书店而言，旧书只占它销售额的百分之二十八。各地旧书店都因对旧书限价机械、赚头有限，而改以售新华书店下架书及出版社的积存及尾数书为主。由于利润相距悬殊，有些旧书店宁愿卖音响影视产品——甚至冰箱服装。现在中国书店营业面积已减少三分之二，店铺残旧到中国保险公司都拒绝受保。

再放眼看一看世界。日本仅东京就有六七百家旧书店，一年前的苏联，还有四千家。而曾以旧书肆闻名于世的中国，如今统共只剩了风雨飘摇中的三十六家——其中，真正在卖旧书的，只占十分之一。

说到这里，很自然地就要问：旧书业在社会主义的中国何以如此凋零？

除了众所周知的历史原因外，更致命的打击，还是来自沉重的经济负担。

欧洲共同市场规定对旧书业的课税不得超过百分之七，英国及葡萄牙干脆免征。他们是把旧书业看作文化事业看待，就像对图书馆或博物馆那样，只扶植而不榨取。

中国的旧书业并不是像影剧那样被作为文化事业看待的。在国家工资类别表上，它被列为"商业三类二等"，与碾米加工为伍。生意本来就不景气，税收压力又很大。中国书店一年毛利约二百零五万元，需上交税利一百七十多万元，全年销售的实际盈利仅百分之一点五一，还要应付一些没谱的摊派。可是在上亿兆的国家预算中，从旧书业究竟能得到多少呢？据说统共也不到一百万元！

所以关键不在于国家财政困不困难，而是还要不要这个曾为抢救文物古籍立过功勋，而今后仍能在社会主义文化事业中发挥巨大作用的这一行业。

1992年2月17日

（录自《逛旧书店淘旧书》，中国文史出版社，1994年版）

我与海淀的一家书店

陈建功

几天前，遇见了一位仍住在海淀镇附近的朋友，问他："海淀街南口的那家旧书店，还有吗？"

他一愣，嘿嘿地笑起来，说："你可真把我给问住了，天天从那街上过，尽看见满街筒子的小贩了，卖皮鞋的，卖袜子的，喊声震天。旧书店？真没注意。怕是也早'改戏'了吧？"

我的表情一定是露出了点什么，朋友诧异地看了看我，问："怎么，你要找人？"

"不不不，只是随便问问。"我说。

唉，只有我自己知道，那家书店，对我来说，意味着什么。

我七岁由南方迁居北京，家住人民大学，上学在人大附小、人大附中，其后有十年到京西挖煤，每个月还是要回到人大的家中。1978年我上了北大，仍然没有离开这一块地方。屈指算来，竟然在海淀住了二十五年之久。在那个时候，对于人大、北大来说，附近最繁华的地方，应该就属海淀镇上的海淀街了。

海淀街南端路西的那家卖旧书的中国书店，是培养我走上文学道路的摇篮。

我大概是在一个星期天发现这家书店的。那时候我上初中一年级，奉了母亲之命到海淀街去买什么东西，无意中闯进了这家书店。这实在是一个小得可怜的地方，宽不过十尺，深不过丈五，里面还有隔开的半间小屋，大概是这旧书店的书库，时不时就有工作人员抱着一捆一捆的旧书，从里面出来，解捆，上架。十几个书架把小屋的四壁围了一圈，书架上摆的全是各种减价出售的旧书，人们在书架前翻检、选购。我记得我从那书架上拿下的第一本书，是《茅盾文集》，开始看的时候，还东张西望了一会儿，生怕人家赶我出去。可后来我发现，身旁的人们，和我一样只看不买者居多，于是便渐渐地踏实起来。踏实了便把后背倚到了书架上，歇歇发酸了的腰。更踏实的时候，便蹲到了地上，借着人腿的缝隙中透过的一点亮光，舒舒服服地读，最后，甚至把位置换到了一张木制的人字梯旁，坐到了梯阶上。有人要用木梯登高取书的时候，我当然很自觉地让开，可他取完了，居然能把那木梯还给我，让我依然坐在上面……这一次，我在这小小的旧书店里看了大约三个钟头，等到想起了母亲交派的差使，天色都已经擦黑了。

我和这家旧书店的缘分，就这么开始了。那时我的家境不算宽裕，买书的钱，是没有的，即便是减价书。忽然发现了一处白看书的地方，不光是白看，而且随你挑拣。更妙的是，你就是从开门看到"上板儿"，售货员们也绝对不会给你冷眼。他们或是忙他们的，或是聊他们的。如此自由惬意的读书胜地，岂不让人乐而忘返！每天，我都是在下午的两节课后到书店去，那正是这小书店里人最多的时候，大多是北大的学生，也有几个像我这样的中学生。人虽然多，可每一个人又都能很恰当地找到自己的位置。譬如我，总是在那张木梯的边上，寻找时机候补那木梯的位置。就这样，我或蹲或站，或倚或坐，在那里读完了《战争与和平》《子夜》《霜叶红似二月花》《骆驼祥子》……算一算篇目，居然可观。最近这几年，常有报纸刊物要我写写"如何走上文学道路"之类的题目，我觉得，这题目挺没意思，既没有作这文章的欲望，也没有作这文章的勇气。不过，谢绝这种稿约的一刹那，不止一次地想起了那家小小的旧书店。

但愿它还有吧，但愿它没变成卖裤衩卖皮鞋的地方吧。

把这心思告诉了那位朋友，他笑了，说："那可保不齐。不过，别看旧书店的事我不知道，我可知道，现在的海淀街里，新近都建成全国的图书中心了，那个旧书店，改成什么都无所谓了！"

我说："是，那消息我知道，报上登了。只是不知道，您说的那'中心'能容一个十几岁的小孩儿，蹲在那儿白看书吗？"

"哟，您又把我给问住了。"朋友说。

1993年5月19日

（录自《逛旧书店淘旧书》，中国文史出版社，1994年版）

买书记（之一）

赵　园

　　我从无藏书癖，正如没有其他种癖。买书即为了用：十足的功利主义。尤其在以"研究"为业之后，几乎不大有"嗜好地读书"，自然也不大会有"嗜好地买书"——这一点上，就大不同于友人平原夫妇。曾见过平原自刻的藏书章，虽对那刀法不敢恭维，却也觉拙得可爱。丈夫倒是请人刻了一方，取两人的名字合成"后园"，嫌巧了一点。只有他自己，偶尔好兴致，用上一回。

　　既然没有藏书癖，也就少有流连书肆的雅兴，更不曾有平原那种"访书"的经历——由大江南北，直访到香港、东京。疏懒性成，更喜欢坐在自己的书桌边，读手头最方便取到的书。常由人家的文字间，读到"坐拥书城"的字样，真惊羡不已：嚇，书城！何等的气派！我无此种"城"可供"坐拥"。自然，书倒是有几架，但绝对不可用"城"来比方。且读书一向极慢，一书到手，即够消磨好一阵子的，也就不以为有四出寻访的必要。

但在几年前，竟破例地一气跑了多次书店。那是1988年吧，当时对所谓的专业，实在有点厌倦了，就听了平原夫妇的建议，"试试明清看"。这一试非同小可，首先，书就成了极大的问题。搞原来的专业，也并未购置多少书——所买多系专业以外的书，也证明了对所谓"专业"，从来就缺乏必要的忠诚。但明清不然。也说不清为什么"不然"，反正一反常态地跑起了古籍书店来。当时还没有后来的"国学热"，竟然很容易地买到了中华书局版的《明儒学案》，才十几块钱一套，由事后看来，简直像是白捡的。还有六元三册的《柳如是别传》。那时用了"中国书店"这名目的，很有一点存货，蒙一层土，懒懒地赖在架子上。

不过几年，这类书店就一起变了风味。且不要说灯市西口的那家，你到海王村走走看！我所说风味之变，不止指古籍书店里"古籍"所占比例之小，还指那些出版物包装之俗艳——形式却也正与内容一致。古籍出版界早做起了炒"养生之道"、炒"棋道"，以至炒"烹调术"的生意。当然，老祖宗写下的，都是"文化"。

也不便抱怨古籍书市的萧条。只消看荣宝斋对面那家书店橱中的《吴下方言考》《百城烟水》之类，便宜到五元十元一函，仍无人问津，就知道许多书确不必再印。那函《吴下方言考》，我拿在手里掂了掂，明知用不到，还是买了下来。我说，就这个函也值。丈夫则说，就那几个字也值——书名是他老师启功先生题写的。

虽未必总有收获，京城的几家中国书店还是要跑跑的，唯恐错失了什么宝贝。也不能不跑：单位的经费拮据，购书的款项越来越少，逼得你非藏点书不可。有一回在琉璃厂向平原通告书讯，他购书回北大，路遇大雨，据说状极狼狈。这年头，大约被人看得最傻的，就是这种读书人吧。

1995年4月

（录自《独语》，辽宁教育出版社，1996年版）

我的读书观

范 用

　　小孩子看戏，常常会问："这是好人还是坏人？"有的人读书也要问："这是好书还是坏书？"

　　书没有绝对好或绝对坏的。好书坏书，看了以后得自己判断。人能够思考，要相信自己有判断能力。这种判断能力，要靠读书养成，读得多了，有了比较，渐渐就会有判断的能力。

　　读好书可以得益，读坏书也可以得益，从反面得益，可以知道什么是坏书，坏在哪里。

　　我有个癖好，人家说不好的书，一定要找来看看，说是好奇也可以。十年前我写过一篇文章，里面讲到我接待台湾地区来的客人，他们提到"先总统"蒋介石，我说读过他的《苏俄在中国》，他们提到"故总统"蒋经国，我说读过他的《风雨中的宁静》。来客大为惊奇：你读台湾地区的书？是啊。我不能让人家得到这么一个印象，只会说哪些地方好玩，哪些东西好吃。我们知书识礼。

　　我的读书格言："博学之，明辨之，开卷有益，读书无禁区。"这是一个完整的句子，不可割裂，关键在于"明辨之"。

（原载2002年4月20日《文汇报》）

走在潘家园

李 辉

　　一夜之间，潘家园这个普普通通的北京小地名，因旧货市场的兴起而闻名遐迩。对于不少北京人或者来到北京旅行的中外人士，来此浏览一番，似乎成了必不可少的节目。逛大大小小的店铺和小摊，赏玩五花八门千奇百怪的物品，听形形色色的顾客与摊主攀谈或讨价还价，无论满载而归或者两手空空，对去过那里的人来说，恐怕都会感到这是一种挺不错的消磨时间的方式。因为就在这种场合和氛围中，你才会对过去所说的那种民间收藏和民间庙会的韵味，有切身体会。

　　早在潘家园成为旧货市场之前，我就常常路过那里。八十年代，一对熟悉的话剧前辈夫妇，随剧院宿舍修建而搬至潘家园附近。每次去看望他们，总是要穿过一大片菜地和杂乱无章的村子，没想到，后来这里便成了一个著名的所在。

　　时隔数年，我再度来到潘家园，才发现这里已面目全非。

最初的旧货市场远没有潘家园现在的气派与有条有理。几百个摊位，大多随意地置放在凹凸不平尘土飞扬的露天场子里，摊主们因陋就简，随意地支起遮阳棚，偶来大风，只见沙土四起，人影骚动。如雨或雪不期而至，旧书摊的主人则尤为狼狈。匆忙间，捉襟见肘，顾此失彼。那些于潘家园草创时期来这里设摊逛摊的人们，想必对这样的场景有所记忆。

我并无收藏嗜好。在我看来，集邮、藏书乃至珍藏古玩，既费时又费钱，更需要特殊的才能，实在是可望不可即的美妙。不过，我的性情中还颇有一些怀旧成分，加之写作的趋向与需要，我往往对与过去岁月相关的事物，有一种特殊的喜爱，也很愿意于有意无意之间从它们那里获取某些意味深远的感觉。

怀着这种浓厚的兴趣，我在潘家园草创时期成了那里的常客。闲逛，寻找，偶尔有一些意外发现。在这里，我自以为捕捉到的某些思绪，是在书斋中很难感受到的。

就在徜徉在潘家园尘土飞扬的简陋摊位之间时，我与一位旧书摊的摊主相识了。

称得上是一段巧遇。

1996年，旅居澳大利亚的艺术家黄苗子、郁风夫妇回到北京，读到了我发表在上海《新民晚报》上的《逛旧书摊》，对文中所提的潘家园兴趣盎然。于是，在一个温暖的春日，我陪同他们前往。

当时郁风正计划写回忆录，她很想从那些"文革"小报中，发现一些与自己有关的史料。我们一个摊位一个摊位地慢慢翻找着。

这时，我发现一个摊主手里拿着一摞照片，正在好奇地打量着黄苗子，然后，兴奋地和旁边的人交头接耳说了几句什么。等黄苗子走到跟前，这位摊主便将手中的照片递给他："黄先生，您看，您的照片！"黄先生接过来一看，果然是他八十年代初在家中书柜前的留影。意想不到的发现！他一张张看下去，每一张都引起他一声惊叹。八十年代漫画家们的一次聚会的合影，很容易便在上面找到了大家熟悉的叶浅予、丁聪、黄苗子、华君武、张乐平等。还有一张吴冠中和林风眠的合影，郁风说，这可能还是八十年代吴冠中和他们一起访问香港去看望林风眠时拍摄的。照片的历史并不久远，但在这里以这样的方式重逢，对于他们的确是意外的惊喜。

更令他们惊喜的是，摊主又拿出一封信来，收信人恰好是黄苗子、郁风、曹辛之、荒芜四人。接过来一看，原来是八十年代他们和几位友人编辑《诗书画》特刊时，一位出版社的编辑就编务问题写给他们的一封长信。他们奇怪，十几年前的信怎么还保留着，也不知道这信怎么会流到了旧书摊上，并又戏剧化地呈现在他们面前。

"真是巧了！真是巧了！"郁风一个劲儿地感慨着。她数说着巧遇难得的好几个理由：他们大部分时间住在澳洲，回到北京也很难有机会来这里；这里几十上百个摊位，怎么就一定会走到这个摊位前；摊主纵然收购到这封信，但如果没有照片，他又如何能够发现走到面前的黄苗子……

有缘才会巧遇。

摊主似乎比他们更为这一巧遇而高兴。这样的巧遇，从做生意的角度来说，无疑增添了不少乐趣，同时仿佛也使他的摊位多了一些荣耀。他主动提出将照片和信送给苗子夫妇，并执意一分钱也不要。当然，这位操着地道北京话的摊主，也不失时机地拿出一幅李克瑜的舞台速写，请郁风在上面签名，对于他来说，这该是一份难得的纪念。

从旧书摊归来，两位老人仍然为适才的巧遇而兴奋不已。大家又仔细地端详起照片。看着看着，我突然在那张漫画家的合影上发现我的妻子居然也在其中。当把这张照片给她看时，她回想起来，这是她供职的报社召开的一次漫画家座谈会时的合影。谁能想到，旧书摊的巧遇，又添上了这样一笔。

其实，这只是故事的开始。这位摊主后来成了我的朋友，他便是贾俊学。

从这次巧遇，我看到了俊学兄身上的聪颖与专注，以及不拘泥于毫厘的爽快。后来，接触多了，我发现，除了聪颖与专注，他还有一般摊主身上所没有的稳重与文雅。认识他时，他大约二十多岁，但已让人感到他的谈吐不凡。我曾到他的窄小简陋的家里去看过他，除了堆积四周的旧书之外，几乎别无他物。但在弥漫房间的纸的霉味里，我看到他的脸上漫溢着对故纸堆的热爱——谈到自己收藏的签名本和藏书票，他兴奋不已，有一种陶醉。

他是在经济状况相当窘迫的情形下开始步入旧书业的。但他的性情与聪颖，使他一开始就站在了一个较高的起点上。收购，贩卖，维系日常生活，这自然是他选择这一职业的必有之意。但他绝不甘心于此，他执意在收藏的领域能有自己的追求与成果。

就这样，即便潘家园还处在尘土包围的时候，他便超越了一般性的买卖范畴，而开始注意收集签名本、藏书票。用他自己的话说，他接受的教育有限，其文字能力也有限，但他非常用功，知道一日一日努力地在收藏这个领域往前行走。几年前我曾建议他不妨多写一些自己藏品的介绍，使自己不仅仅是一个只知道四处搜集佳品然后将之束之高阁的人，而是能像过去琉璃厂旧书业的前辈一样，借著述来丰富自己，从而也丰富读书界。

如今多年的艰辛终于有了收获。很高兴他的第一本藏品集即将问世，相信读者从中可以了解到，作为一个民间收藏者，俊学兄已经进入到新的境界，而这正是民间文化在遭遇多年的贬斥、破坏之后，又能够得以恢复与延续的一个生动写照。

对藏书票我完全是外行，不敢贸然品说。但我为俊学兄的发展感到高兴，遂乐于记叙我与潘家园的渊源，记叙与俊学兄的巧遇，谨以此为序，并为潘家园的演变提供一些文字的记忆。

2002年12月1日

牛头、鸡肋与狗屎

——闲说旧书市上捡漏儿

辛德勇

搜集旧书，和搜罗所有旧物古董一样，个中妙趣，本在于寻寻觅觅之中。冷摊儿，老店，看似漫不经心的翻检，其实一肚子猎奇探幽的心肠，卖家再精明，也总有漏网之鱼，揽入囊中，便称作"捡漏儿"。

不过，说起来此情此景已恍如隔世。十几年来，自从买旧书在社会很大范围内变为一种商业投资，甚至是居家理财的途径，再想不经意间收取那些让你心动、心喜的好书，机会绝对是可遇而不可求了。

所谓捡漏儿，就是花比市面上流通价格低很多的钱，买到同一档次的书籍。而那些对于绝大多数藏书家来说，你即使清清楚楚地告诉他所有有价值的地方，人家也根本不要的书籍，花再便宜的价钱得到，自珍自赏，也不能说是捡漏儿。

人弃而我取，说得文雅一些，借用当年谢国桢的话，是拣人家扭剩的瓜蒂。用更容易理解的话来说，就像是拣狗屎。虽说狗屎或许也能肥田，什么书都多少有些用处，但藏书与读书，毕竟不是同一回事。狗宝是名物，故世间珍而储之；狗屎是秽物，所以人皆避而远之。想要靠拣这种漏儿来丰富自己的"藏书"，应是南辕北辙，愈行愈远。

经过十几年拍卖场上的历练，新一代富有实力的藏书家已经相当成熟，不但在鉴赏版刻技艺方面具有入木三分的眼力，而且由表及里，对书籍外观背后的各类实质内容，也兼而品之，收藏的领域，甚至拓展到经学书籍。所以，现在的捡漏儿，比过去不知要难几多倍。

难则难矣，可是话分两头，书籍与瓷器等普通古玩到底还是有很大差别——认识书籍内容的价值，需要很多专门知识，这不是普通藏书家想做就能很容易做到的事情。所以，有些好书，价钱很低却无人问津，不是藏书家们不想要，而是不了解其价值，一旦明白个中奥妙，会立即蜂拥蚁聚，吞而食之。从这个意义上来说，不但现在仍然时或有漏儿可捡，恐怕在可预见的将来，也必定还是如此。

不过，这种漏儿，主要还是从读书人用书角度看的漏子。除了其中个别一小部分之外，绝大多数这类书籍，从投资或是资产保值的角度讲，恐怕只能算是食之无味、弃之可惜的鸡肋。因为读书人不会成为收藏的主体，永远只是其中很边缘的一小部分，而大多数藏书家终究不易知晓此等书籍的妙处所在。因而，这类收藏群体太小，从实力来讲，又处于收藏大厦的下部。图书收藏重心的指向，永远都是书籍的外在艺术形式，而现在要是依然能拣到这种漏儿，似乎也可以称得上是一种奇遇了。

七八年前清代写刻本卖得最火的时候，一天，在一家常去的旧书店里看书。老板很熟，闲翻过后，出门时便随口与他应酬一句："也没什么好书可看的。"不料，老板很当真，竟从下边拿出一部书，往柜台上一放："书倒是有，就是价钱贵一点儿。"话已至此，不管想买不想买，买得起还是买不起，想溜之乎也怕是不妥，做做样子，也只能看过书再走。这是规矩。

老板一边打开蓝布函套，一边推介说："是刻得很好的写刻本《陆宣公集》。"熟悉古籍版本的人都知道，清雍正时朝廷重臣年羹尧，曾以写刻形式刊印过《陆宣公集》。这个本子，雕版虽然精美，却很是常见，精于此道者，均不为措意。因为这种年刻本见的实在太多，所以当即应答：对此并无兴趣。不料老板告之，并非年某的刻本，而是由陆宣公一个什么孙子刊行于世。

这可是闻所未闻。翻开一看，更是大出意外。该本每一卷后面都镌刻有"三十四世裔孙钟辉重刊"一行题识。这陆钟辉是清代雍正、乾隆年间的大盐商，附庸风雅，刻过一批古籍。因为出得起好价钱，请得到好刻工，刻印的书籍，都是美轮美奂。这部《陆宣公集》，字体研丽，开化纸初印，原签原装，同样精美绝伦。如果仅仅是这些，还只能说是世间尤物，可赏玩而不为珍稀。真正令人赏叹的是这样的名家佳刻，竟一向不见于称道和著录！其罕见难得，几若云中仙子，只宜梦寐遐思。它的版刻价值，至少也应当比普通的年羹尧刻本，高出八倍以上。可是，老板却只开出了与普通年刻本相当的价格。在清代刻本中，这算是拾到了牛头，也才称得上是真正的捡漏儿。

2005年3月12日

（原载2005年第4期《收藏·拍卖》）

淘旧书

陈子善

　　屈指算来，与旧书打交道少说也已有二十多个年头了。所谓旧书，原指民国时期的出版物。清末民初以前的书籍另有专门的称谓，即古籍或线装书，一般不再归入旧书之列，虽然它们是更旧的旧书。但民国时期的线装诗文集包括少数新文学的线装本，宽泛地讲，也应看作旧书。在图书馆里，旧书又有一个俗称——旧平装，以与线装书相区分。这样分类，似乎有点混乱，但在藏书界却早已是约定俗成。随着时间的推移，现在上个世纪五六十年代和"文革"时期的出版物也已成了旧书了。

　　如果说最初对旧书产生兴趣纯粹出于好奇，因为从小阅读的文字是简化字横排，而旧书绝大部分是繁体字竖排，展示的是另一个完全陌生的世界。那么在大学从教，讲授中国现代文学史以后，对旧书的关注，就主要出于研究的需要了。初版本、再版本、毛边本、土纸本、创刊号、终刊号……旧书旧刊的这么多名堂，非亲眼目睹，非亲手翻查验证不可。否则，发掘作家的佚文遗事，纠正文学史记载的错漏传讹就根本无从谈起。那时的图书馆清规戒律太多，查阅太不方便，还是跑旧书肆、逛旧书摊自由自在，随心所欲，往往更能从中得到意外的惊喜，于是淘旧书就成了我工作之余的第一爱好了。

从上海的福州路和文庙到北京的琉璃厂和隆福寺，从香港的"神州"到台北的新光华商场，从东京的神保町到伦敦的查令十字街，从新加坡的"百胜楼"到哈佛大学周边的旧书市，我淘旧书从国内一直淘到港台和海外，浸淫其中，陶醉其中，甚至还有天蒙蒙亮就起身赶到北京潘家园旧书集市"挑灯夜战"的壮举。淘到一本绝版书的欢欣，漏失一本签名本的沮丧，其间的大喜大悲，非身临其境者恐实难体会。直到有一天我突然领悟，原来淘旧书也像抽烟喝酒打麻将一样，是要上瘾的，我已成了不折不扣的淘旧书的"瘾君子"了。

淘旧书的关键在于"淘"。徜徉书市冷摊，东翻西翻，东找西找，人弃我取，人厌我爱，于无意中"淘"出稀见而自己又颇为中意的书，应了辛稼轩词中所说的"众里寻他千百度，蓦然回首，那人却在，灯火阑珊处"，那才是"淘"旧书的最大乐趣和最高境界。巴金《忆》签名本、沈从文《边城》初版签名本、宋春舫仅印五十本的自印剧本《原来是梦》、顾一樵剧本《岳飞》签名本、南星题赠辛笛的散文集《甘雨胡同六号》、张爱玲译《爱默森选集》初版本、曹聚仁《蒋畈六十年》签名本，等等，都是在偶然中"撞见"而毫不犹豫购下的。当时的喜悦，就仿佛前辈作家的心灵世界被我触摸到，被遮蔽的文学史的一页就在我手中"定格"！

当然，现在许多旧书已进入拍卖领域，网上网下的旧书拍卖都十分红火，旧书价格飙升，淘旧书"惊艳"捡漏的机会是越来越少了，思之不免有点惘然。尽管如此，我还是不改初衷，仍在寻寻觅觅，淘旧书的"瘾君子"，改也难。

（原载2007年7月17日《新民晚报·夜光杯》）

怀想三十年前的"读书"

陈平原

最近几年，关于77级大学生的校园生活，或者恢复高考三十周年的历史意义，俨然成了热门话题。每当有人追问，我总是如此回应：我们这一代人的"求学"，真可谓"先天不足，后天失调"。唯一可以告慰的是，九曲十八弯，我们终于走过来了，而且，见证了改革开放三十年的成就。从那么低的地方起步，能走到今天，已经很不容易。当然，青春是美好的，校园生活也确实值得迷恋与追怀。之所以如此"低调"，是担心在怀旧风潮的驱使下，我们这一代人的"讲古"，会日趋"高调"与"时尚"，最后沉湎其中，以为自己真的"伟大"起来了。

考上大学的十五年后，我为即将出版的自选集写序，题为《四十而惑》，其中有这么一段："作为恢复高考后招收的第一届大学生，'七七级'有它的光荣，也有它的苦恼。图书教材、课程设置、学术氛围等，大都不尽如人意。……幸亏有那么多好玩的事，方才足以弥补'文革'刚结束大学校园里百废待举的缺陷。比如，半夜里到书店门口排长队等待《安娜·卡列尼娜》、大白天在闹市区高声叫卖自己编印的文学刊物《红豆》、吃狗肉煲时为约翰·克利斯朵夫的命运争得更加'脸红耳赤'……所有这些只能属于我们这代人的小情景，回忆起来还挺温馨的。"

不知不觉中，又是一个十五年过去了。这回迎面碰上的是命题作文"谈读书"——不是辨析今天我们该如何读书，而是追怀三十年前大学校园里的读书生活。稍有理性的人都明白，这样的追忆，其实是很不可靠的。即便我信守承诺，不刻意夸饰或伪造，可是，能经过时间这个大筛子的，都是"过去的好时光"。如此温柔的"反思"，能有多大的批判力度，我很怀疑。

所有的追忆，都是"事后诸葛亮"，也都有腾挪趋避的特权。一旦进入游戏，你能越过虚荣心这个巨大的陷阱吗？所谓的"个人阅读史"，会不会变成"成功人士"的另一种自我吹嘘？决定一个人的读书生活的，有时势，有机遇，有心境，有能力，其中任何一个因素的微妙调整，都可以变幻出另一个世界。在这个意义上，三十年前的万花筒，不见得就能摇出今日的"五彩缤纷"。

至于后来者，在仔细辨认那些因岁月流逝而变得日益依稀的足迹时，能做到不卑不亢，且具"了解之同情"吗？

真的是"知我者谓我心忧，不知我者谓我何求"。

都说77级学生读书很刻苦，那是真的。因为，搁下锄头，洗净泥腿，重新进入阔别多年的校园，大家都很珍惜这个来之不易的机会。至于怎么"读"，那就看各人的造化了。进的是中山大学，念的是中文系，课程的设计、教师的趣味、同学的意气，还有广州的生活环境等，都制约着我的阅读。

回想起来，我属于比较规矩的学生，既尊重指定书目，也发展自己的阅读兴趣，而不是撇开课业，另起炉灶。能"天马行空"者，大都是（或自认为）才华盖世，我不属于那样的人，只能在半自愿、半强制的状态中，展开我的"阅读之旅"。

对于受过正规训练的大学生来说，课程学习很重要，但因其"身不由己"，故印象不深，追忆时不太涉及，反而是那些漫无边际的课外阅读，更能体现一己之趣味，也容易有刻骨铭心的体会。因此，单看回忆文章，很容易产生错觉，以为大学四年，大家读的都是课外书。我也未能免俗，一说起校园生活，浮上脑海的"读书"，不是背英语单词，也不是记中国共产党历史上有多少次路线斗争，而是悠闲地躺在草地上，读那些无关考试成绩的"闲书"。

这种"自我感觉"良好的阅读状态，记得是进入三年级以后才逐渐形成的。刚进康乐园，一切都很新鲜，上课时，恨不得把老师讲的每句话都记下来。除了"家事国事天下事事事关心"的求知欲，还有拿高分的虚荣心——那时没有"全国统编教材"，一切以课堂上教师的话为准。进入三年级，也就是1980

年前后，一方面是摸索出一套对付考试的"行之有效"的方法，另一方面则是大量"文革"前的书籍重刊，加上新翻译出版的，每天都有激动人心的"图书情报"传来，于是，改为以"自由阅读"为主。

不是说"自由阅读"就一定好，中间也有走弯路的。我们这一代，进大学时年纪偏大，不免有点着急，老想"把'四人帮'造成的损失加倍夺回来"。站在图书馆前，幻想着能一口把它吞下去。经过一番狼吞虎咽，自以为有点基础了，于是开始上路，尝试着"做点学问"。这样"带着问题学"，有好也有坏——当选题切合自己的趣味和能力时，确实事半功倍，否则可就乱套了。我曾经围绕"悲剧人物""晚明文学思潮"等专题读书，效果还可以。但不知道为什么，突然对美国作家马克·吐温感兴趣，花了好多时间，读《汤姆·索亚历险记》《哈克贝利·费恩历险记》《镀金时代》《百万英镑》《在亚瑟王朝廷里的康涅狄克州美国人》《马克·吐温自传》等，还有能找到的一切有关马克·吐温的"只言片语"。

阅读"悲剧"或谈论"晚明"，除了受时代思潮的影响，多少还有点自己的问题意识。可"专攻"马克·吐温，几乎是毫无道理。我的英语本来就不好，对美国历史文化也没什么特殊兴趣，要说"讽刺"与"幽默"，更非我的特长，但鬼使神差，我竟选择了这么个题目，折腾了好长一段时间。大概是小时候背治学格言的缘故，以为真的"只要功夫深，铁杵磨成针"。

如此"为论文而读书",毫无乐趣可言,文章写不好不说,以后一见到马克·吐温的名字或书籍,就感到头疼。明知这种心理乃至生理上的反应不对,可就是无法静下来,以平常心面对汤姆·索亚的神奇历险。

念大学三、四年级时,我的读书,终于读出点自己的味道来。记忆所及,有两类书,影响了我日后的精神成长以及学术道路,一是美学著作,一是小说及传记。

我之开始"寻寻觅觅"的求学路程,恰逢"美学热"起步。因此,宗白华的《美学散步》(上海人民出版社,1981年版)、朱光潜的《西方美学史》(人民文学出版社,1979年版),以及李泽厚的《美的历程》(文物出版社,1981年版),都曾是我朝夕相处的"枕中秘笈"。除此之外,还有一位现在不常被提及的王朝闻,他的《一以当十》(作家出版社,1962年版)、《喜闻乐见》(作家出版社,1963年版)以及《论凤姐》(百花文艺出版社,1980年版)等,对各种艺术形式有精微的鉴赏,我也很喜欢。换句话说,我之接触"美学",多从文学艺术入手,而缺乏哲学思辨的兴致与能力。

李泽厚是我们那一代大学生的"偶像",一本《美的历程》,一本《中国近代思想史论》(人民出版社,1979年版),几乎是"人见人爱"。也正因此,有现炒现卖,撷取若干皮毛,就开始"走江湖"的。那上下两卷的《西方美学史》,博大精深,像我这样的"美学业余爱好者",读起来似懂非懂。当初引领诸多大学生入美学之门的，其实是朱先生的另外两本小书：《谈美书简》（上海文艺出版社，1980年版）和《美学拾穗集》（百花文艺出版社，1980年版）。朱先生擅长与青年对话，这点，从早年的《给青年的十二封信》《谈美》《谈文学》就可以看得很清楚。既能作高头讲章，又不薄通俗小品，这是一种很高的境界，别人很难学得来。宗先生的书，很多人一看就喜欢，尤其是"美学散步"这个词，太可爱了，一下子就变成了"流行语"。初读宗先生的书，以为平常，因极少艰涩的专门术语。随着年龄的增长，书读多了，方才明白此等月白风清，得来不易，乃"绚烂之极"后的"复归于平淡"。

跟日后的研究工作毫无关系，纯属特定时期的特殊爱好的，是法国作家罗曼·罗兰著、傅雷译的《约翰·克利斯朵夫》。此书最早由人民文学出版社1957年出版，我买的是1980年重印本。如此"雄文四卷"，就堆放在床头，晚上睡觉前，不时翻阅，而且是跟《贝多芬传》对照阅读。还记得《约翰·克利斯朵夫》扉页上的题词："献给各国的受苦、奋斗，而必战胜的自由灵魂。"不用说，这话特别适合于有理想主义倾向的大学生。主人公如何克服内心的敌人，反抗虚伪的社会，排斥病态的艺术，这一"精神历险"，对于成长中的年轻人来说，无疑有巨大的鼓舞作用。

激赏这种有着强大的个人意志以及奋斗精神，渴望成为"必战胜的自由灵魂"，不仅仅属于小说人物约翰·克利斯朵夫，也同样属于青年马克思。我如痴如醉地阅读尼·拉宾著《马克思的青年时代》（南京大学外文系俄罗斯语言文学教研室翻译组译，生活·读书·新知三联书店，1982年版），关注的是其精神历险与人格力量，而不是具体的理论主张。记得还有另一本《马克思的青年时代》，也是苏联人写的，中国青年出版社出版，那书厚得多，但思想太正统，且文字不好，我不喜欢。

注重精神力量，同时兼及文章风采，这种阅读口味，让我迷上了一册小书——苏联作家格拉宁所撰"文献小说"《奇特的一生》（侯焕闳等译，外国文学出版社，1979年版）。这是一本小册子，一百六十八页，一个晚上就能读完，可却让我的心情久久不能平静。除了感慨主人公柳比歇夫献身科学的巨大热情，更关注其神奇的"时间统计法"。传主之别出心裁，加上作家的妙笔生花，居然让繁忙的例行公事、杂乱的饮食起居，还有枯燥的科学实验，不说全都变得充满诗意，起码也是可以轻松地、宽宏大度地去忍受。"时间统计法为他创造了高度理智和健康的生活"（第十五章），这点，着实让既贪玩又想出成果、总是感叹时间不够的我辈歆羡不已。

三十年前如饥似渴的自由阅读，有刻骨铭心的感受，也有惘然若失的遗憾。举个例子，读了许多俄国作家如托尔斯泰、契诃夫、莱蒙托夫、屠格涅夫等人的作品，可回避了鲁迅所说的"人的灵魂的伟大审问者"陀思妥耶夫斯基，实在是个无可弥补的损失。那时存在主义思潮已经开始涌进来,"他人就是地狱"成了喜欢"扮酷""做深沉状"的大学生的口头禅。于是,我跳过了陀翁,一转而阅读卡夫卡的《城堡》、贝克特的《等待戈多》、萨特的《呕吐》、加缪的《局外人》以及《西西弗的神话》去了。

我所就读的中山大学,位于改革开放的"前线"广州,校园里流行阅读港台书。手持一册港台版的萨特或加缪的书,那可是一种重要的"象征资本"——既代表眼界开阔、思想深邃,也暗示着某种社会地位。此类书,图书馆偶有收藏,但不出借,只限馆内阅读,因此,若想看,得排长队。回想起来,当初为何热衷于此,除了"思想的魅力",还有金圣叹所说的"雪夜闭门读禁书,不亦快哉!"——可惜广州没"雪"。

到什么山头唱什么歌,在什么季节吃什么果,是什么年龄说什么话。阅读也一样,错过了"时令",日后再补,感觉很不一样——理解或许深刻些,可少了当初的"沉醉"与"痴迷",还是很可惜。

2008年4月16日于香港客舍

二十世纪八十年代初一个文科大学生的阅读记忆:

(1)列夫·托尔斯泰著、周扬译:《安娜·卡列尼娜》,人民文学出版社,1978年版

（2）莱蒙托夫著、翟松年译：《当代英雄》，人民文学出版社，1978年版

（3）屠格涅夫著、磊然译：《贵族之家》，人民文学出版社，1955年版

（4）屠格涅夫著、陆蠡译：《罗亭》，人民文学出版社，1957年版

（5）契诃夫著、焦菊隐译：《契诃夫戏剧集》，上海译文出版社，1980年版

（6）马克·吐温著、许汝祉译：《马克·吐温自传》，江苏人民出版社，1981年版

（7）罗曼·罗兰著、傅雷译：《约翰·克利斯朵夫》，人民文学出版社，1980年版

（8）罗曼·罗兰著、傅雷译：《贝多芬传》，人民音乐出版社，1978年版

（9）卡夫卡著、汤永宽译：《城堡》，上海译文出版社，1980年版

（10）萨特著、吴煦斌译：《呕吐》，台北：远景出版事业公司，1981年版

（11）卡缪著、张汉良译：《薛西弗斯的神话》，台北：志文出版社，1973年版

（12）赫勒著、南文译：《第二十二条军规》，上海译文出版社，1981年版

（13）袁可嘉等编：《外国现代派作品选》，上海文艺出版社，1980年

（14）马克思著、刘丕坤译：《1844年经济学－哲学手稿》，人民出版社，1979年版

（15）尼·拉宾著、南京大学外文系俄罗斯语言文学教研室翻译组译：《马克思的青年时代》，生活·读书·新知三联书店，1982年版

（16）柏拉威尔著、梅绍武等译：《马克思和世界文学》，生活·读书·新知三联书店，1980年版

（17）特里·伊格尔顿著、文宝译：《马克思主义与文学批评》，人民文学出版社，1980年版

（18）勃兰兑斯著、成时译：《十九世纪波兰浪漫主义文学》，人民文学出版社，1980年版

（19）勃兰兑斯著、张道真译：《十九世纪文学主流》第一册，人民文学出版社，1980年版

（20）格拉宁著、侯焕闳等译：《奇特的一生》，外国文学出版社，1979年版

（21）宗白华著：《美学散步》，上海人民出版社，1981年版

（22）朱光潜著：《西方美学史》，人民文学出版社，1979年版

（23）朱光潜著：《谈美书简》，上海文艺出版社，1980年版

（24）朱光潜著：《美学拾穗集》，百花文艺出版社，1980年版

（25）王朝闻著：《一以当十》，作家出版社，1962年版

（26）王朝闻著：《喜闻乐见》，作家出版社，1963年版

（27）李泽厚著：《中国近代思想史论》，人民出版社，1979年版

（28）李泽厚著：《美学论集》，上海文艺出版社，1980年版

（29）李泽厚著：《美的历程》，文物出版社，1981年版

（30）林语堂著、郑陀译：《吾国吾民》，台北：德华出版社，1980年版

（原载2008年第12期《出版人》及2008年10月30日

《深圳商报》）

我与书

扬之水

　　知堂为他的《书房一角》作序，开篇即写道："从前有人说过，自己的书斋不可给人家看见，因为这是危险的事，怕被看去了自己的心思。这话是颇有几分道理的。一个人做文章，说好听话，都并不难，只一看他所读的书，至少便颠出一点斤两来了。"可知"书房一角"是一个不很容易讨好的题目，当然，以知堂的学识敷衍得教人有兴趣尚不算太难。谈自己如何爱书、读书是与之相似的题目，这里有一个不好掌握的分寸，并且我以为阅读方式原是很个人化的东西，实在很难形成对他人也照样适用的模式。如果在琐碎的叙述中尚能有些机智有些幽默自然而然流泻而出，或者还能够取胜，而这偏偏都是我的弱项，因此一向藏拙。这一回却是再三推脱不掉，而友情的重负使人无法说不，不得已只好老老实实出乖露丑。

　　我的读书生涯大约是从四五岁开始，当然是看现在差不多成了文物的小人书。那时候最常去的是王府井新华书店，地址在帅府园胡同口的拐角上，清楚记得店堂中间有一道高台阶，台阶下边是幼儿读物，台阶上边是青少年读物。大概没有过很久，我的阅读就上了台阶。当时读的书，现在想来大体可以别作两个系列，一是以曹雪芹为代表的古典系列，一是以浩然为代表的红色系列。后者的影响至于七十年代，前者的影响则恐怕是一生。

遗憾的是青少年时代给我的读书时间太少太少，在没有书读的时代里，只有一本小小的《新华字典》总在手边，成为随便翻开任何一页都有兴趣看下去的书。当然我至今仍对它充满感激，它使我在以后的日子里不太容易出现字音读错的过失。

七十年代在王府井果品店开货车，与作为老相识的新华书店成为近邻，不过那时候书店只开放了店堂前边走廊一般的一个窄长条，叫作早晚服务部。我在那里买的第一部书是《宋书》，第二部是《史记》，第三部为五本一套的《陆游集》，至今书脊上还保存着当年的编号，就广义的藏书而言，这便是我的藏书之始。只是《史记》中的第五册被一位友人假去未归，而缺了的一册实在再难配齐。在《读书》的时候，看见主编先生办公室里有赫赫然整齐的一套，于是用强盗手段抽取我的所缺，感谢他不以为忤，竟准了我的损人利己。

曾经狠狠过了一把买书的瘾，那是七十年代末至八十年代中在民间文艺研究会做资料员的时候。我负责编目，做索引，借阅，更兼采购。当时为资料室买了不少好书，至今想起来还觉得那批书很有价值，只是后悔许多好书没能给自己也买下来，而离开资料室之后，便是自己拼命买书的阶段了。

书不能不拼命买，重要原因在于我的驽钝。坦白说，我读过的书很多，但是记住的和忘记的相比，后者占了绝大多数，缺乏强记之天赋的大脑大约有自动清除内存的功能。而这里的所谓记住也不过是以后重逢略觉面善而已，背诵则绝对背诵不来，甚至留下清晰之影像的也极有限。因此书不能不尽量把它"圈养"，一切只为使用的方便，就狭义的藏书而言，那是欣赏玩味的境界，为我永远不能及。说来我的终身大事也是一段借书还书的因缘，只是当时并没有读到《围城》，否则当会预先有所警惕，不过那也许就错过了一段好姻缘。如今小小的居室被书弄得不堪重负，生活中的另一半却对此抱怨不得，书的喜剧由他开场，自然是要合伙一直搬演下去。

图书馆当然也是重要的。在国家图书馆办一个借书证，押金千元，不好好利用，岂不太可惜。然而跑图书馆的一个严重后果便是把看到的好书再想办法买回来，包括日本出版物和港台版图书。日本有一位老朋友长声君，台北有一位老朋友兴文君，算来订交差不多都已经十年以上，始终的君子之交，却是淡淡的长流水，架上的书，便是友情的见证。

图书馆的另一大好处是可以大量浏览不值得买的书——值得与不值得当然仅仅就个人兴趣而言。开卷有益的话真是说的太好了，跑野马式的泛览从来不会令人无获而归。它尤其适合搜索式的读书，带了极强的功利目的亦即猎获目的的读书。

前不久友人为我写了一副对联，"读书随处净土，闭户即是深山"。字好，意思也好，于是驰书报谢，且询问联语出处。回书答曰："此为梁思成先生书房所悬旧联，前些年偶于一照片上见之，我也甚感契合个人心境，因常记于心，原联撰者书者均未记得。"可惜我至今还没有一间书房，这一副最适宜书房悬挂的对联，只好委委屈屈地躺在抽屉里。

说了这么多，归根结底，我与书似乎是天生有缘。所谓"缘"，原本有着命定的意思，而命定，按照西哲的说法便是"性格决定命运"。那么该说是因为我的天性喜静，则除却读书、写字，我想不出还有哪些是更为适性的爱好。

读小学的时候，教室正前方黑板的上端刷着排列为弧形的八个大红字："好好学习，天天向上。"后来读《诗经》，发现《周颂·敬之》中的"日就月将，学有缉熙于光明"，用此八个字正好可以对应。"缉熙"，有积渐广大之意；"明"，澄明，即为学当求索不已，以进于广大澄明之境。我以为，与书结缘，便会使我们总有着如此的向善之心吧。我曾在友人寄赠的书签上把它写下来作为自己的座右铭，今则转录于此，以与爱书人共勉。

（录自《樗栿楼杂稿》，上海辞书出版社，2013年版）

我与孔夫子旧书网

解玺璋

　　我很早就有逛旧书店的嗜好。还是很年轻的时候，大约二十岁吧，书对我们这些想读书的人来说是"紧俏货"。谁的手里有几本书或有借书的渠道，都可以傲视群"雄"。而新书可以读的不多，于是，旧书就成了大家的"新宠"。那时，专营旧书的中国书店幸好尚未停业，我便时常光顾它在琉璃厂和隆福寺、东单、灯市口的几家门市部，搜寻我喜欢的旧版书，偶有所获，自然是欣喜的。这种情形大约一直延续到上个世纪末，再往后，虽然路过时还会进去逛一逛，但总是失望多而惊喜少。

　　就有朋友建议到网上买旧书。这个网就是孔夫子旧书网。当时我正为写作《梁启超传》准备材料，很多必读的旧版书只能去图书馆借阅，极不方便。我想，如果能买回家来，自然是极好的，想何时读就何时读，不仅便利很多，效率也会提高的。然而，对我这种科盲加网盲来说，网上购书几乎就是不可能的事，令我望而生畏。所以，最初都是由我提供购书单，朋友在网上买了再寄给我，给人添了许多麻烦不说，朋友还不要钱，让我觉得很难为情。

其实，网上购书并非我想得那么难。说难，无非是一种托词。有儿子的悉心指导，这套程序很快就被我掌握了。不过，开始也闹了一些笑话。记得当初我看中一部1983年版的《梁启超年谱长编》，这是此书第一次见于内地读者，而且是当时唯一见于内地读者的版本，十分珍贵。原价5.5元，书店标价350元，贵是贵了点儿，但我别无选择，志在必得。而这家书店远在上海，当时，书款要去银行办理，还不能在网上微信支付，我觉得很难。于是，我就想了一个最笨的办法，请报社上海记者站的同事直接到书店付款取书，然后带回北京来。

我和孔夫子旧书网的因缘就是这样开始的。从那时至今，十几年过去了，我在"孔网"购书已超过四百次。此时此刻，如果生活中没有了"孔网"，那简直就是不可想象的。现在不仅不会再有拿着钱到书店取书的事了，我还学会了上银行给书店汇款，这几年实行网上微信支付，就更加方便了。我现在是闭门家中坐，书从天上来；秀才不出门，尽读天下书。读书人何所求，想读的书皆能读到而已。"孔网"满足了我的这点奢望。网上几万家书店、书摊，近亿种图书，构成了人类有史以来最大的一家图书馆，多少旧版书、绝版书，都能在这里找到。最开心的，是无须证明你是否有资格读你想读的书。

这就是网络虚拟空间的优势，不仅能容纳天下的海量信息，而且对每个人都是开放的，不分男女老幼、上智下愚，只要你愿意，你尽可以成为它的书友、读者；只要你肯出钱，你中意的书就属于你了。有时我想，如果没有"孔网"，我这些年的写作恐怕是要大打折扣的，无论《梁启超传》，还是《张恨水传》，都不会写得如此顺利，甚至中途夭折也说不定啊！这么说不是故作惊人之语，而是实话实说。我知道，当我打算写《梁启超传》的时候，我的知识准备并不足以支持我对付梁启超这个庞然大物。他既是一位百科全书式的人物，他所处时代的丰富性和复杂性也是前所未有的，要妥善地处理这些难题，除了需要深入了解梁启超的身世、经历、交友、思想外，不能不对清末民初的历史有一点认识，而且涉及政治、经济、军事、外交、文化、民俗等诸多方面，很多书都是必读的，而这些书或因时间久远，或因印数有限，眼下已难觅其踪。

孔夫子旧书网的存在，使得这些躲在天涯海角的书，瞬间就会呈现在你的面前，如果你愿意，它甚至可以成为你的囊中之物。皮锡瑞是清末著名的今文经学家，他是湖南善化人，长期在湖南、江西讲学。湖南新政期间，他与谭嗣同、唐才常等，都是积极参与者。他有一部《师伏堂日记》，比较详尽地记录了维新运动在湖南开展的情形，对陈宝箴、黄遵宪等创办长沙时务学堂、南学会、保卫局和课吏馆，以及《湘报》《湘学报》，特别是新旧两派斗争的复杂情形，提供了未见于其他撰述、尤有价值的独家材料，前人著述中常见引用者。

我在撰写《梁启超传》时，给自己立过一条规矩，即尽可能地避免采用"转引自"的方式，如果非用不可，也需找到初次引用者采用的原文核对后再用。这倒不是我的发明，而是长年做副刊编辑养成的习惯。记得老前辈陈淑英在将"五色土"交给我的时候，曾嘱咐：不要轻易相信作者引用的文字，一定要核对原文后再用。她的教诲后来就成为我在处理文字（无论编辑还是写作）时的准则，日久则养成难改的积习。所以，我一直期待能直接读到《师伏堂日记》。可惜，除了《湖南历史资料》于1958年至1959年曾以《师伏堂未刊日记》的形式陆续刊出外，至今亦未见单行本问世。而寻找这些数十年前出版的内部读物，又何其难也！谢天谢地，通过孔夫子旧书网，我竟买到了《湖南历史资料》1958与1959两年的合订本。收到书店寄来的发黄、发黑的书，我小心翼翼地翻开，简直欣喜若狂。

这样的欣喜并非偶遇。在我撰写《梁启超传》和《张恨水传》期间，时常为这样的欣喜所感动。关于张恨水是否为中华全国文学艺术工作者代表大会的正式代表，我曾看过一个材料，说张恨水最初是被推举为正式代表，但资格审查时未能获得通过，后考虑到他的社会影响，故列为特邀代表。作者的根据就是郭沫若在《斥反动文艺》一文中将他作为"黄色文艺"的代表，提出过批评。郭氏此文最初发表在《大众文艺丛刊》第一辑《文艺的新方向》中，1948年3月由香港生活书店出版。我先在孔网上买到了当年的这本杂志，文章中确有一节谈到了"黄色文艺"，他认为，凡"色情、神怪、武侠、侦探，无所不备，迎合低级趣味，希图钱财顺手"的，都属于这个范畴。但文中没有点张恨水的名。不久，我又在"孔网"上买到一本1950年出版的《中华全国文学艺术工作者代表大会纪念文集》，查"代表名单"，张恨水列名"平津代表第二团"，其中并无"特邀代表"的说明，从而解决了这个疑难问题。

很显然，孔夫子旧书网彻底改变了我的读书环境，我可以走得更远，见得更多。古人说，读万卷书，行万里路。古时候，确有读书人行万里路就是为了读某一部书。如今坐在家里就把愿望实现了。在这里，不仅可以买到内地各个时期的出版物，还能买到港台的出版物。我曾发过宏愿，要把梁启超创办的所有报刊影印本都收齐。经过一段时间的努力，我便陆续拥有了《时务报》《知新报》《清议报》《新民丛报》《新小说》《国风报》《庸言报》，乃至他参与创办的《湘报》《湘学报》，偏偏不见民初他担任总撰述的《大中华》杂志。我曾问过中华书局的朋友，这本杂志既由中华书局创办，书局出版了那么多清末民初的报刊影印本，为何独缺这一种呢？据说是底本保存不全的缘故。为此我遗憾了很久。一次很偶然地在网上浏览，我是带着侥幸心理，想再找找看，万一其他出版社做过这件好事呢？结果，真的被我撞上了。不过不是哪家出版社的正式出版物，而是一位朋友自己搞的复印件，单页，没有装订成册，但从创刊到停刊，一期不缺，一页不缺。我当即付款买下，总算圆了我的一个梦。

当下，我正在撰写《黄遵宪传》，更离不开"孔网"，离不开"孔网"上的各路神仙朋友，他们已经成为我后半辈子写作生涯的强大后盾。有朝一日，如果我的《黄遵宪传》能够顺利完成，第一个要感谢的，非"孔网"和网上的朋友莫属！

岁末扔书

韩少功

出版印刷业发达的今天，每天有数以万计的书刊哗啦啦冒出来，一个人既没有可能也毫无必要一一遍读。面对茫茫书海，择要而读，择优而读，把有限的时间投于自己特定的求知方向，尽可能增加读书成效，当然就成了一门学问。笼统地说"开卷有益"，如果导向一种见卷即开凡书皆读的理解，必定误人不浅。这种理解出自并不怎么真正读书的外行，大概也没有什么疑义。在我看来，书至少可以分为四种：

一是可读之书。这些书当然是指好书，是生活经验的认真总结，勃发出思维和感觉的原创，常常刷新着文化的纪录乃至标示出一个时代的精神高峰。这些书独出心裁，独辟生面，绝不会人云亦云；无论浅易还是艰深，都透出实践的血质和生动性，不会用套话和废话来躲躲闪闪，不会对读者进行大言欺世的概念轰炸和术语倾销。这些书在专业圈内外的各种读者那里，可根据不同的具体情况，作广读或选读、急读或缓读的不同安排，但它们作为人类心智的燃点和光源，是每个人精神不可或缺的支撑。

二是可翻之书。翻也是一种读法，只是无须过于振作精神，殚思竭虑，有时候一目数行或者数十行亦无不可。一般来说，翻翻而已的书没有多少重要的创识，但收罗和传达了某些不妨了解一下的信息，稀释于文，需要读者快速滤选才有所获。这些信息可使人博闻，增加一些认识世界感受人生的材料；或可使人娱心，作劳作之余的消遣，起到类如跳舞、看杂技或者玩花弄草的作用。这些书在任何时代都产量极丰，充塞着书店的多数书架，是一些粗活和大路货，是营养有限但也害不了命的口香零食。人们只要没有把零食误当主粮，误作治病的良药，偶有闲时放开一下杂食的胃口，倒也没有坏处。

三是可备之书。这类书不必读甚至不必翻，买回家记下书名或要目以后便可束之高阁。倒不是为了伪作风雅，一心以丰富藏书作自己接待客人的背景。也不是说这些书没有用处，恰恰相反，它们常常是一些颇为重要的工具书或参考资料，具有较高的实用价值。之所以把它们列于眼下备而不读甚至不翻的冷僻处，是因为它们一时还用不上，是晴天的雨伞，太平时期的防身格斗术。将来能不能用，也不大说得准。在通常的情况下，它们不关乎当下的修身之本，只关乎未来的谋生之用。它们的效益对社会来说确定无疑，对个别人来说则只是可能。对它们给予收集和储备，不失为一些有心人未雨绸缪的周到。

最后一种，是可扔之书。读书人都需要正常的记忆力，但擅记忆的人一定会擅忘记，会读书的人一定会扔书——把一些书扔进垃圾堆不过是下决心忘掉它们的物化行为而已。不用说，这些书只是一些文化糟粕，一些丑陋心态和低智商的喋喋不休，即便闲置书架，也是一种戳眼的环境污染，是浪费主人以后时光和精力的隐患。一个有限的脑容量殊可珍贵，应该好好规划好好利用，不能让污七八糟的信息随意侵入和窃据。古人说清心才能治学，虚怀才能求知。及时忘记应该忘记的东西，坚决清除某些无用和无益的伪知识，是心境得以"清虚"的必要条件，是保证思维和感觉能够健康发育的空间开拓。

因为"文革"十年的耽搁，我读书不多，算不上够格的读书人，自觉对优秀作品缺乏足够的鉴赏力和理解力，如果说还有点出息，是自己总算还能辨出什么书是必须丢掉的垃圾。一旦嗅出气味不对，立刻调头就走。每到岁末，我总要借打扫卫生的机会，清理出一大堆属于可扔的印刷品，包括某些学术骗子和商业炒家哄抬来的名作，忙不迭地把它们赶出门去，让我的房间洁净明亮许多。我的经验是，可扔可不扔的书，最好扔；可早扔也可迟扔的书，最好早扔。在一个知识爆炸的时代，我们的时间已经相对锐减，该读的书都读不过来，还有什么闲工夫犹疑他顾？从这个意义上来说，出版印刷业日渐发达的年代，也是扔书的勇气和能力更加显得重要的年代。

逛书店小史

杨　葵

收拾屋子翻出一本少年时的札记本。所谓札记，与日记不同，是用来记些当时大而空洞的感想，还有读书笔记，偶尔也有摘抄。比如读马拉默德长篇小说《伙计》后写感想："整部小说写的只有两个字，赎罪。"通读冯至先生所有诗作后写道："《十四行集》，1942年，是否有个走向格律的失败？《昨日之歌》中的诗大体整齐，格律虽不刻求却也大体押韵……《十四行集》出现许多类似咏物诗的东西，不能不说是走向格律的失败的证明。"这样空洞的内容，勤快点儿大半年就写满厚厚一本，懒了一个本子写两年，还留着小半本空白页。

找到的这一本就属于后者。有趣的是，本子从后往前逆序记了1989、1990两年的书账。记书账的习惯，上高中时就有，缘起要上溯至更早，读鲁迅日记，里边有细致整洁的书账，因为喜欢就存心模仿。刚开始零花钱太少，一个月下来买不了两

156

三本，只按年记。读大学后，可支配的零花钱多了些，也恰好到了如饥似渴地阅读的年纪，越买越多，就按月记了。

回顾个人逛书店买书的小历史，中学时家住虎坊桥，离琉璃厂只有一站地，放学途中常常提早一站下车，逛逛各家书店。那是二十世纪八十年代初的琉璃厂，破破烂烂，比起现在那里的金碧辉煌，因为质朴显得有文化得多。一条街好几家书店，东街把口处有中国书店，西街有古籍书店，这两家店面大，但历史不长，都是二十世纪五十年代开张的。邃雅斋、来薰阁等诸多小店也有书卖，店面虽小，可都是百年老店，随便哪家的顾客名单列出来，都是整个二十世纪文化史的一个侧面，顶尖尖的那些文化人。

那会儿我在学习书法篆刻，读书也正贪恋中国古代文史哲，这两个"正在进行时"和琉璃厂的氛围太相融了，所以不只平时放学顺道去逛，每逢周日吃完午饭，也跑那儿泡着，常常泡到物我两忘，美不胜收。

上高中时学习成绩不好，来自老师方面的压力很大，对上学一事非常抵触，经常旷课逃学。学校在灯市东口，守着一家中国书店，成了旷课时的主要去处。书店里屋，是个旧书收购部，因为常去，和那里值守的一位老先生处得好，从他那里听到不少收旧书、卖旧书的精彩故事。

上大学时，客观环境赶上西学东渐，翻译著作出版高潮。主观个人这里，也正值叛逆年纪，对读了多年的国学内容日渐生厌。眼看着每天都有令人向往的翻译书出版，贪心大起，书店逛得更勤了。后来发现，虽然崇洋媚外之心炽盛，可是毕竟中国书更熟悉，中国书还是没断买。

大学四年读下来，有个习惯一直坚持，每个月都要把城里的书店大致逛个遍。有人会奇怪吧，为什么要每家店都去呢？难道就没一家大而全的书店可供一次性采购么？倒也并非如此。当时虽然没有西单图书大厦这样的巨无霸，王府井新华书店的品种也很全了。不过，当时逛书店的目的，新书固然不忍落下，更要紧的是，常逛的这些书店里，很多有旧书经营项目，淘旧书的乐趣远远大于买新书。一毛钱能淘到精装本顾炎武《京东考古录》，两毛钱能淘到《马尔克斯中短篇小说集》，三块钱能凑足一套十卷本的中华书局版《史记》，如此美出鼻涕泡的事，能不趋之若鹜嘛。

大学毕业后，到出版社做编辑，天天和书打交道。后来还开始写书。书店还在逛，但说实话，越逛越没激情了。一是因为逛书店成了工作内容之一，号称了解市场。二是因为熟悉的书店，绝大部分已在城市大规模建设中消失得无影无踪。到了现在，坐在家里按动鼠标，就会有人送书上门。

其实这些也都不是关键所在，关键在于忙忙碌碌，太多地方需要用心思，没有多少时间与精力留给逛书店了。再说人至中年，不断意识到这世间很多事虽好玩，却已与自己无关，剩下有限的那些日子，目标明确，无暇再作孟浪游了。就是在这种心境下，突然与这份当年的书账重逢，有点小冲动。

停下收拾的双手，一屁股坐地上，饶有兴致地翻阅这十几页书账，仿佛时光倒流，忆起不少往事。继而又想到，我在同龄人当中，读书买书不算少，但也绝对不算多，中不溜儿就最容易有代表性。这份微不足道的个人书账，也是一份关于八九十年代文学、出版、阅读的有点价值的小小文献，真实记录了那些年书店都摆着哪些书，文学界都流行哪些书，又有哪些书在激荡人心……要不趁现在离得还不久远，把能记起的一些细节记下来？或许能引发一些人的共鸣，甚至多少还有点意义。

买书旧事

止　庵

　　前几天有记者打电话来，问我现在买书感觉如何。我说一则以好，一则以不算太好。这是与从前比较而言。"从前"指二十世纪七十年代末，我刚买书的时候，也就是"文革"以后，外国文学名著开始解禁的时候。今昔不同，首先在于如今在书店里看见一本想要的书，无须急忙掏钱，过上两三个月，照样还能买到。从前可不行，一本书错过，也许第二天就买不着了，只好从书店门口的"黄牛"手里买加价的，书本不贵，无非加三五毛钱而已，不过已是很大的百分比了。有段时间书店柜台一角备有两份报纸，一为《社科新书目》，一为《上海新书目》，可以查看即将出版的书，登记在卡片上。书到后，书店会把卡片寄来，凭此去买给你保留的书。后来无此必要，这项服务措施也就被淘汰。现在到处都卖降价书，九折八折不等，网上价格甚至更低，赶上促销，还有半价的呢。

所以现在买书容易多了，也方便多了，然而当初那份儿乐趣，几乎谈不上了。乐趣在于得之不易。进一步讲，一时欲得而不能，也未始不是一种刺激，及至终于到手，则岂止快慰，简直是兴奋异常了——这里免不了有点坏心眼儿，即自己拥有而他人没有，很是得意，可以炫耀一番。相比之下，现在感觉可就平淡得很。所以虽然多年过去，打开书柜一看，哪本书当时在哪儿买的，和谁一起买的，仍旧了然于心。后来买的反倒有些模糊，甚至连买没买过都记不住了。此为个人感受，扩大来讲，也可以说是图书市场日渐萧条的一点反映吧。随便找出一本三十年前的书，开印动辄几万、十几万，还是一抢而光。现在的书不过三五千册，居然卖不出去。买新书根本算不上收藏，然而收藏亦必有一前提，即物以稀为贵是也。从这一角度讲，我觉得人们与其收集那大量发行的邮票，倒不如搜罗这种印数无多的图书呢。

　　记者还问我喜欢到什么地方买书。我说暂且没在网上买书，去的还是实体店，就近而已，只要是较大一点的书店，哪儿都无所谓。过去就不一样，不同的书店品种总有差异，出去买书，往往要跑几个书店。大洪兄与我是因买书而结识的朋友。他那时在工业学院读书，星期天进城买书，我们先在王府井碰面，然后去东四、北新桥，我到家了，他还要一路去交道口、地安门、新街口、动物园、首都体育馆和魏公村各处一转，才回到学校。有时再多走几步，则拐到西四、三里河或西单。其中不少书店今天已经不复存在。如果要写三十年来北京书店的变迁史，七十年代末到八十年代初那一段儿很少有人比他更熟悉了。

过去有不少书是内部发行的，不知道门路，就无法买到。王府井、西四和新街口书店都有机关服务部，可以径直进去买门市不卖的书。最大的内部书店在西绒线胡同，管理并不太严格，自己写封介绍信，盖个随便什么单位的戳儿就行了。那里也是我们每周必到之处，有一次我买着马克·斯洛宁著《苏维埃俄罗斯文学》（上海译文出版社1983年10月出版），回家以后，一口气读完，居然已是黎明时分。此外东单三条西口还有一家内部书店，不过地方很小。王府井南口外文书店楼上，火车站对面邮局附近，也曾经卖过内部图书，而且不要介绍信，这两处连同东单三条那家现在都拆得无影无踪，提起来也很少有人记得了。我的一本《肖斯塔科维奇回忆录》，便是在外文书店楼上买的，封底只署"外文出版局《编译参考》编辑部编印"和"1981年10月·北京"，并非正规出版物，当时这种书很有不少。还有一套群众出版社1982年12月印行的《古拉格群岛》，共三册，买到却颇费周折。因为上述胡乱开的便笺不管用了，须持有局级介绍信，长安街上那家读者服务部才肯发售。我赶紧四处托人，帮上忙的一位副局长不很放心，追问到底是什么书，我说是地理书，这才开出介绍信来。回想起来，当初岂止是买几本书而已，对我来说，一生的思想基础多少就因为读这些好不容易买到的书而奠定，所以对有关出版社、书店和卖书的人，不能不怀有几分感激之心了。

大洪兄和我每次买书都要仔细挑选，他最在意书角有无磨损，我则更讲究书脊是否平整，这习惯一直延续至今。过去买书困难，可供取舍的余地不大，而且没挑上一会儿，已经惹得售货员讨厌了。现在则要方便得多，几乎可以由着你的意愿挑选。一时找不到满意的，不妨下回再来，反正也卖不完。过去买书回来还要逐一修补，可能与装订普遍简陋粗糙不无关系，现在倒不大费这个劲儿了——多半是用不着，再说也不复当年兴致了。

（录自《北京书店印象》，中央编译出版社，2016年版）

海王村书肆之忆

谢其章

现在的淘买旧书，与过去的脚踏实地的访书方式有了根本的不同。在拍卖会上使蛮力争书，于网络上隔山买牛，到底没有了天地人交融的平静与自然。所以我用"脚踏实地"这个词来与新时代划清界限，同时向旧时光投去最后的一瞥以示诀别。

私人访书史，虽渺小，也好比"一部二十四史，不知从何说起"。那就从海王村书肆说起吧，想起哪段说哪段，不顾及什么起承转合，或是记忆片段，或是书肆寻梦，终归一句话——"逝者如斯夫"。

旧书的趣味，我知道得很晚。那是北京城陷于无秩序的某年春夏，供职单位的管束也松懈了许多，我得以找各种借口外出不归。溜号之后去得最多的便是琉璃厂。琉璃厂十字路口东北角是海王村公园，进得南门两边是两溜长廊似的房子，一间一间的，两溜房子交汇处是一座二层小楼，坐北朝南，俗称"三

164

门"，是中国书店总部所在地。楼里有很多的古旧书，并专设"内柜"，让有头有脸者优先挑书——中国社会的特权阶层，啥时候也取消不了。这权力倒不是"权倾朝野"式的势焰熏天，但是实惠终是少不得的。

据文史专家王学泰先生回忆，海王村归中国书店使用是"文革"后期的事情——"琉璃厂旧书店1972年开始营业，不过直至1979年之前都是以'内部书店'形式卖书的。其地点在海王村，也就是前面所说'小广场'的路北。"

"美国总统访华后，书禁大门终于开了一条小缝，爱书者和曾受惠海王村旧书店者还是应该感谢尼克松的。这就是海王村中国书店开始凭介绍信可以购买旧书的大背景，大约时在1972年春季。"

王学泰所说介绍信，有两个档次，普通的"用张信纸，开个便条，盖个公章就可以了"，但只适用于西廊。要进我上面说的"三门"，则须局级以上的介绍信，像"中国科学院文学研究所"的介绍信也管用。

正规的介绍信是很讲究的，有编号，中间有虚线及骑缝公章，高级的是用钢印，虚线便于撕开一式两份，办事的人拿一份，单位一份留底。抬头落款诸项格式都是印好的，填写时必须用什么笔也有要求。越是大单位，介绍信越正规，介绍信越正规，表示要办的事情越重要，接待人员也会因此高看你一眼，深信不疑且大开方便之门。

介绍信是中国社会的一个病瘤，它的伸缩性很大，造成权力真空。1993年5月7日，我骑摩托车去中国图书进出口公司买港版《金瓶梅》，前几天来过一趟，人家说买这书须介绍信。我回单位（至今我也不好意思说那算是啥单位）很容易地就开了一张，亮给管事的看，管事的说："介绍信你揣起来吧，我不看了，《金瓶梅》卖给你。"当时他还说了一句："就这介绍信，你不拿出来还好，拿出来我收了，让人家笑话！"我得寸进尺，说您再卖我一套吧，真是碰到好说话的了，真的又卖给我一套（二百九十元）。

旧书业的名人雷梦水就在海王村北楼上班，我没赶上看见雷梦水。只是后来冒冒失失给老先生写了信，信没留底，无非是些仰慕的话吧。老先生回了信，送我一本他编的《中华竹枝词》小薄册子。雷先生住南三环洋桥马家堡，几封信我都留着呢。再后来在琉璃厂书市买到好几本小薄册子，是雷老的旧藏，每书都贴有购书发票。姜德明先生在文章中说过这是旧书业老派人的做法："他（雷梦水）是卖书的，也自备一点心爱的书在手边，出于洁身自爱，也是为了避嫌，购来的每本书上或贴有单据，或留有购书日期、定价和单据号码。这种处世之道亦带有一点儒雅之风。"

"三门"里我几乎没买到过像样的书，这是后来的回忆，当时是因为不懂好赖书。长廊似的两溜房子也是中国书店的门脸，俗称"东廊""西廊"。西廊原有的店名叫邃雅斋，好像打解放前就有。西廊以新书为主，门脸正对着南新华街，行人一迈腿就进了书店。门口挂着块牌子"常年收购古旧图书"，正是这块牌子暗示着中国书店与新华书店的一个重大区别。新华书店只能卖新书，而中国书店新旧书都可以卖；新华书店只能照定价卖，中国书店古旧书的定价可以随行就市，可低可高，更多的时候是"高价"。常常看见读者拿着书问店员："这书不是定价一块二吗，你怎么卖十块啊？"这就是不懂旧书行的外行话。

王学泰讲他在海王村碰见过的各式买书人，"我很羡慕那些刚落实政策补发工资的人们，在每天候于海王村之门的诸位之中颇有几位是口袋里有几千块钱的"。先插一句，范用在七十年代用补发的二千元于上海旧书店狠狠买了一大批民国画报期刊，我亲眼看过上海书店开具给范用的三纸清单，全部是让人"弹睛落眼"之物，数量多，质量高，品种优。这批宝贝现在应该是归了上海出版博物馆。王学泰讲某"女同志花二百元买了九百本一套的进步书局的《笔记小说大观》。当时这被看作是很豪爽的，引起许多人的羡慕"，这套庞然大物我也在东廊看见过，时间已是九十年代初了，标价好像是八千元，看了它许多年，也没卖出去。还有一位"专买解放前上海大达图书公司出版的'一折八扣'的笔记小说"，王学泰也颇不以为然，说"这些等同垃圾，最好的去处是造纸厂"。"一折八扣"书的优势是便宜，十几块钱当时能买一百多本。我也热衷过一阵子"一折八扣"书，只挑封面好看的、彩色的买，不求多，此时十几块钱只能买一本了。

淘买旧书必得过金钱一关。知堂老人曾说："大约十元以内的书总还想设法收得，十元以上便是贵，十五以上则是很贵了。"王学泰曾写道："1972到1974两年多我几乎是日日光顾淘书。那时的旧书还是1965年定的价，与现在的书价比较起来不啻天壤。记得我只用了2角钱就买了一本何其芳先生的布面精装《汉园集》。后其芳先生说，抄家抄得连自己写的书都没有了，我就送给了他。北楼的一些明末刻的书是1元钱一本。一部残的欧阳永叔集25本，价25元。可惜那时只挣54元钱，吃饭养家外没有多少余裕，否则不知搬回多少被家人视为的'破烂儿'。那是文化荒漠中的一片绿洲，至今思之犹感温馨。"

《红与黑》中侯爵大人训诫于连"要做个上等人，至少要有两打衬衫"，这句话转换一下意思，同样也很适用于爱书者。

进东廊不如进西廊便当，你得先进海王村大门，曲曲弯弯，才能见到东廊，东廊的门很小很隐蔽，头回来还真是"不得其门而入"呢。还有一个进口是从大门旁的安徽四宝堂里穿进去，我是去过多少回后才知道这个捷径的。东廊很僻也很暗，终日射不进来阳光，昏昏暗暗，与四壁的古旧书颜色倒是天水一色。终年在这里的店员，好像现代人发配到了荒寺野庙。

我的旧书刊初旅，即在东廊开展，这是永记终生的。我后来能够写作出版十几本书，还是要拜东廊所赐。感谢种金明先生耐心地一次次给我找配旧杂志，使我走上了与大多数人不一样的藏书路径。

种师傅是中国书店老员工，长期负责收购古旧书刊，这样的经历使他结识了很多文化名人，巴金就是其中一位。住在上海的巴金，每年到北京来开会，下了飞机先到中国书店，看完书以后选好，开完了会再回来付钱。巴金喜欢世界语，凡是世界语的书他都要。对于巴金买书的特点，种金明记得尤其清楚："他买的主要是外国的文学书。"种金明曾经收购到一本塞万提斯西班牙文的《堂吉诃德》，里头全是插图，这套书共有四本，他知道巴金一定会有兴趣，就给留着。果然，巴金看到后很喜欢，立即买走。

东廊架上柜内摆的全部是古旧书，线装书占八成。另有一面墙是西文书及日本书。藏书票收藏第一人吴兴文先生，就是在这面墙上一本一本地翻找，找出了国人使用的第一张藏书票：关祖章藏书票。与吴兴文一起逛东廊的秦贤次先生，在这屋里狠发了一笔"新文学绝版书"的大财。我们很久以后才在一本台湾刊印的图文目录中见到了这批宝贝，秦先生好像远未到捐书的年纪就把书捐了出去，真是拿得起放得下的藏书家。陈子善教授在《新文学旧书三十五年》中说："记得九十年代初陪同台湾学者秦贤次、吴兴文兄等到京选购新文学旧书，就在琉璃厂海王村流连忘返。这海王村到底什么性质笔者至今弄不清，大概是个人承包的。拿出来的旧书真多，令人眼花缭乱，又可从容地挑选，大宗的为秦兄所得，现在都已捐赠给台湾'中央研究院'了，只要读一读十六开本两大厚册的《秦贤次先生赠书目录》（2008年7月台北"中央研究院"中国文哲研究所编印）就可明了。"

史树青说过海王村的沿革——"1917年，在桥东新辟海王村公园。这处公园实际是一座宽敞的大院，园中东、西、南三面为书籍、古玩、字画、照像、琴室；北面为楼房，清末曾由端方设为博物馆。海王村公园成立后，这座楼房改为工商业改进会陈列所。"

1936年《北平旅行指南》称："至民国后，开辟马路，拆弃窑厂。后在该处建设海王村公园，叠石为山，蓄水为池。但因地址狭小，游人甚稀，不久遂亦废止。今遗址虽存，而公园之意义全失。园中北楼，现为财政局稽征所占据。"

前几天读王冶秋《狱中琐记及其他》，里面有一段写到了海王村公园，写的是1930年8月1日的学生游行——"出了师大校门，就向南往厂甸的方向走，高呼着口号，打了附近路西的一个国民党区分部的牌子，又朝前走。前面有一个同志骑着车子散传单，路上市民纷纷接传单看，正走到海王村公园的西门外的时候，听见里面'哨子'一响，南门，西门就跑出一大群穿着白小褂裤，扣子那里有一根红头绳作标记的彪形大汉，光头，肉胖子，像一群出了笼的豺狼，扑过来，把队伍冲散，然后两三个人对付我们一个，拳打脚踢，在一阵混战之后，几乎把我们所有的人（约七八十人左右）都逮捕了。"今后若有《海王村公园小志》这本书，应添上这段旧闻。

姜德明先生出示过一帧《北京厂甸春节会调查与研究》书影，"书的封面绘有琉璃厂海王村的正面图景"，此书出版于1922年，离公园开园不过五年的光景，所以海王村最初的面目应去之不远。大门上书额"海王村"，带轨道的铁栅栏门两向分开，门里可见花坛。大门左首的墙上挂有"铸新照相馆"的招牌，右首挂有"古玩处"的椭圆形招牌，挨着的是"傅三书画像处"。七八十年光景，海王村里里外外大变身多少回也许数不清了。

最大的变身是在九十年代初，由于每年春秋两季的古旧书市，涌进来的读者太多，院子里人满为患，所以海王村在院里扩盖了二层平台，等于是增加了一倍的面积。平台是露天的，从东门进来几步，修了一条坡道，上去就是平台。平台只在书市期间使用，为了遮风挡雨，书摊搭建临时的遮阳棚。所谓书摊不是现在习见的招商式书摊，摆摊的都是中国书店散布四城的门店，如前门店、海淀店、灯市口店、隆福寺店。每个店的货色也不尽相同，最好的当然是虎坊桥中国书店总店库房拿出来的古旧书了。资深的淘书者冲进书市后，会直奔总店库房摊位，这里抢到好书的概率十倍于普通门店。事情并不尽然。某次书市，得以恩准提前几分钟进入书市，一时眼花缭乱，哪个摊位都是扫一眼就走，根本沉不下心一架一架细细瞅瞅。有位运气好的半熟脸书友拿着《今传是楼诗话》原版书走过来，我问他哪个摊买的，他指给我看是前门店的摊位。我刚才也扫过的，如果心静一些，这本罕见的书本应是我的。

书市已停办多年，今日之海王村，冰清鬼冷（周肇祥语），不特非民国全盛时比，即前八九年的气象亦风消云散。业内外的一致看法：货源枯竭矣。

呼和浩特藏书家王树田是海王村书市的常客，写有《海王村里赶书市》，记忆书市的景象和他的收获。还是听听他描述的吧——"作为书市常客的我，最使我怀念的，还是九十年代前期中国书店的古籍书市。该书市位于琉璃厂海王村大院内，楼上楼下两层，规模大，品种多，几乎全是平日见不到的库存书。除了大量的线装书外，民国新文学、旧期刊、老报纸、外文书等五花八门，应有尽有。更吸引人的是书价较低，充分考虑到爱书人的承受能力。尤其是线装残书，每册只收一元，而内中多有明版、殿版、精刻本、版画等等，虽则不全，但买下来留待后配或存个书样总是好的。于是乎，书友们闻风而至，不肯错过这绝好的机会。"

下面这段王树田描述的场景，资深的淘书客应该看着眼熟——"1994之秋艳阳高照的一天，我早早赶到书市，大门尚未开启，门外已挤满了人，南北口音相互夹杂，噪声不绝于耳。还有人是专门乘飞机赶来的，还提着行李，可见书市魅力之大。人们求书心切，书市却迟迟不开，便有人鼓噪撞门，也有人不知从哪儿找来店员穿的蓝大褂，冒充内部人往里混。"

"书市终于开门了！人们全都不顾一切地往里冲，有被挤倒的，有掉了鞋子的，连老外也呼喊着冲在前面，那情形，现在想起来还惊魂夺魄。守摊的店员虽已有准备，还是被这汹涌的人潮冲得乱了手脚，只有躲闪的份了。其实，抢书者大多是奔那一元一册的残书去的，一捆书还未打开来，便会有七八双手同时去抓抢，不管什么书，抓到多少算多少，然后再到一边去细挑。我身单力薄不能与其竞力，只能拣拾人家弃掉的书，居然也捡了一摞，其中居然还有四本一套是全的，赶紧付款走人。"

这里夹抄一段我1992年4月18日的日记："礼拜六　晴。八点半出发上琉璃厂书市。昨晚把行程表拟好，够宏伟的，实现恐困难。先骑到三味书屋，没到点呢，接着在六部口邮局买邮票，总是到了就能买到。骑到琉璃厂海王村大院，现在各门市都独立核算了，各顾各，态度也好了许多。买了《陶都精华》，二十六元。看中了顾景舟主编香港印制的《紫砂珍赏》，相比之下，国内印的几本逊色多了。上平台，地下扔着一大堆残缺的线装书一大堆人围着在争抢，我没参加战斗。"我不懂古书，要是懂的话，也就加入战斗了。

买书者当年皆少"复本意识"，今日皆齐声喊悔。王树田讲："我见到民国年间著名藏书家、刻书家吴昌绶精刻初印的《墨表》一书，为红印本，一本即是完整的，当时居然有一摞数十本！而我，不想要复本，只选了一本封面有墨跋的，是吴氏持赠原藏者京城名医萧龙友的。后京城大藏家孟先生愿高价求购此书而被我婉拒。我当时购买此书只花去七元钱，早知如此，我当时把那一摞都包圆儿了多好！此乃后话，不提也罢。"

2006年春季的书市，是最后一次书市。我的日记记下了那一天："四月一日　周六。乘609转地铁奔书市。到了已开市，心不急也。全部是四十元一本的民国杂志，旧书及线装书全没戏。挑了五本杂志，再无可买者，他们也如是。中午吃锅贴，吃完又与柯、胡返回书市，没添新货。"我于海王村书市最后买的几本书是：

《东京梦华录》，古典文学出版社，1957年，一版二印，一百五十九元。

《青年人》，第二卷第七期，成都出版，四十元。

《汗血周刊》，四册，一百六十元。

书很普通，值得一说的是，《汗血周刊》内有张瑞芳的集体照相，那是张瑞芳演艺生涯的青春岁月。张瑞芳曾于北平国立艺专就读美术系，艺专旧址即今民族饭店。我的旧居离民族饭店很近，小学六年及以后的岁月我曾几千次地走过艺专遗址。

插说一段海王村大门外的食摊。琉璃厂东西两街都是一望到底，几乎没有像样的树遮挡视线，更没有与百年老店相配的百年老树。唯一处有棵大树，那就是海王村门前，这里是琉璃厂最宽敞的一块空地。

大树下常年有一辆平板车改装的食车，车上有十来个盆，装着荤菜素菜，主食是米饭，一份五元。你可以挑一样荤菜二三样素菜，反正"碗大勺有准"，盒饭大家都吃过吧，半盒米饭之后就没有多少余地盛菜了。荤菜有红烧肉，里面有卤鸡蛋，我最爱吃。红烧鱼也常有，我好像没要过。当街吃饭已非雅人雅事，你再一边吃一边吐刺，像什么文化人样子？一开始只是一对小夫妻在这里卖盒饭，生意很好，小夫妻是本地人，男恩女爱地做着小买卖。不久竞争者出现了，离小夫妻十多米的地方出现了同样的一辆食车，出卖的饭菜也差不多。小夫妻紧张了，一边卖饭一边往那边偷偷地瞄一眼。

现在大树下早已没有了卖盒饭的平板车，我也从一个人逛海王村改为成帮结伙，吃饭的地方也改为"老浒记面馆"了，人均消费更不可能回到五元时代了。

Ade，我的卤鸡蛋盒饭！Ade，我的独行侠访书！

（录自《买书记历》，中华书局，2014年版）

辑三　书叶之美

谈封面画

唐 弢

　　书籍封面作画，始自清末，当时所谓洋装书籍，表纸已用彩印。辛亥革命以后，崇尚益烈，所画多月份牌式美女，除丁慕琴（悚）偶有佳作外，余子碌碌，不堪寓目。"五四"新文艺书籍对这点特别讲究，作画的人也渐渐多了起来，丰子恺、陶元庆、钱君匋、司徒乔、王一榴等，皆一时之选。鲁迅先生间亦自作封面，除普通题字不算外，《呐喊》《坟》(扉页)《华盖集》《小彼得》《引玉集》《凯绥·珂勒惠支版画选集》以及杂志《奔流》《萌芽》《朝花》等几种，无不朴茂可喜。鲁迅一生爱好美术，因此对封面构图，能做到独具匠心。三闲书屋版的《铁流》《毁灭》，湖风版的《勇敢的约翰》，朝花版的《近代世界短篇小说集》两册，书面几行铅字，排来错落有致，十分匀称。最特别的是他替《心的探险》一书所作封面，以六朝人墓门上画像构成图案。耍杂技的人正在表演，群鬼飞舞，奇趣横生。后来田汉的《文艺论集》、开明的"开明文史丛刊""开明文学新刊"，也都以古代壁画石刻为饰，足见此风流衍之长。刘半农《瓦釜集》，索性以旧器照相，饰诸书端，格以红线，古趣盎然。这本书由钱玄同题字，马叔平选器，陈万里制像，颇具淳朴的美感。

至于布局安排，像《瓦釜集》那样，把图画插在封面顶端，在新文艺书籍中极为普遍。丛书如开明书店"开明文学新刊"、现代书局"现代创作丛刊"等，就都如此。"现代创作丛刊"每册各有图案，色彩缤纷，有几本画得很漂亮。

译本之中，以原书封面或插图为书面的，亦已屡见不鲜。新生命本《土敏土》，三闲本《铁流》《毁灭》，未名本《烟袋》《第四十一》《十二个》《黑假面人》等，都用这个办法。曹靖华为骆驼书店译《城与年》，也袭用原书封面。巴金曾说这是骆驼各书中最漂亮的一册，我以为确是这样。

至于名家作品，陶元庆、钱君匋、司徒乔三人画得最多。君匋长图案，取材多采用植物，如禾穗、树苗、花叶之类。开明版《空大鼓》《两条血痕》《家庭的故事》、北新版《栀子花球》、春潮版《爱西亚》以及万叶版精装本《第一年》，都没有跳出这个范围。司徒乔好画人物，北新版《飘渺的梦》《卷葹》和《法国名家小说杰作集》，虽构图不同，而全系人物，笔触所至，变化不多，似不及他平常所作的画出色。三人中我最喜欢元庆的作品，一幅《苦闷的象征》，已是人间妙品，而鲁迅的《朝花夕拾》《工人绥惠略夫》、许钦文的《蝴蝶》《毛线袜》《若有其事》《仿佛如此》等书，都由他代作封面，十分出色。元庆有一幅画叫作《大红袍》，许钦文取以为短篇小说集《故乡》封面，色彩醇美，构图奇巧，尤属不可多得。作者天赋既佳，作画时又从来不肯苟且，故幅幅见功力，亦幅幅具巧思。至于纯粹以中国画作封面，除杂志外，单行本极少见，有之，唯未名版《冰块》而已。双松倒挂，冷月当空，纯然水墨作风。

自从丛书风行以后，出版者为求有同有异，在封面设计方面，往往采取不同画图，做一致布局，既可以成套，又各有特点。这个设想是不错的，可是搞得不好，也会流于西洋通俗本一流作风。譬如"晨光文学丛书"，比起它的前身"良友文学丛书"来，就较为逊色。反不如文化生活出版社"文学丛刊""文化生活丛刊""西窗小书"等素朴可爱。这些书不用画图，只在铅字的大小、颜色和排列上用功夫。听说蓝本是鲁迅先生供给的，我觉得作为封面设计的一种，大方可取。中华人民共和国成立以后，书籍封面大抵都遵顺这条路子，可惜变化太少，这几年来有所开拓，慢慢地显得更为多样了。

（录自《晦庵书话》，生活·读书·新知三联书店，1980年版）

180

"拙的美"

——漫谈毛边书之类

唐 弢

　　鲁迅先生爱书，这是大家已经知道的事情了，由爱书而讲求版本装帧，也往往为人们所乐道。虽然他写《中国小说史略》，参考的都是包括石印在内的坊间普通版，从不追求珍本精刻，但自己印起书来，不论是本人的还是别人的著译，却又十分讲究：纸张要好，天地要宽，封面要大方，插图要精致，装订用穿线而不用铁丝，从实用到美观，一点儿都不含糊。他喜欢书籍"不切边"，自称"毛边党"，[①] 在给《八月的乡村》作者萧军的一封信里说，"切光的都送了人，省得他们裁，我们自己是在裁着看。我喜欢毛边书，宁可裁，光边书像没有头发的人——

---

　　① 致曹聚仁（1935年4月10日），《鲁迅全集》第十三卷《书信》。

181

和尚或尼姑。"①只这几句，好恶分明，分寸允当，他爱毛边书的心情，已经跃然纸上了。

我说这些，并非怂恿大家都去学鲁迅，加入"毛边党"。我以为这类事情，不妨各随所好，听其自然，又只须全面权衡，分清缓急，别的就可以不问不闻了。尽管事例不同，我还是想起鲁迅论袁中郎的一段话来。那时有人捧袁中郎，有人骂袁中郎，鲁迅说，主要"当看他趋向之大体，趋向苟正，不妨恕其偶讲空话，作小品文，因为他还有更重要的一方面在。正如李白会做诗，就可以不责其喝酒，如果只会喝酒，便以半个李白，或以李白的徒子徒孙自命，那可是应该赶紧将他'排绝'的"。②这段话很精辟。问题的关键不全在喝酒，而在只会喝酒便以半个李白自命，或以李白的徒子徒孙自命。这样一来，事情的性质变了，不应再拘泥于一端。知人论世，我们可以从中悟出许多重要的道理来。

不许弄毛边书，说弄毛边书是玩物丧志，给读者又带来不便，就和不许喝酒一起，悬为禁例，违者从严处分。干脆自然是干脆的。不过，以此治天下，天下必将趋于单调，枯寂，索然无味。鲁迅敢于从严肃中喝几杯酒，玩玩毛边书，使生活多一点色彩，正是鲁迅之所以为鲁迅，也即他的伟大和不可及处。

_____

① 致萧军（1935年7月16日），《鲁迅全集》第十三卷《书信》。

② 《"招贴即扯"》，《鲁迅全集》第六卷《且介亭杂文二集》。

从这点着眼，我想指出：喝酒之于作诗，小品文之于正经事，毛边书之于装帧艺术，恐怕不是什么对立的东西。自然，如果一个人只会弄毛边书，便以半个鲁迅自命，就像只会喝酒而以半个李白自命一样，用鲁迅的话，那就应该赶紧将他"排绝"了——决计不给一点通融的余地。

这是个严峻的不能动摇的界限。

我个人是喜欢毛边书的，但没有资格加入"毛边党"，这方面的知识还太少。大约四十几年之前，在"孤岛"上海，有一次我问许广平先生：她亲自经营《且介亭杂文末编》，为什么不印一点毛边的？许先生听了愕然。原来她不仅印过毛边本，还托人带给了我一套，谁知这位带书的人也是毛边爱好者，从中将书干没了，以致我一直认为《且介亭杂文末编》没有毛边本，险些儿闹出笑话来。

其实我对毛边书早有好感。与鲁迅先生从反面嘲笑"和尚""尼姑"相印证，我觉得毛边书朴素自然，像天真未凿的少年，憨厚中带些稚气，有一点本色的美。至于参差不齐的毛边，望去如一堆乌云，青丝覆顶，黑发满头，正巧代表着一个人的美好的青春，自然，这是三十年代初期的印象，溯而上之，便不完全相合了。因为我国最初出现的毛边书，毛在书根，不在书顶，比如"新潮社文艺丛书"里的《呐喊》初版本、爱罗先珂《桃色的云》、孙福熙《山野掇拾》，就都是的。等到各书归北新书局出版，毛的一边才移到书顶，而且一直沿用下来。鲁迅先生"和尚""尼姑"之说，我的一堆"乌云"的想象，这才有了客观的依据。但因此又有人怀疑：新潮社最初几本毛在书根的文艺书，会不会只是装订上一时错失，将它颠倒过来，而不是毛边书沿革中正式出现的一种形式呢？

这是应该予以澄清的问题。

书籍装帧也像整个"五四"文化大革命一样，吸收了外来的影响。毛边书即其一例。从当时英、法、德和部分美国与日本的出版物看来，"新潮社文艺丛书"的做法不是杜撰的。西欧书籍硬面精装，讲究的还用金顶。不是和尚不成佛。只有将头颠磨得光光，涂上金，才会发出灿烂夺目的光彩来。这类书往往上下都光，只有书口留着毛边，一来取其翻阅方便，二则保持本色，给人一点拙朴的美，看去略带野趣。至于有的连书根都留毛边，那就更加不在话下了。

以我自己的亲身经验而言，印象最深的一次是：抗日战争胜利，傅怒庵（雷）为了《约翰·克利斯朵夫》译本的装帧，拉我一起访问了林风眠的法国籍太太。她是著名的书籍装帧家，装订全部都用手工。在那里，我们真的开了眼界：经她亲手装订、印数极少的珍本奇书，她为参考而收藏起来的英、法文精印本，或金碧辉煌，或简单朴素。有的只有书口一面毛边，有的连书根两面毛边。但没有一本满头乌云，像鲁迅所提倡的"怒发冲冠"式的毛边书，这使我稍稍感到意外。但我还是从这里得到启发，猛然领悟中国也有这种毛边书，不是"新潮社文艺丛书"，而是声势比新潮社浩大的另一套。1926年，创造社出版丛书，采用西洋办法而略加变通，多少带一点日本的风味。丛书封面卷边，以朱顶（红色）或蓝顶代替金顶，如郭沫若的《橄榄》、张资平的《冲积期化石》、都德的《磨坊文札》、歌德的《少年维特之烦恼》，都是书口与书根两面毛边，虽然和"怒发冲冠"式有点不同，却还是不折不扣的正宗毛边书。只是封面卷边，头顶着色，毛的程度较弱，人们反而将它忘却，甚至不作为毛边书论列了。这实在是一个大错误。

就我所知，将毛边从书根移到书顶，终于固定下来，的确是从北新书局开始的。这当然和"毛边党"首领鲁迅有关。因为鲁迅先生的书影响大，从小说到杂文，书出得比较集中。同时也和其他几位出书较多的先生继起仿效分不开，例如周作人的五本"苦雨斋小书"及其他单行本，郁达夫的七本《达夫全集》，许钦文从《故乡》开始的十二本短篇小说集，李青崖翻译以《哼哼小姐集》为首的九本莫泊桑短篇小说集，都在北新书局出版，都以毛边书的形式和读者见面，浩浩荡荡，先声夺人，为这种形式的风行开辟了最初的道路。

至于毛边之所以自下而上，从书根移到书顶，却并不如有些人所说，同鲁迅先生的性格合拍，他自己的相貌就保持着"怒发冲冠"式的和社会不相调和的形象。事实并不如此。记得鲁迅先生说过，洋装书是直插的，用硬封面，毛边在书根不受影响。中国尚没有全用硬面精装的条件。线装书宜于横放，向来的习惯是将书根磨光，写上书名，以便随时查阅。过去还有以写书根为业的专门人才呢。何况旧式书箱很多是按横放设计的，书根朝外，倘不加工，将只见到乱糟糟的一堆，根本说不上朴素美、单纯美、本色美，更说不上拙的美的。

我以为这是我们研究毛边书的一个材料，从这里开步走吧。

1982年4月12日

（录自《唐弢书话》，北京出版社，1997年版）

鲁迅与书刊设计

倪墨炎

在我国出版史上，线装书的装帧也是不断发展的，封面就有绢质的、麻质的、布质的、纸质的，装订也不断地完善。近代"洋装书"的出现，使我国出版史进入了新阶段。但最初的"洋装书"封面也和线装书一样的简单，就是印上书名、著者姓名和出版者的名称罢了。把美术作品引入书籍装帧领域，使书籍装帧进入美术的领域，在我国，是和鲁迅分不开的。

鲁迅就曾设计了几十种书刊的封面。这有几种情况：一、他为自己的著作设计封面。如《呐喊》，用的是大红底色，书名和著者姓名则在正中上端的黑框中用阴文衬出，显得热烈而厚重。又如《华盖集续编》，是白的底色，"华盖集"三字是仿宋字体，作者"鲁迅"用拉丁拼音文字，写在书名之上，"续编"二字画成隶书阳文印章样子，套红斜盖在书名之下。这封面显得简朴而又醒目。二、鲁迅为自己编的文集画册作的封面，像画册《木刻纪程》《引玉集》《凯绥·珂勒惠支版画选集》等。其中《引玉集》颇具匠心。它的底色是大红的，正中一个黑线方框，框左是直写的"引玉集"三字，右边是几行横写的画家的英文姓名，末行还有"木刻59幅"字样，构成了很别致的图案。三、鲁迅为自己编的刊物设计封面，如《奔流》《萌芽月刊》等。鲁迅都以大型美术字写刊名，丰满地占着封面的大部分篇幅，显得雄浑有力。四、鲁迅也为别人的书籍做封面。如高长虹的散文及诗集《心的探险》，封面用青灰色发丝纸，印赭色图案，画群鬼腾云作跳舞状。这书的目录后有一条说明："鲁迅掠取六朝人墓门画像作书面。"

如果说，封面设计大致可分两类，一类以图案为主的，另一类则以图画作品为主；那么，鲁迅设计的封面，是属于前一类的。

但鲁迅十分喜欢后一类封面。像《彷徨》的封面，是陶元庆设计的，它画着一个正在下山的太阳，三个人彷徨地坐在椅上，正由怅然而准备行动。鲁迅对这张封面画很满意。他在1926年10月给陶元庆的信中说："《彷徨》的书面实在非常有力，看了使人感动。"鲁迅为许钦文编选的短篇小说集的封面，用了一幅《大红袍》的图——一个复仇的女性，穿着大红袍，拿着利剑，岸然挺立。鲁迅也很喜欢这张画。据许钦文《鲁迅和陶元庆》一文说，鲁迅看到了《大红袍》，认为："有力量；对照强烈，仍然调和，鲜明。握剑的姿态很醒目！"鲁迅建议"就把《大红袍》用作《故乡》的封面"。后来，一位研究美学的德国人看了《彷徨》和《故乡》的封面，有所评论，鲁迅立即在1926年11月的信中告诉陶元庆："一个学生给他看《故乡》和《彷徨》的封面，他说好的。《故乡》是剑的地方很好。《彷徨》只是椅背和坐上的圆线，和全部的直线有些不调和。太阳画得极好。"可见鲁迅对于封面设计者的热情和关怀。

鲁迅对于封面设计者是十分尊重的。他在1926年11月给韦素园的信中说："关于《莽原》封面，我想最好是请司徒君再画一个，或就近另设法，因为我刚寄陶元庆一信，托他画许多书画，实在难于再开口了。"鲁迅深知封面设计绝不是粗制滥造所能出来的。在鲁迅书信中，有托人在印刷封面时校对颜色的；有关照必须在书内注明封面设计的作者姓名的；有说明封面颜色必须遵照画家的规定办，否则是对不起画家的。这些都说明了鲁迅对封面设计者的劳动绝不等闲视之。

鲁迅也很重视装帧工作。鲁迅对于书刊的开本就有过认真的设想。他编的刊物有通行的三十二开本，如《莽原》半月刊、《朝花旬刊》；有通行的十六开本的，如《朝花周刊》《前哨》等；但也有二十五开本，如《奔流》《萌芽月刊》《文艺研究》；而《译文》则是二十三开本。据黄源在《鲁迅先生与〈译文〉》中回忆，筹办《译文》之初，讨论到开本，鲁迅说："现在的杂志都是十六开本，我们来个二十三开本吧。"二十五、二十三开本，比十六开本方正，比三十二开本大方，确有独到之处。鲁迅以三闲书屋名义自费印的《毁灭》《铁流》，初版是二十三开本，重磅道林纸印，毛边，横排，配上厚布纹纸做封面，就显得大方、庄重、厚实。而"朝花小集"（只出版了一种《接吻》）是狭长的四十开本，道林纸毛边，适宜于篇幅不大的作品，且便于携带。《海上述林》是为纪念瞿秋白而编印的，鲁迅特地自费在日本印制，分皮脊麻布面精装和绒面精装两种，都烫金字，显得厚实而隆重。这样讲究的书籍装帧，在中国现代出版史上还是第一次。

鲁迅十分重视书刊的插图。他说："书籍的插画，原意是在装饰书籍，增加读者的兴趣的，但那力量，能补助文字之所不及，所以也是一种宣传画。"（《"连环图画"辩护》）鲁迅总是尽量使他所编的书刊文图并茂。像三闲书屋出版的《毁灭》《铁流》都印有作者彩色像和插图多幅。鲁迅主编的"文艺连丛"中的《不走正路的安得伦》（曹靖华译）、《解放了的董吉诃德》（瞿秋白译）等，都有多幅精致的插图。而马克·吐温的《夏娃日记》，是由于美国原版书中有五十五幅精美的白描插图，才使他起意找人翻译出版的。鲁迅编的刊物也多配有图页，像《奔流》每期所刊图画，少则四五幅，多则十余幅。《朝花周刊》虽已附出《艺苑朝华》画刊，但每期仍有美术作品的插页。鲁迅编的前三期《译文》，每期都有十幅左右的插画，后来的接编者也继续保持鲁迅的这个传统。

鲁迅也十分注意书刊的版式。他在《忽然想到（二）》中说，"我于书的形式上有一种偏见，就是在书的开头和每个题目前后，总喜欢留些空白"，"每本前后总有一两张空白的副页，上下的天地头也很宽"。他不赞成"满本是密密层层的黑字"，"使人发生一种压迫和窘促之感"。鲁迅还反对在书刊的每一行顶上，出现圈、点、虚线或括号的下半等，因为这样看上去不整齐。他想出补救的办法：上一行中如有两个标点，则用对开标点，这样可多出一个铅字的位置，把下行顶上的标点移过去，或在上一行中嵌入四个四开的空铅，这样就有一个字挤到了下行的顶上。据许广平回忆："鲁迅常常亲自做校对工作。校对中，遇有一行的顶头有标点，他都认真地划到每行的末尾，一张校样，正面看看，还要倒过来看看，这样，字排得正不正，排行是不是歪斜，就很容易发现了。他要求天地头要排得整整齐齐，那个地方空得多，那个地方比较挤，那个地方错落不齐，也都在样子上做出记号，有时用尺划一条直线，以引起排字工友的注意。"（《鲁迅先生怎样对待写作和编辑工作》）可见鲁迅对于版式的认真。

鲁迅对待刊物的目录位置和书籍的版权页，也都有过认真的设想。如编《莽原》时，他主张把目录印在第一版的下角边上，这样便于读者和后面几页查对。"未名丛刊""未名新集"的版权页项目都印得很简单，留出空余地位，排印同套书的书目。而《十竹斋笺谱》的版权页鲁迅又有新的设想。他在1934年10月给郑振铎的信中说："我想这回不如另出新样，于书之最前面加一页，大写书名，更用小字写明借书人及刻工等事，如所谓'牌子'之状，亦殊别致也。"其实鲁迅的"新样"，不仅是为了"别致"，还为了尊重原版藏书人和刻工。当时的图书在版权页上一般都印有"版权所有，翻印必究"字样。鲁迅当时自费印的几种画册都是赔钱的。因而在《凯绥·珂勒惠支版画选集》的版权页上印了"欢迎翻印，功德无量"八个大字。这不但是别出心裁的"新样"，实在是很发人深思的了。

（录自《中国出版年鉴［1980］》，商务印书馆，1980年版）

海阔天空话装帧

叶浅予

　　从二十年代末直到现在，我和报刊出版界的关系极为密切。这种关系，从投稿开始，继之以受雇当画报编辑，直至和朋友合伙自办刊物，学会出版工作的知识与技能，但始终没有脱离撰稿人的地位。由于自己从事过出版事业，懂得计算印刷成本，在设计封面和排版式时，经常考虑在最低条件下达到最高效果。就是说在考虑艺术效果时，不脱离经济效果。例如，设计封面时，按成本规定只能用二色套版，便利用一色的浓淡层次或二色叠印的方法，达到多色彩的效果。在规划每页的字数、行距、天地、白边时，也要精打细算，能省则省，避免浪费，既醒目，又合理。这样，尽量使印刷成本降低，不使读者多花买书钱。

　　由于这种指导思想，看到现在许多设计中的浪费现象，心里感到很不舒服。比如封面设计，明明二套色已经足够，可是为了突出出版日期或期数，偏要加一套色，因此增加了印刷成本，也就增加了读者的负担。

1963年北京人民美术出版社约我编印速写集，原计划编一厚册，售价当然很高，一般读者是买不起的，如果印出书来，读者买不起，印数必然很少，那又何必出书。我建议分类编印几个小册子，尽量压低成本，降低售价，一般青年买得起。出版社接受了我的建议，那年出了三本速写集。现在有些人喜欢大排场，印大画册，结果这类书只能躺在图书馆里，到不了读者手里。

读了一些装帧设计者介绍经验的文章，他们尽力在设计时专心考虑如何反映书的内容，同时也考虑印刷装订的可能条件，做到既合实际又有创造。这里面包含一个如何为读者服务的问题。所谓实际，就是符合印刷装订条件的实际，满足读者阅读、欣赏以至于珍藏的实际。所谓创造，就是为提高读者审美水平而创造，为装帧艺术推陈出新而创造。

查过《辞源》和《辞海》，有"装"字和"帧"字的注释，没有"装帧"这个辞的条目。"装"字下面有"装潢""装饰""装束""装裱"等辞目，"帧"字下面注着：1.画幅，2.画幅的量名，出典是汤垕的《画鉴》"唐画龙图在浙东钱氏家，绢十二幅，作二帧"，可见幅与帧是两个概念，我的理解是两帧画，用十二幅绢，六幅合成一帧。我们习惯指画的量为"帧"、为"幅"、为"张"，《辞海》"帧"条指的是古代用语，现在用语对这两个单字的界限不怎么讲究了。不知从什么时候起，一本书从封面到整体设计叫作"装帧"。希望装帧专家对这个词做一点考证，做出确切的解释，为新编的字典或辞典提供补充。

我读小学时，课本都是线装的，油光纸单面印，中学时是日本式的平装，白报纸或道林纸双面印。我读的那所中学，校长崇洋，特重外语，三年级的数学、地理、历史都用英文课本，是所谓洋装书。那时讲究一点的著作，也出洋装本，现在叫作精装本，中学读的英语模范读本也是洋装的。那时书籍的印刷装订逐渐采用西法，封面设计仍然是老一套程式：手写书名，加个边框，没有别的加工。大出版商如商务和中华，已经设立图画部，聘用画家，从事插图和封面设计，但还不是现代的美术编辑。

1978年出版系统在北京建国门外国际俱乐部召开了一次出版工作座谈会，会上展出了建国以来装帧设计比较成功的书刊。座谈中，胡愈之发言，说他早年在法国留学，学的专业是书籍装帧。我第一次听到外国学校有这么一门专业，胡愈之到法国去学习这一冷门，是开创历史记录的。可惜当时没有向他请教，为什么要选择书籍装帧这个专业，学了以后有什么成果，否则，对探讨中国书籍装帧的历史将大有作用。

如所周知，鲁迅是"五四"以后第一个在他自己的作品上讲究装帧的实践家，他把封面设计、内容编排、印刷装订、选字选纸等几个环节协调统一起来，使之净化而又美化，开创了书籍装帧的新局面。除了自己动手，还引导许多美术家投向这一工作，最早有陶元庆、司徒乔、孙福熙、陈之佛、钱君匋，稍后有池宁、沈振黄、郑川谷等人。1981年上海人民美术出版社出了一本《鲁迅与书籍装帧》，记载了那一时期鲁迅在这方面的活动，成为现代中国文艺出版物装帧史的重要文献。

五四新文化运动以前，是鸳鸯蝴蝶派占有着文艺阵地，上海有个书局出版了徐枕亚的《玉梨魂》和《雪鸿泪史》，十六开大本，四号大字排印，封面用满地墨绿嵌白字书名，颇为醒目，可以说是线装题字老一套程式的革新。比这更早，上海有些画家投入报刊出版活动，设计封面，并画插图，其著者有沈泊尘、但杜宇、丁悚、钱病鹤等人。这几位画家受清朝末年《点石斋画报》的影响，在中国人物画的基础上吸收外国漫画插图技法，活跃于报刊出版界。五十年代我在琉璃厂旧书店里买到一套《病鹤丛画》，此书出版于1922年，发现书尾印有钱病鹤的卖画润格，在自定人物、仕女、花鸟、虫鱼的润笔价格之后，附记一条云："种种画件预备制成印刷品者如报章插图、名著封面、说部绣像……不能任意挥毫，均需临时面议。"可见书籍装帧是他卖画之余的一种承接业务，不过这类作品不能按照惯例按尺论价，而要按件面议。根据钱氏的润格序言，说："余性孤僻，不附权势，勉为糊口之计，旅申鬻画，倏已十余年矣。"可知钱氏在上海卖画开始于清末民初，到"丛画"出版已十余年，这十余年中，已出现《玉梨魂》《雪鸿泪史》等洋纸铅字印刷本，而"丛画"还是当时仍在流行的油光纸石印线装本。一般石印线装本，即使像"丛画"或类似的《百美图》画册，封面还是一律老式题签，没有见到别出心裁的设计。是不是可以说，只有铅字排印出现之后，书籍装帧才有用武之地？本人只就手头材料得出这样的结论，可能是不准确的。

1947年我在纽约一家旧书店买到一本图文并茂的书，著者是美国著名版画家劳克威尔·肯特，书名叫作《北偏东》(*N by E*)，纽约文学社1930年版。这本书由著者自写、自画、自己装帧。印刷相当精致。该书记述肯特和两个伙伴驾驶一条小帆船，从纽约出发，驶向格林兰，带点冒险性质的一次海上抒情旅行。我买这本书时，护封已失，好像一个人赤身裸体，很难揣摸它经过打扮是什么样子，但可以肯定是庄严而朴素，和书的本相协调一致的。《北偏东》以图为主，配以诗一般的散文，从内容到形式都很美，我把它当成一件珍贵的艺术品收入我的书库。

翻开硬封面，第一二两页是空白，第三页一小方扉画，题了"N by E"书名，极为紧凑，第四页背面和第五页正面是相连的一整幅冰山图，嵌进书名、著者名、出版社名，构图严密，富于装饰意趣，背面是版权页，第六页是著者向"FRANCES！"致意的祝愿图，画一个赤身的人举杯向上苍致敬，第七页是序文，附以地球仪饰画，第八页插图目录，第九页正文序画，第十页正文第一图。正文结尾，另起一页为装帧设计人劳克威尔·肯特及印刷监督人威廉·A.葛脱瑞极题名，最后空白三页，与开卷白页呼应。

《北偏东》正文编排是上图下文。可巧，我手头有一本明版《奇妙全相注释西厢记》影印本，也是上图下文，两书出版时间相距四百年，两位装帧设计者的头脑，真可谓心心相印了。

张光宇的"民间情歌"，自画、自编、自己装帧。三十年代由上海时代图书公司出版，每页一图一歌，图在上、歌在下，或歌在上、图在下，按照相对的两页灵活编排，符合统一变化的规律。封面设计和版式规格及排字疏密，跟图画的格调取得一致，从头到尾是一件完整的装帧艺术珍品。张光宇年轻时是上海著名花鸟画家张聿光的学生，师徒二人为京剧革新派的舞台设计过布景，懂得怎样美化舞台。稍后，当过报刊的美术编辑、电影厂的美工师、商业广告设计师，画过连环画、香烟小画片，懂得油画技术，练就一手好书法和中国画笔墨，善于设计家具和室内布置。这一切实践，促成艺术造型的高度简练，构图意匠的严格完整，富于鲜明的民族的和个人的风格，被人称为一代装饰艺术大师。

张氏于1950年起参加工艺美术教育岗位以来，他的才能得以大为发挥，影响并带动了新一代装饰艺术家的成长。张氏装饰风格的特点，用他自己的话来说，就是一个"减"字。这"减"字体现了艺术造型的最高境界，若要引申的话，就是向"方"和"圆"两个字下功夫：四条直线成为"方"，是直线造型的极限，象征至大至刚；一条曲线成为"圆"，是曲线造型的极限，象征最柔最挺。这两个极限，反映造型的最简与最练，达到"减"

法的最高峰。中国画家常说"不能多一笔也不能少一笔"，这句话是衡量艺术造型是否高度简练而又准确的评价。张氏主张，用笔造型要减至不能再减，这是大家都可以理解的。

二十年代末，我参加张光宇和张正宇兄弟二人所经营的《三日画报》时，学到了用三角尺在图片上画对角线以划定图片的放大或缩小，学到了运用文武线取得粗细刚柔相济的装饰效果。今天看来，这类与装帧技术有关的学问是起码又起码的，但是叫一个只画画不懂装饰的人来干这工作，不一定能胜任愉快。张氏造型法的基本来源是中国的版画和民间艺术，在其发展过程中时时吸收外国造型艺术中对它有益的成分，如欧洲人的工艺造型，美洲人的版画造型，日本人的浮世绘造型，有时也吸收西方抽象艺术的某些造型手法。总之，这一切无不为其造型的减法服务，达到极其净化与美化的境界。

钱君匋是三十年代以来从事书籍装帧工作的一位重要专家，也是一位著名的篆刻家。两者之间的联系是什么？应该是造型艺术在形式构成中的多样统一，对称平衡，疏密相间，虚实相生等等共同规律。封面设计和篆刻布局之间另有一条共同规律，就是要在有限范围内做文章。一本书的封面最大不过白报纸的八开，一方图章最大不过一二寸见方，无权做大块文章，这就是限度，要你在有限的尺寸内，发挥无限大的形象效果。初出茅庐的青年美术学生不甘心被这方寸之地束缚他的天赋才能，是可以理解的，然而精神产品的最高境界，不在于笔墨用武的天地有多大，而在于有限的天地中表现无限的境界。钱君甸说，"我也学过篆刻……我国独有的艺术，它很讲究分朱布白，宽的地方可以走马，密的地方不可插针，这种虚实的结构，可以直接运用到封面设计上去"，谈到了篆刻和装帧之间共同规律的一个方面。

他还说到封面设计和音乐之间的相通之处，他说："一个歌剧，首先有一个序曲，通过序曲的音乐语言……使之对歌剧的内容先有一个大轮廓……封面设计也有这种作用。"因此可以理解，为什么一个书籍装帧工作者要有多方面的文艺修养。

篆刻的分朱布白，和书法的间架结构同一道理，要练好篆刻，必须练好书法；要写好美术字，必须写好书法，要求篆隶正草都得会写，否则，你就缺少一手极为重要的本领。钱君甸和张光宇都有书法基础，所以他们的美术书体写得特别精彩。

钱月华和郭振华都是人民出版社的美术编辑，他们根据自己的经验，分析了现代书籍装帧的根本任务，要求根据书的内容实质和著者的个性品格，两者联系起来进行构思。在设计时，还得体现书的性质类别，政治的、科学的、文化的、文艺的？如果是文艺书，还得区别小说、诗歌、评论、随笔等等不同的类型。钱月华为了设计朱德传记的封面，除了查阅有关资料，还访问了朱老总的家属，把理性和感性的资料汇集起来，然后进行设计。这个过程和一般美术创作同样辛苦，同样认真，也许还更辛苦些。原因是书籍装帧是为规定任务创作的，往往不是自己熟悉的东西，而且类别众多，性质各异，要一一熟悉它、理解它，就得花费更多的精神劳动。

书籍装帧的特殊功能，要有鲜明而多变的形式美感，逼得设计者去探索形式的多种模样，并善于灵活运用，以适应多种需要。前人说，作为一个有修养的文人，文章之外，琴棋书画都要有一手，装帧家只懂画图，不懂其他知识学问是不行的。刚从美术院校毕业的学生，分配到出版单位做装帧工作，一般都不安心，因为在学校里从来没有接触过这一专业，即使经过工艺院校训练的人，也由于缺乏实际锻炼，不可能完全适应实际要求的。郭振华从中央美术学院绘画系毕业，分配到出版单位，按说是对口的，但是他坐在机关里，念念不忘他的插图创作，因而闹了一段情绪，如果遇到一位粗鲁的领导，给他一顿训，不就更不安心了么？郭现在是三联书店的骨干美术编辑，不言而喻，他对这一门工作已是行家里手。闹情绪对一个专家的成长有一定的推动作用，在旧社会，若闹情绪，就意味着失业饿肚子，所以只能暗暗闹，闹了一阵就不闹了，从此由不自觉变成自觉，由自觉变成行家。

1983年3月文物出版社出了一本《髹饰录解说》，发光的黑书面，嵌着红字书名，书名后面用灰墨在黑地上加印了一页《髹饰录》原版，给人感觉这封面就是一件漆器。这个设计真是巧妙极了，估计可能是著者王世襄的手笔。王是位文物研究专家，知识丰富，兴趣广泛，《髹饰录》是明代漆工黄成的原著，王世襄加以解说，三年前印了个油印本，分赠朋友，以广流传。现在这个本子是十六开大本，必要处附以插图，是研究中国漆艺的重要参考书。

这几年文艺刊物的封面设计竞相出奇制胜，既美观大方，又体现刊物的特点。其中成功之作，当推山西的《名作欣赏》，该刊评介分析古今中外文学名著，选刊的文章有较高的学术水平，是国内研究古代和近代文艺作品的专刊之一。封面图案集敦煌飞天、汉画像石、希腊美人、罗马武士、星云舟车等艺术形象于一图，排列有致，布色单纯，"名作欣赏"四个字居于中间突出地位，像一枚篆刻图章，字体则是老宋方笔，通俗醒目而有分量，切合刊物内容。

季刊《美术研究》是中央美术学院的院刊，每期都以文章有关的美术作品做封面，满版整幅，留出的刊名地位所施色调与之构成有机一体，设计单纯，感觉饱满。每期根据选用画幅的形状和色彩，对刊名地位和色调做必要的调整，显得活泼生动，符合多样纯一的形式规律。

1983年10月30日于北京

（原载1984年第1期《读书》）

我怎样"打扮"书

张守义

　　我在人民文学出版社专职从事书籍装帧和插图创作多年，在创作实践中，经过失败，学习，再失败，再学习，逐渐摸索到一些经验。这里仅谈谈我是怎样从看戏走到自己"演戏"这条路的。插图作者要对文学作品内容有深刻的感受，熟悉作品，对作品有了感情，就会产生丰富的想象。这是我最初的认识。后来，我在创作插图时，除阅读书稿外，还要争取多看戏和电影，到舞台、银幕中进一步去体会剧情，加深感受，积累生活，丰富想象。戏剧电影是综合艺术，演员的化装、表演、服饰、剧中的场景、音乐都有助于我创作。尤其是演员的表演对我的插图创作启示最大，我经常用文字记述一些从舞台银幕上积累的感性形象。

　　我从观看人家演戏来画画到自演自画是在一次用自己的手对着家里的大衣柜镜子做模特开始的。那次，我无意识地对着镜子摆了一个正要画的一幅插图里人物的姿势，后来这个动作放在插图中效果非常好！就在这次偶然得到的收获后，我每逢画插图时，就对着大镜子开始自演自画了。当画裸身体瘦的集中营的囚民时，我就把家门反锁，自己光着身子，东躺西卧，在大衣柜镜子前面的椅子上，边演边画。马雅可夫斯基的讽刺短诗《懦夫》中主人公是一个奉公守法、胆小怕事的小职员。我读完这首诗后，自语道："真是个可怜虫。"顿时，眼前浮现出一条曲身弓背迟缓爬行的小毛毛虫。这幅虫形秽人、人身虫形的图画（《懦夫》插图）也是我对镜自演而画成的。

怎样进入角色，演好文学作品中的人物，我认为它和演员塑造角色一样，生动的形象是通过演员的真实感情铸成的。一幅插图的立意要注入设计者的爱憎，这与演员演戏很相近。演员演戏的成功，除对剧本有深刻的感受外，还要基于他们对剧本理性认识的深度。一幅插图创作不同于戏曲和电影，它对文学作品中的人物描绘仅局限在一幅画面、一个瞬间。这样，就要求插图画家对文学作品有深刻的感受和准确的理解，触发我"演"好文学作品中各种人物的感情基础，它可分以下几个方面：

·　读书铸情

阅读书稿，熟悉文学作品内容，相继产生的是画家对书中人物的深刻感受。的确，作家们在书中运用的各种艺术形式是激发我创作感情的重要因素。例如：我为法国名作家小仲马《茶花女》绘制的插图。翻开书稿，首先展现在我眼前的竟是从坟墓中挖掘出来的一具女尸，作者用大量笔墨非常细腻地描绘了一幕让人看了作呕的景象：……棺材打开来，一股臭气直冲而出……"一对眼睛只剩下了两个窟窿，嘴唇烂掉了，雪白的牙齿咬得紧紧的，干枯而黑乎乎的长发贴在太阳穴上，稀稀拉拉地掩盖着深深凹陷下去的青灰色的面颊。"这具女尸就是我在书的后半部看到的一个心地善良、体貌超众的美丽姑娘玛格丽特——茶花女。基于上述的对比描写，铸成了我的想象。我读完全书又反复地重读了几遍玛格丽特的自白："我们已经身不由己了，我们不再是人，而是没有生命的东西。""总有一天我们会在毁灭了别人又毁灭了自己以后，像一条狗似的死去。"玛格丽特真的是这样死去了，我为玛格丽特的悲惨命运和她的真挚爱情所深深地激动了。基于这种认识和感情，这幅插图的立意是一个"贞"字，我画了一个纯洁的美丽姑娘头像永远呈现在书上——铭刻在广大读者的心灵中。在我绘制这幅插图之前，为了对美丽纯贞的茶花女的"贞洁"加深感受，我曾自唱自听了几遍奥地利作曲家舒伯特为歌颂贞女圣母玛利亚所作的圣歌《圣母颂》。我把音乐看成是下文所述的（"幻声激情"）内容之一。

· **幻声激情**

当我刻画一幅插图中的人物时，在对镜自演之前我自己演不出所要表现的人物时，常常借助不可视的音响、人们说话的语调、动物的咆哮……来激发创作感情，例如，我从各地方言中曾幻忆出很多形象。人们的年龄、性别、素养、生活地区不同，因而他们说话的语调就有所不同，从而给听者感受各异。我每逢要表现一个纯朴憨厚的中国或外国的工人、农民时，就幻忆这类人说话的语调。一次我到山东济南出差，在街上问路。大家都说山东人厚道，说话的语调就厚道。我问："老大爷，到山东宾馆是往前走吗？"老人答"中——"，他把一个"中"字拉得长长的。这种语调听起来非常朴实憨厚。

· **仿生移情**

"虎背熊腰"是文学家描绘力士的艺术语言。"富贵春前草，功名雨后花"是京剧中官富人家出场时，站在舞台前向观众朗诵的定场诗句。"鼠目寸光"是哲学家批评没有远见的人。科学家发明了飞机和雷达，是受蜻蜓和蚊子的启发。文学家、戏剧家、哲学家、科学家借助花木、昆虫、猛兽寓意抒发感情、阐述观点、开创事业。我在插图创作中也常移情人物，把自己的感情注入到广阔的天地中。下举数例：马雅可夫斯基讽刺诗中懦夫的卑微形象，是仿一个小生物——小毛毛虫的曲身动作画成的。我曾借助老鼠坐立偷食的动作，描绘置身于王侯、贵夫人膝下的卑顺侍者（《陀思妥耶夫斯基选集》中插图）。曲身成球形的悲女（《世界神话传说选》中插图）是观察蜗牛入穴得到的启示。同恶魔搏斗的武士敏捷的击剑身姿（印度古典长诗《罗摩衍那》插图），是取材于篮球运动员接长传球的动作。

· **生活积情**

熟读文学作品仅仅是熟悉作品内容加深感受、丰富想象的一个方面。积累丰富的生活经验是从事文学作品插图创作的基础。下面我谈一幅插图的创作过程，它说明了生活与创作二者的关系。我创作《美国联邦调查局破案秘闻》一书的封面时，设计了一个美国特务面部特写的画面。在自己表演之前，我想这次表演不用费多大气力镜中就会出现一个瘦脸特务，但事与愿违，镜中人像一个面黄肌瘦的特务，但又像个病人，谁都像就不是成功的表演，是无个性一般化的表演。在第二次表演时，我加强了面部表情的凶相：瞪眼歪嘴。还是像病人，像一个患了剧痛症病人的脸。这幅插图停了一周，画不下去了，后来从我多年积累的"陌生人笔记"（积累生活笔记）中捕捉到创作灵感，笔记中所记的特务个性是："每逢银幕上出现暗地里跟踪人的人，这个人就是特务，被跟踪的人把这个人叫'尾巴'。"

我重读完这段笔记后，由"尾巴"（跟踪）联想到有助于跟踪的重要器官——眼睛。这样，镜中呈现出一副两个黑眼球移至同一方向、眼白占满了整个眼睛的面孔。这张斜视的脸，是以智取人、隐藏着计谋的脸，是躲躲藏藏特务的脸。

我深刻地体会到，创作的唯一源泉是丰富的生活基础。一个从事文学作品插图创作的书籍装帧艺术工作者，要在纸上导演出众多的人物，为了使他的表演不会枯竭，永远需要在生活中学习，在实践中探索。

（录自《名人和书的故事》，山东人民出版社，1993年版）

毛边书

蔡　翔

　　有朋友赠书，是毛边本。朋友说，非常抱歉，只有毛边本了。言下之意……我也不知道他言下之意究竟是什么。

　　夜来无事，便学了雅人的模样。找刀，没有裁纸刀，结果找了把水果刀。书很厚，周边没有裁开，乱乱的一堆。端详了半天，想，这就是毛边书了。打开，第一件事就是裁。裁开一页，读，刚读出点味道，一翻，又是连着的，再裁。读了几页，想起抽烟。点起烟，刚读了一页，又得裁。赶紧放下烟，拿刀。手忙脚乱，渐渐想起朋友的言下之意，似乎悟出些什么。

　　我本俗人，属于"宁可居无竹，不可食无肉"一类。于读书一道，是只重内容，不及其他的。并非说我不注重书籍装帧，不注意纸张质量，不会欣赏藏书票。朋友赠我毛边本，心里一定无奈至极，只觉得糟蹋粮食。

　　读毛边本，是要有点雅兴，也要有点闲心的。午后小憩，窗外最好有几滴小雨，天井里散落着数点苔痕，见不着残荷，但远处也偶尔有数声蛙鸣。这时，坐在窗前，焚一炉香，放一本毛边书，书边还有一方端砚，那是供人清玩的。找一把裁纸刀，最好是形式古朴的那种，慢慢裁开，再细细品书，读到会心处，击掌而笑，而叹，说些深得我心之类的话，那才是读书人，读出了书中三味。不像我等，拿到一本书，只会坐在那里呆看。读到精彩处，反反复复，乱做记号。读得无聊，恨不得一目百行，一翻十页。尤其见了那些胡说八道的，早扔了墙角。如此恶相，是无法也不配读毛边书的。

却说那一次按下性子，读了一回毛边本，尽管手忙脚乱，也渐渐地读出些味道。最好的是强迫着自己不乱翻书，耐着性子，一页一页地裁，一页一页地读。读得不耐烦时，想想裁书也是很累人的，便又细细地读将下去。

后来总结出二点，太精彩的书不宜毛边本，裁纸的速度跟不上阅读心情。太糟糕的书也不宜毛边本，裁了半天，竟然不堪卒读，未免不太值得，劳动还是要有点报偿。最好是那种有内秀的书，粗读上去，觉得也没什么，但细一品味，却品出许多意思。一有意思，就想着读下一页，这就不觉地拿起水果刀，裁毛边本。

（录自《写在边缘》，四川人民出版社，1997年版）

书叶之美

徐雁平

江苏古籍出版社和香港中华书局在1991年和1992年间曾联手出版了"小说轩"和"诗词坊"两套小丛书，纸皮平装，开本为一百六十三毫米乘一百二十一毫米，和二十世纪八十年代初百花文艺出版社出版的那套小丛书开本相同，如孙犁《澹定集》、姜德明《绿窗集》等。而书叶之美，则较之稍胜几分。这是真正的图书，图文并茂之书，图片印制清晰，穿插自如。我特别喜欢"小说轩"丛书之一的《寻常巷陌：穿梭在宋元话本之间》，龙潜庵先生著，文字清畅，而且只有一百九十六面。尽管开本小巧，但仍分双栏排印，如第一百零一面所示，两块文字下是选用有陈老莲《水浒叶子》风味的图像，真有点像古书中的上图下文本，因此这种小书读来绝不会因眼花缭乱而串行，有图片来调剂，一卷在手，有怡然的读书之乐。

"书叶"和"书页"这两个词，我倒更喜欢前者，因为"叶"

总令人联想到自然界中生机盎然形态万千的植物的叶子，它们在阳光雨露之中舒展。书叶也应有勃勃的生趣，但被许多人忽视。

> 近来中国的排印的新书则大抵没有副页，天地头又都很短，想要写上一点意见或别的什么，也无地可容，翻开书来，满本是密密层层的黑字；加以油臭扑鼻，使人发生一种压迫和窘促之感，不特很少"读书之乐"，且觉得仿佛人生已没有"余裕"，"不留余地"了。（鲁迅《华盖集·忽然想到（二）》）

精美简洁之书叶能给读书人买书人以清朗的心境，让人一见倾心。访古书者，见佳本秘册，常云"纸墨精妙，开卷自有一种异香"，或"展卷便有惊人之处"，或"老眼为之一明"，等等，自有其道理。鲁迅先生等自办出版社印书，其中一个重要的原因就是想把书印得理想一点，书乃作者数年心血之凝聚，谁不希望它以一种称心的面目问世呢？

书叶之美，此处专指正文版面而言，它全在设计者根据书的内容、风格来精心营造。例如纸张，要考虑其质地、厚薄、颜色、纹理。用字时，则须注意字形字号、行距字距、字群与图片等装饰的分离与结合。还要给目光留出一些歇息的空白地带，就像鸟飞倦了，要在树梢（图片）或草地（空白）上落落脚，这些地方也往往是思想行走或飞翔的空间。每一片书叶应该美，而所有的叶子集合在一起，也应有整体的和谐，和封面封底融合在一起，形成一种贯穿前后的生动气韵。

二十世纪九十年代以来，中国书籍艺术有了质的飞跃，不少书籍设计家已从书表走进书里，不单单是做些表面文章，而是从书里到书外烘托出整本书的气质。北方的以中国青年出版社吕敬人以及三联书店的宁成春最引人注目。南方的陶雪华渐臻佳境，江苏文艺出版社的速泰熙近年也是佳作不断，如"冯骥才名篇文库""名人自传丛书"的整体之美，为人乐道，而"双叶丛书"更是出奇制胜。最近江苏文艺出版社出版的《昔日重来》也是由速泰熙整体设计，郜科插图，相当可观。

现代书籍艺术基本是受西方影响而逐渐生成，但中国的传统书籍艺术（以线装书为代表）却从未销声匿迹，如长流细水，虽历经劫难，仍潺潺不息，且时有取一瓢饮者。以线装这种旧形式来装新酒的新书，从现代到当代，很有一批，如中华书局1931年出版的《五言飞鸟集》，还有文物出版社1963年出版的《西谛书目》，均为线装，用的也是中国传统的纸张，版式上也能清清楚楚看出雕版印刷物的痕迹，只是都用齐齐整整的铅字排印。用铅字印，总觉得丢失了一些东西，如三联书店的《槐聚诗存》、江苏古籍出版社的《沈祖棻诗词集》即是两例。从另一面来看，在现代印刷技术盛行的时代，雕版艺术之花凋落殆尽，而这种凋谢零落，也非一朝一夕之间。鲁迅先生逝世后，魏建功先生曾提议用木版刻字印《鲁迅全集》，说如此便有"中国气派"，但因刻字工人难找，只得放弃。后来纸张也不用传统的纸张（如棉纸、连史纸、宣纸之类），而用好的书刊纸或胶印纸，但在版式上仍酿造出一种典雅的古意，如姜德明编、三联书店出版的《北京乎》，从序言到目录均饰以彩色线框，正文亦竖排；曹辛之在文化艺术出版社出版的自著诗集《最初的蜜》，正文也是竖排，版心偏下，天头极宽广，能见古书的遗韵。诗歌有"浪费"版面的特权。钟叔河设计并笺注的《儿童杂事诗图笺释》，左图右文，有线框，字排印得疏朗有致，是极具意味的艺术精品。

　　1937年7月，魏建功先生用朝鲜纸写成《鲁迅先生诗存》长卷，准备木版刻印。此诗集由魏先生托许寿裳先生，请许广平先生辑录，但旋因七七事变起，印行一事未能如愿。许寿裳先生有文记之："自余以景宋钞本转致建功后，不数月而抗日军兴，友朋四散，建功亦奔走南北，不遑宁居，其手书木刻尚未出版。"魏先生说："我所以发愿写刻鲁迅先生旧体诗，本为着用先生所提倡木刻艺术来纪念先生；现在也是为了一并纪念先生的老友，曾经与闻这件事的许先生（寿裳，1948年2月18日在台湾遇难）。"在1957年所撰《关于鲁迅先生旧体诗木刻事及其他》一文中，魏先生说："二十年了，我一定要了此心愿！"但手卷在辗转之后，直至1996年9月才由江苏教育出版社影印出版，该书为十六开，内文是新颖的经折装，展开即能见魏先生手书长卷原貌，这无论如何是件令人欣喜的事。然也有些怅然失落之感，木刻之愿终未能实现，世间少了这一铭心绝品。而本书用纸印工也非尽善尽美，所用厚铜版纸并不能吸墨，且偶有漫漶之迹，并不能完全展现出中国书法和中国纸结合时所特具的神韵。这或许是苛求吧。

我们到底怎样继承中国传统书籍艺术的精华呢？是不是只用竖排、繁体、加线框就了事了呢？另外，与之相关的是，中国传统的纸张能不能以新的面目进入现代书籍艺术呢？怎样展示这纸张独有的美呢？我想，若要让传统书籍艺术在新的视野下重放异彩，必须在中国书籍用纸上有所突破，要大胆地尝试中国纸。纸虽无声却胜有声，中国传统的纸张几乎浸透了悠久的历史文化。深得中国传统文化精髓的金庸先生，在杭州将他的"飞雪连天射白鹿，笑书神侠倚碧鸳"定做出一批地道的线装本，在读这种版本时，我想灵魂会在那纸润墨香之中游到更深远处。

先后看到了吕胜中的两部书，均由湖南美术出版社出版，一部书是1994年版《中国民间剪纸》，另一部是1996年版《觅魂记》。吕胜中是能在中国民间艺术中寻出门道的美术家，而这两本书的设计者也深得吕胜中著述之精意，因此经他们之手呈现出的是既有纯粹的中国民间气息又特别具有现代意识的图书，而这主要体现在两本书的书叶上。以程全盛设计的《觅魂记》为例，书名、章节名、页码全置于雕版印刷物所具有的一些印记之中，运用得灵活，不是模仿，而文字之间又栽培了大量的民间剪纸、雕塑、印刷品以及自己的创作，黑白之间、文图之间，真气逼人，是醉人的醇酒。如果说吕敬人《黑与白》的设计是西化的产物，那么《觅魂记》则纯是本土上的花朵。论书叶之美，近十几年来，这两本书是首选之作。

1999年12月

（录自《书海夜泊》，江苏教育出版社，2002年版）

藏书票

王　强

　　从我开始胡乱购书起，平素生活中一个极大乐趣就是每当夜深人静的时候，借着灯的光亮，拧开印泥盒盖，一边嗅着润红的印泥散出的油香，一边品着清茶逸出的幽香，一边呼吸着纸与墨送来的暗香，用那枚大而沉的青田石章在每一部新购到的书的扉页留下我收藏的印记。在我，这朱红色温暖的印痕无异于是向一位位旧雨新知奉上我内心流出的最炽烈、最诚实、最欣悦的问候。我知道，从这一时刻，我拥有了它们，它们也拥有了我，而且是真真实实的。

　　我远远算不上什么藏书家，但仅仅是这样的体验也已经使我深切地理解了藏书家获得心爱书籍时丰富、隐秘的情感波动，那是一种超越了占有欲得到满足的更深一层的体验。而藏书票，一方方小小的纸片，无论它是精致还是朴实，是和蔼可亲还是令人生畏，都是这一体验绝好的表述。藏书票总在讲着一本书的故事，而一本书又总在讲着它背后一个人的故事。这就是为什么当我从 Barnes & Noble 书店的木架子上发现了一套套印刷精美、趣味浓厚的各式藏书票时，竟像身临考古现场目睹刚刚挖掘出来的古代文物一般，惊喜了许久许久。原来，藏书票没有死去，它们活着，虽然是在这样一个不起眼的角落。

提起藏书票（bookplate）不能不提起德国。啤酒之乡的德国还是古老的书票制作与使用的诞生地。现在已知最早的藏书票出现于1450年。票面尺幅为七寸半乘五寸半，上面的木刻图案是一只浑身带刺的刺猬口叼一枝花束在落满叶子的地上漫步。这枚被称之为"Hanns Igler"的书票，在二十世纪四十年代末纽约一次拍卖会上以近九百美元的价格为人买走。Igler 是"刺猬"一词的德文。图案的意义似乎是双重的：对于爱书者献上美丽诱人的鲜花，对于不爱惜甚至欲图不轨者亮出利刃般严厉的警告。

十五世纪末叶，书票的流通在德国蔚然成风。许多书票出自艺术大家的手笔。英国、法国、瑞典及美国分别在1514年、1574年、1595年和1749年于各自的国土上开始了书票艺术的实践。值得一提的是，美国人最早使用手绘书票还是从宾夕法尼亚州的首批德国移民那里流传开来的。亨利·S. 博尼曼（Henry S. Borneman）在1953年出版了一部小书《宾夕法尼亚的德国藏书票》（*Pennsylvania German Bookplates*），专研移民文化中的一个细小分支，不失为一个新颖的角度。书中展示的古老书票更令爱书者大饱眼福。

一般来说，藏书票的制作与使用不外有两个用意：一个是用来标志书的所有权，另一个是借机传达书籍拥有者的各类信息。

在人类的所有财产中，书籍是一种极特殊的东西。尽管法律声称保护私有者的财产，但它却是最容易不翼而飞或为人损害以至侵吞的。从历史上看，为捍卫自己神圣的财产权，书籍的拥有者们做出了各式各样的尝试：中古以铁链系书，书籍主人在扉页上签名，金属印章的使用，模板刷印姓名，印刷的名条，手绘或印刷的藏书票。这其中，藏书票更带上了风格别具的艺术色彩，用来展示书籍拥有者的审美品位和学识上的自信。

藏书票除了它艺术匠心的意象、色彩，在森严的拉丁文字 Ex Libris 加藏主之姓名（意谓"某某的藏书"）之外，简短的数行文字所传递的讯息也往往给赏玩者带来不小的娱乐。精妙的文字是书票艺术整体的一个有机部分，是书票之中流动的诗。引几条作为这篇文字的收尾——

本书是我的珍宝，拿它者是贼，还它者是上帝的骄子。

书是一回事，我的老拳是另一回事。碰碰一个，你定会尝到另一个的滋味。

别偷走这本书，不然绞刑架便是你的末路，基督会来对你说：你偷去的那本书，它在哪里？

我想并且相信在每一个爱书者情感的书页上，一定会紧粘着这样一张深情的藏书票，上面写着："我的书同我的心将永不分离！"

（录自《读书毁了我》，中信出版社，2012年版）

谈文学书籍装帧和插图

范 用

　　作为一个出版工作者，总觉得对作家有点抱歉，我们的书印得不够好，特别是文学作品。我认为文学作品应该印得比一般的书要好一点。

　　我看到很多外国的书，文学作品，小说、戏剧、诗，在出版方面给予很高的待遇，最好的纸张、最好的装帧，而且把它与那些大量印的书区别对待，使人一拿到手就知道：啊！这是文学作品。我们呢？我干了多少年出版工作，就没有印出几本像样的书。只有一本自己比较满意的：巴金先生的《随想录》精装本。巴老曾经来信说："真是第一流的纸张，第一流的装帧！是你们用辉煌的灯火把我这部多灾多难的小书引进'文明'书市的。"那才像一本书，巴老满意，我很高兴。

　　我买了很多文学书，总觉得我们出版社应该多想一想，能不能使文学作品用好一点的纸张，装帧设计好一点？

外国文学作品，外表很朴素。董鼎山有一篇文章说：作品好坏，不靠封面，不靠颜色多。我还在《世界文学》上看到一篇翻译文章，说外国文学作品的封面不能超过两种颜色，多了就不好。有的颜色，红颜色、黄颜色，文学作品不用这两种颜色，用冷颜色。每个国家情况不一样，我们不必照搬。

　　这就使我想起巴金先生的文化生活出版社，他印的书，"译文丛书"，《死魂灵》的封面就只有黑颜色三个字。"文学丛刊"，曹禺的《雷雨》《日出》，封面简简单单，除了书名、作者名，没有更多的东西。一直到现在，也还觉得非常好。台湾地区《联合报》副刊主编痖弦十几年前春节给我寄来的贺年片上写有一句话："直到现在我还觉得三十年代文化生活出版社出的'文学丛刊''文化生活丛刊'是最美的。"

　　当然，我们的封面也不能搞得太简朴，因为中国的读者习惯热闹一点，我们要照顾读者的需要，照顾发行工作，封面还是要设计得好一点。

　　英国、法国、德国出版的文学作品的封面，很少形象，小说没有把形象印在封面上的。我们出版的《安娜·卡列尼娜》，封面上印了两个妇女的形象，看上去像电影招贴。外国文学书的封面比较朴素，不像儿童读物、实用书那样。可以加一个包封，印得热闹一点，设计得很吸引人，还印上内容介绍、作者的像。卞之琳先生跟我说过，作者不好意思把印有自己照片的书送人，如果印上了，我就不好送人，要撕掉，印在包封上，可以把它拿掉。作者不在世了，作者照片当然可以印在书上。

总之，文学作品的封面，基本上要朴素一点。为了市场需要制造的那些所谓文学作品，是另一码事，封面花里胡哨，反正藏书家是不要的，看过就扔掉了。但是真正的文学作品，是要摆在书架上书房里的。

再一点，我希望文学作品考虑插图的问题。人民文学出版社、中国青年出版社是重视插图的，它们出版的《青春之歌》《红岩》，插图是版画。苏联出版的文学作品几乎都有插图，很精致的插图，我看到很多，如《战争与和平》《安娜·卡列尼娜》《静静的顿河》《毁灭》。法国出版的雨果的《巴黎圣母院》就有几十幅很精致的蚀刻画插图。大家知道，鲁迅先生曾经将果戈理《死魂灵》一百多幅插图引进中国出版，不遗余力。

我们有些书也有插图，比如鲁迅的作品，茅盾的作品，老舍的作品。我们也有很出色的画家，画的刻的插图非常之好。孙犁先生有一本《铁木前传》，插图非常好，可惜现在不见了。为什么文学作品插图少？大概作家认为，你能给我出书已经很不容易，我不好更多要求你，要插图会耽误出书时间，要增加成本。但我们出版社，应当主动考虑这个问题。有时初版来不及，再版的时候，特别是已经得到好评的作品，能够站住的作品，再版的时候是不是可以考虑插图？

怎样组织美术家画插图？外国有专门画插图的美术家，中国好像还没有。出版社要主动做这件工作，组织美术家，把小说送给他们看，给他报酬，我想他是会同意画的。我们出版工作者要为作家服务得更好一些，对文学作品插图多下一点工夫。

在一个座谈会上的发言摘录

（录自《泥土 脚印（续编）》，生活·读书·新知三联书店，

2005年版）

对我影响最大的一位长者

宁成春

1969年我调入人民出版社，从七十年代初到1986年三联书店恢复独立建制，范老退休之前，我一直在他领导下工作。他很关心我，是对我影响最大的一位长者。我的书装设计的基本风格和理念都是在他的指导下形成的。

我们的设计审批是三审制，最后一审是范用同志。凡是他策划或者他喜欢的书稿，设计方案总是很难通过。打倒"四人帮"之后，人民出版社要出版一套外贸知识的丛书，记得董秀玉是责任编辑。当时设计方案都要画成印刷成品的效果。我画了几个方案，"小董"觉得不错，可范老不通过。又画了十几个，总共二十余个方案，最后他才选中一个。当时我想，不管画多少个，都是一种尝试，都是自己的积累。所以每个方案我都认真对待。有的时候我画的方案总是通不过，又急着开印，范老就笑眯眯地，哼着小曲走来，一只手拿着小纸片，纸片上用软的粗铅笔画着他思考的方案，一只手搭在我的肩膀上说，"试着这样画一个"，"把这个（图）改一下"……他并不明确告知怎么改，我只能去揣摩他的意思。

"读书文丛"的标志就是这样，连画了几个方案都没通过，直到画成他提示的"一位裸体少女伴随小鸟的叫声在草地上坐着看书"才让他满意。这个标志现在看来很平常，可是七十年代末"文化大革命"刚刚结束，心有余悸，不敢表达什么情调，何况这种裸体少女的形象！没有范老的启发和支持，我是不敢这么画的。出书后本店的一位编辑就曾笑着说："小宁，你这是画的什么呀！"

这套书的封面上把作者的书稿手迹断开，倾斜错落着排列，像雨像风，很有动感，下边是少女读书的标志。一动一静，处理得十分大胆、新颖。丛书出版以后，封面设计反映很好，在当时一片"红海洋"里显得格外清新悦目。

三联书店出版的斯诺的《"我热爱中国"》，封面是交给美编组长马少展制作的。范老提供了一张斯诺照片的印刷品，组长让我根据照片画了一幅速写。记得是用咖啡色炭精棒画在布纹纸上。我感觉这个设计方案肯定是范老授意的，后来证明的确如此。斯诺肖像大小空间处理得当，最高明的是让斯诺背对书名，加强了他手持香烟思考的感觉。这是违反一般的设计常规的。当时范老不让署他的名字，版权页上设计者的署名是"马少展"，而且范老至今以为速写像是马少展画的。其实，那个年代大家并不在意署名，认为署名只是一种责任，没有什么"利"，也不在乎"名"。即使获了奖也没人在乎是谁的。

那时的美编室我年龄最小，工作比较认真，范老又酷爱装帧设计，所以1984年有了出国进修的机会，他就极力向版协推荐，让我第一批赴日本讲谈社学习。1985年回国，1986年三联书店恢复独立建制，讲谈社的朋友为我争取到再次留学的机会。刚刚独立，人手不够，我怕不能成行。没想到范老非常支持我再去深造。为了弥补人手不足，他兼职美术编辑，设计出许多好书。

退休以后范老仍然关心三联书店的装帧设计，经常给我写信，直言不讳，语重心长。至今我还保存着1996年9月5日他写给我的信。那时我们四位书装设计师搞了一个展览。范老在信中说：

　　四人展很成功，使我大开眼界。丁聪说：就是跟过去大不一样。我们中国，善于吸收外来的东西，看汉唐就知道，这是中国的长处。我希望不要忽视民族特点，推陈出新。你们四位如果可以称为一个学派，是否可以说，这一学派，源于东洋。我看过西方如德法的一些书装，其特点是沉着、简练（无论是用色还是线条），似乎跟中国相近。总之，希望大家都来探索，在实践中更上层楼。

　　在三联（书店）展览这么几天，为期太短，很多人都不知道。如果在三联门市（韬奋图书中心）开业之时展出，会有更多的人、爱书的人来参观。去不去上海展出？上海有一支不小的装帧队伍，可以同他们交流经验。

建议与张守义同志商量，由版协装帧（艺）委（会）出面，每年编印一本《中国书籍插图装帧年鉴》，全国出版社赞助，应当容易办到。开会交流经验，散会了事，不及印出一本图册，效果大（好）得多。

《四人说》内容编排、印装都很有特色，只是翻起来比较费劲。

看来，你们跟纸老板关系甚好，所以得到他的赞助。洋纸较贵，影响它的销路，恐怕一时也难以解决。少数精品可以用洋纸，一般书籍尚非所宜。书卖得太贵，不是好事。

后来范老还特意把我和吕敬人叫到他家中，给我俩看他收藏的书。我理解他的苦心，一直牢记他的教诲，默默地尽力认真实践。

转眼间我也是六十多岁的人了。

2006年12月6日

（录自《叶雨书衣自选集》，生活·读书·新知三联书店，

2007年版）

闲话护封

谢其章

前几天一位朋友来信说起护封，这正是我一直以来感兴趣的话题，护封属于书籍装帧的范畴，也是藏书者所讲究的，不妨由此闲说几句。前几天在北京鲁迅博物馆参加《鲁迅著作初版精选集》发布会，在发言时我说到鲁迅的初版本没有一本是做成精装的，而周作人的《瓜豆集》有精装本。现在我想补充一句，鲁迅的初版本没有一本是带护封的。如果算上译作，《一天的工作》和《竖琴》是既精装又护封的。

本来想抄一段1958年《图书馆学辞典》中"护封"的词条，可是一直在手边的这书却不翼而飞，只好搜寻网络解读的"护封"："书籍封面外的包封纸。印有书名、作者、出版社名和装饰图画，作用有两个：一是保护书籍不易被损坏；二是可以装饰书籍，以提高其档次。"

有的图书有勒口，有的没有。同样的一本书也会出现"有和无"，譬如1956年12月上海古典文学出版社的《历代笑话集》（王利器辑录），我非常喜欢此书，为了追求书品无瑕，竟然买了八九本，第一版有勒口，第二年的二刷就没做勒口。姚巍在《如何在装帧环节控制成本》中说："设计图书的封面的时候，勒口大小是个影响封面开本的重要因素。勒口的大小一般以八十——一百毫米为好。勒口设计得太大了，不仅会造成浪费，还会增加折页的难度；勒口太小了，成书后封面容易上翘，影响图书的品相。"

也就是说，没有勒口的坏处，是封面直接受到威胁，我们见到许多书的书边被撕成一道道的口子，这多半是因为省去勒口所致。

勒口实际上起到了护封的一部分作用，换言之，不做勒口的书就应该外加一个护封，做了护封的书就没有必要再做勒口了。所谓勒口都是指平装书，精装书本身也做不了勒口。精装书理论上讲都是该有护封的，护封是上档次图书的标志。止庵把没有护封的小精装《比竹小品》送给外国朋友，这位朋友说没有护封就不叫书。

好几年前买到《有产者》（高尔斯华绥著，罗稷南译），是骆驼书店1948年10月初版本，印数一千五百册。骆驼书店出版了许多外国名著，其中傅雷译的《约翰·克利斯朵夫》、郭沫若译的《战争与和平》最受藏书者热追。《文汇读书周报》的顾军早年间来北京，我曾陪她逛潘家园书摊，记得她买了傅雷译的

《贝多芬传》，也是骆驼书店出版的。这套丛书我所见的都是平装本，某天于旧书网看到一本《有产者》，与我这本是同一书店同一版次，可封面是黑色的，黑暗中只有白色"有产者"三字。而我的这本是浅绿色的，书名作者译者都在，右下角还有作者像，另有英文书名。这是怎么一回事？我来来回回地翻手里的《有产者》，没翻出差别在哪里，往桌上一扔，右手握着鼠标，左手翻着书，突然书脊凸了起来，这才发现我这本是带护封的，脱了护封的封面和网上的那本一样的黑。为什么以前一直没发现呢？我想有两个原因：一、护封用纸和封面用纸是同一种比较薄的纸，年深岁久，两者几乎合二为一了；二、原书主将护封折进来的部分与封二封三粘了起来。本来粘起来的目的是为了阅读的方便，我们都知道阅读带护封的书时，护封很是碍手碍脚，很多人都是先把护封脱下再看书。原书主这么一粘，使我晚了很久才发现护封的存在。

《有产者》既然带护封，那么可以说骆驼书店的这套丛书都是"应该"带护封的，丛书的统一性不会忽略这个细节。顾军如看到本文，就看看你的《贝多芬传》有无护封吧。

赵家璧主编的"良友文学丛书"三十几种（软精装），都是带护封的（前九种是护腰），有无护封在旧书交易价钱上要相差许多。这套丛书由于发行数量大，所以留存到今天的护封也较多，而丛书另出的四种"特大本"带护封的便风毛麟角了，友人中无一人存藏带护封的"特大本"。

"良友文学丛书"之外，良友图书印刷公司还有两个系列，一个是"中篇创作"系列，窄长本；另一个没有冠名，纸面精装，阿英的《小说闲谈》、穆时英等著的《黑牡丹》、大华烈士的《东南西北风》等十几种属于这个系列。这两个系列都是带护封的，当初系列在《良友画报》上做广告，即为带护封的书影。新版赵家璧的《编辑忆旧》也展示了这两个系列的护封本，为此我还特地向责编打听这些护封本是谁提供的。

许多资深的藏书者，以前并不知道良友图书印刷公司的贡献是把书做得更漂亮，护封即是手段之一。

"十七年文学"中最有成就的是长篇小说，流行的说法是"三红一创，青山保林"，即《红岩》《红日》《红旗谱》《创业史》《青春之歌》《山乡巨变》《保卫延安》《林海雪原》。我仅见过《红岩》精装本和《红旗谱》精装本（带护封），很可惜的是我把《红岩》的护封给修理坏了，这是惨痛的教训，没有修书手艺，还是不要轻易动手。冯德英的《苦菜花》《迎春花》精装本也有带护封的，以前并无人在意，现在则非五千元莫谈。我曾花高价买到曲波的《桥隆飙》精装本，一看书名那么不起眼，了无装饰，心想这书原来一定是带护封的，后来真有书友于网络展示了护封本。

刘流的《烈火金钢》精装本，我的存本是带护封的，当年只用了十二元钱。

上世纪五十年代神州国光社的"中国近代史资料丛刊"出

版了《戊戌变法》《义和团》等十几种，均为多卷本大厚书，插架蔚为壮观。初版都"应该"是带护封的，我搜寻多年，只得《太平天国》（八本一套）全护封本、《义和团》（四本一套）全护封本，余则残缺不全。

护封也起过负面作用。上海书店曾影印过一大批1949年前出版之现代文学作品，封面用的是原封面，外面套个护封，护封上写有"影印出版说明"。可是护封一旦脱落，某些书贩就打起歪主意，用影印本来冒充原版书，有不少人上当。以张爱玲的《传奇》（增订本）为例，其实戳破骗局很容易，影印本的张爱玲版权印是黑色的。

我于护封太多情，最近竟然将自己的《书呆温梦录》新做了个护封，美其名曰："天凉了，给自己的书加件外套。"

2012年10月28日

（录自《书鱼繁昌录》，百花文艺出版社，2016年版）

无法之法
——谈书籍装帧艺术

周振鹤

不同的书有不同的作者，不同的书也有不同的装帧，没有一定的装帧之法，就像画画一样，是无法之法，用得合适的就是好的。

装帧这个东西是最难讲的，因为它是艺术。跟我们写史学论文不一样，论文有一定的格式，无论怎样超脱都要一点八股，没有一定格式不成为论文。文学的东西就不是这样，可以随心所欲地写。艺术的东西，更可以偏离了。不然不会产生毕加索的立体主义，侧面可以看见两个眼睛。这是很奇特的，这是妙思，所以，装帧也要有妙思。如果没有妙思，那就谁都可以做。做出来了就是艺术，做不出来就什么都不是。所以装帧一方面可以说是很容易做的，但实际上又是最难做的，要让大家都认为不错，也是很不容易的。

1949年以前，很多人讲究装帧，过去鲁迅的书的装帧就很怪，比如《坟》的装帧。鲁迅自己也懂版画和木刻，懂美术。文学家是有一点偏艺术的，一面是偏于史学，一面是偏于艺术，文学是在这两个夹缝里头的。要是文学家完全没有史学的感觉，写出来的东西就会轻飘飘的；没有艺术的感觉，写出来的东西又很沉重干瘪。

装帧也可以这样讲，一种就是花哨，非常花，花得很好看的，一种就是很质朴，质朴得并不让人觉得难过。就像画画一样，有人画满幅，有人留白。意蕴深远，可能就是留白的；欢庆的样子，就需要画满，色彩鲜艳。很多书是可以留下来的，很多书影也是可以留下来的。现在很多书的封面就是恶俗，出版者不大会去花心思做装帧了，患上了流行歌曲一样的毛病。装帧不能跟流行歌曲一样。流行歌曲可能成为一代人的嗜好，这一代人会记得它们。像猫王、披头士永远会有，新的一页又出来了，这些都变成了经典留在那里。装帧的东西也是一样，你要做得花里胡哨也可以，但要像猫王那样，或者像杰克逊那样，能够作为经典留下来，达到这种花里胡哨的水平才算可以。但是要做到这个水平很难。二十世纪二三十年代的仕女画，做广告的，也可以作为一个经典，那是一个时代标志。

我们做的书也要有一点这个味道，一方面表现出我是属于这个时代的，跟前面的时代不一样，我们的书有自己的想法，而且这种想法是有根的，既接受了传统的东西，又有自己的思维在里头，以后人家又会把这个当成一个传统，留下来作为一种标志，即使以后不采用这种装帧，但是有一个总的流派在，这样才有意思。

但大部分书的装帧，看过了就过去了。你要做什么书，就要熟悉那一方面的专业知识，即使是美编，也要知道你设计的这本书是什么东西，不能弄一个和内容不搭的封面。那封面做得再满意，也是空的。就跟人的着装一样。着装上的混搭风是这几年才流行起来的，到现在我还没有习惯，混搭在少数人身上是行的，当所有人都混搭的时候，混搭就变成了恶俗。混搭可能只有小萝莉的年纪穿才好看，不是混搭本身好看，是穿混搭的人好看，所以怎样穿都好看。但要是不在这个年龄范围里，人家看了就只会反胃。到你不是那个年纪的时候，你就该有你那个年纪的风格。这穿着是一个情景、身份、背景，这些东西都要讲究。服装是装一个人，装帧是装一本书，理念是相通的。

现在有一些装帧，就有些过度，不但是封面的装帧，现在讲究到书里头、边上都有，比如镶边，看了很不舒服，甚至乏味。只要排版排得漂亮，行距合适，字体合适，分段合适，版面看起来很舒服，就行了，页面里头再胡乱装饰，滚花边，实在是很难看。那种书除了非买不可的，一般我都不买。

大家也批判过装帧里头的腰封。对于腰封，我个人不是说完全不能接受，但是做得好的很少。腰封可以尽量不做，除非做得很好，能够夺人眼球，如果把腰封去掉，就觉得它好像是穿了背心短裤一样，要那样才可以。腰封如果不拿来放广告，而是写上一两句精彩的话，而且做得很漂亮，那样的腰封才好，才有存在的价值。可惜还没有遇到过。

对于学术书，我的要求是要淡雅一点，文学书有的要求淡雅，像鲁迅的书就很淡雅，学术书更要如此。以前我们刚开始做平装书的时候没有什么装帧，像章太炎的《国故论衡》在日本出版时封面上就只有"国故论衡"四个字。但写的不是现代的字体，"国"就只有中间的"或"，写成篆书，字体采用古的，里头翻过来再做一个，写成楷了，就一个白的封面。章太炎小学很高明的，从字体上也能体现出来。

至于开本的大小，要不要加函套，要不要腰封，厚度达到一定程度要分卷，这也都属于大的装帧范畴。

有人以开本来取胜，或者特别宽或者特别长，搞怪那样的。我愿意接受不同的开本，不过如果是正式的学术书籍，一般还是要用标准开本，如果是艺术方面的书，那不妨试试非常规开本。因为参差不齐也是一种美，都整齐划一有时候会显得呆板，高高下下本来是一种美，书也可以。

藏书票，现在已具有藏品的性质，原来是作为个人收藏的一种标志。中国第一张藏书票，是贴在外文书上面的。我过去没有刻意收集，但因为书买多了，也保存了一些。藏书票的设计，在西方是很讲究的，它是附加在书上的一个外来的东西，没有藏书票书已经很完整了，加上以后，则是锦上添花，让这本书兼有了艺术品的欣赏价值，从而让书变得有收藏的价值了。

马戛尔尼来中国访问，回英国后出了书。它的装帧极其豪华，特别漂亮，很大很厚，香港大学把它买了下来，相当贵。

西方的书很早就讲究装帧，所以日本叫它洋装书。我们刚开始也是这样叫的。它的装帧就比线装书的装帧有余地，因为它的装订是很考究的。封面、纸质，都有不同，还有烫金。我们的线装书最主要在于开本、大小，行距要疏朗，所谓"字大如钱，墨色如漆"，印刷出来非常好，讲究初印本，讲究很好的开化纸。封面没有了，只有个书签，题签的人身份很重要。至于对封面的重视，就没有了。过去我们看到的老的洋书是精装的多，平装的少些，精装就在于皮的颜色，侧面是一面金或者三面金，书脊做得如何漂亮。摆在书架上是非常好看的，但封面基本是没有东西的，最多有花的装饰。然后里头第一页会有点装饰。到后来平装书大量印刷，封面就不是单一的了。蓝色的、绿色的、红色的，再有花边，再有画，就必须讲究字了。因为过去洋装书出精装，封面是没有书名的，书名印在内封上。到后来简单的精装洋装书上面会印书名。很贵重的书，书名都是在里头和侧面的。大量平装书，封面上都要讲究装帧，或有照片或有画。

中国过去没有平装书，第一本平装书是什么时候出现的，到现在还没有考证出来，但可能是从日本印过来的。这以后，人家的封面上开始有东西了，我们也开始慢慢有东西。一开始可能做得非常好，有彩色的。商务印书馆最早出的《痴汉骑马歌》，辜鸿铭翻译的英文诗，做得很漂亮，里头彩色的，外头也是彩色的，我在东洋文库看到过。光绪宣统年间做的"说部丛书"，小的三十二开，翻译的外国小说，主要是欧美名家小说，封面做得就比较考究，彩色的画，封面上半部分是一个框框，框内统一写"说部丛书"几个字，下面就写小说的名字，这个就是丛书。

对于"最美的书的标准"，我不是太认同这个提法。我个人比较偏好书脊和封面都不用彩色。我很欣赏日本的装帧设计，希望多参考一下日本的设计，该花哨的地方就非常花里胡哨的，给大众看的，花哨得很适当，该学术的学术得很好，这些书不是看封面，而是要看内容的。装订也做得非常好，打开后，停在哪一页就能停在哪一页，平装书不能要求这样，但精装书一定要这样，纸不会自己翻过来才行。

一个人的躯体就是一个脑袋加两个手脚，但是时装可以变化那么多，每年起码有两次发布会，还由此造就了几个中心，像巴黎、纽约。中国也想做这样的时装中心，但现在还做不来。正因为文化底蕴不一样，虽然意大利、法国都不是最富的国家，但文化在兹，就有这个意思。书也一样。现在我们还没有谁的装帧是让我特别喜欢的。在中国历史上，靠装帧而出名的人，好像也不多。作家有很多有名的，但装帧设计家并不多。

（录自《藏书不乐》，东方出版社，2018年版）

辑四　所谓藏书

我与书

谢兴尧

　　五十年前我写过一篇《书林逸话》，刊在1942年上海《古今》杂志上，1957年张静庐编注《中国出版史料补编》，又把它收入重印。《书林逸话》中概述了当时书业之盛衰变化，图书之流通聚散，书商之收集经营，藏书家之交递起伏，以及专家学者对图书价值观的衍变，等等。转瞬之间不觉半个世纪过去，检视回顾这数十年间，图书的出版流通，其发展情况，今昔大异，营运经过，曲折复杂，有非片言小记所能尽者。当前事实，将俟将来学士文人或图书专家执笔记述，以存一代信史。

　　我和书打交道已五十余年，平生与书的关系，可以说盛衰相伴，荣辱与共，在任何环境中，没有离开过它。但是在某种特殊情况下，又亲眼抛弃它，亲手焚毁它，悲伤痛惜之情，实非语言文字所能描绘。现在就我的志趣，写成随笔，从时间环境分成两段，谈藏书、抄书、读书三者，是解放以前的事情。

谈焚书，买书、换书三者，是"文化大革命"以后的情况，概略叙述，聊抒胸怀。

关于藏书的内容，过去与现在大不相同，过去大皆注重旧刻，如宋元版本，名家批校，及孤本秘籍，价值甚高，书业人员把这些书称为"善本"。其他一般书籍，如近现代人的诗文集及笔记小说等，书商称为"用功的书"。善本书现在已不多见，偶尔出现，则归公家图书馆收藏，个人无力购存。在使用价值上亦不需要，现今所谓收藏，是指普通一般的新旧书籍，因此对于藏书的内容与性质，已根本改变，由过去的摩挲观赏，变为现在的参考使用，这是文化学术的发展进步，书由古董变为资料，由欣赏变为实用。

藏书　过去藏书家，有高低层次的分野，高级藏书家其本身即代表文化学术，学者倾注毕生精力寝馈于此。清乾、嘉时学者洪亮吉（字稚存，号北江，乾隆五十五年榜眼）沉研经史，其《北江诗话》卷三论藏书家云："藏书家有数等，得一书必推求本原，是正缺失，是谓考订家，如钱少詹大昕、戴吉士震诸人是也。次则辨其板片，注其错讹，是谓校雠家，如卢学士文弨、翁阁学方纲诸人是也。次则搜采异本，上则补石室、金匮之遗亡，下可备通人、博士之浏览，是谓收藏家，如鄞县范氏之天一阁、钱塘吴氏之瓶花斋、昆山徐氏之传是楼诸家是也。次则第求精本，独嗜宋刻，作者之旨意纵未尽窥，而刻书之年月最所深悉，是谓赏鉴家，如吴门黄主事丕烈、邬镇鲍处士廷博诸人是也。"洪氏将藏书家分为四类，加以论评，概括区分，在清朝中叶，这些人确实代表了一部分学术思想。

藏书家中有的是兴趣所在，为了进行研究。有的则类于玩弄古董，流为书痴，常见藏书中许多闲章，如"子子孙孙永宝之"之类。这些人确实是嗜书如命，希望永远保存家中，世人又目之为书愚，痴者主观爱好，愚者为书所迷，清人陈金诏自号古愚者，著有《观我心室杂著》(咸丰八年刻本)，其《观心室笔谈》中云："《读书敏求记》载：赵清常殁，子孙鬻其遗书，武康山中，白昼鬼哭，聚必有散，何所见之不达耶？"(据《藏书家考略》，赵琦美，字元度，号清常道人，官刑部郎中，好藏书，尝假借善本抄写，网罗而校雠之。钱谦益称为近古所未有)赵氏嗜书，死后子孙卖书，犹在山中痛哭。《读书敏求记》作者对鬼说话，讥其所见不达，然而嗜书如命者确有鬼哭精神，因为有不解的情结，遂有心理上的幻觉，似迷信而非迷信。《观心室笔谈》又云："纪文达公常语董曲江曰，大地山河佛氏尚以为泡影，区区者复何足云。倘图书器玩，散落人间，使鉴赏家指点摩挲曰，此纪晓岚故物，是亦佳话，何所恨哉。曲江曰，君作是言，名心尚在，余则谓消闲遣日，不能不借此自娱，故我书无印记，砚无识铭，正如好花朗月，胜水名山，不复问为谁家物，何能刻号题名为后人作记哉。所见尤洒脱也。"

话虽如此，实际不然，许多知识分子，因为研究参考的需要，节衣缩食，不断买书。五十年来我亦未能例外，为了买书，以致生活困难，绝不后悔。现在已是垂暮之年，火已烧到眉毛，每见好书，仍眼馋手痒，积习难改，永不自觉。

抄书 过去图书流传不广，一是因系木刻，印刷有限，一是交通不便，不能遍及遐迩，抄书便为知识分子的重要课业。如上文所述赵清常事，尝假借善本抄写，网罗而校雠之。仁和许善长撰的《碧声吟馆谈麈》卷四（光绪四年刻本）《记赵㧑叔》云："余家藏有顾亭林先生《肇域志》手稿二十册。先曾祖得之粤东藩司任内，先祖爱如珍宝，藏之内室，不与群书同列。一时阮文达、孙文定、李邠斋、陈恭甫诸老辈题跋盈寸。溧阳缪武烈公观察杭嘉湖时，亲诣索阅，爱不释手，亟欲借录副本。余云：奉祖训，不令出门，如观察欲抄，可倩人先来翻阅，然后付抄。观察欣然。次日，观察命门下士数人襆被而来，宿于小园中。有会稽赵㧑叔（之谦），观察高弟子也，因得朝夕聚晤，阅数月而书成，此壬子癸丑年事也（咸丰二年三年）。丙辰余入都供职㧑叔计偕来都，因得重聚。己巳（同治八年）余奉檄来江苏，谒武烈大少君芷汀观察，亟问抄本存否，观察喟然曰：庚申辛酉杭城两次失守，手稿已遗失，同归于尽矣。"按《肇域志》乃顾炎武名著，向无刻本，咸丰十年十一年太平军两次入杭，缪氏抄本，毁于战火。文中特记赵㧑叔经历，按赵之谦乃当时最著名的书画篆刻家，为一代大师，参加为缪氏抄书，名著名抄，弥足珍贵，惜未能保存下来。

三十年代、四十年代我曾抄录过一些书，大都是关于史地方面的孤本抄本，其中最大的一部，是清初《张青珊集》。1935年我在上海主编文史杂志《逸经》，北京老友谭其骧署名禾子寄一篇论文《从董鄂妃谈到张宸》分四期刊出，引起学术界的极大注意，因为澄清了顺治帝与董鄂妃许多传说。我回北京后，知道系东方文化委员会图书馆所藏，经过各方努力，获得借阅，此书系原抄本，共四厚册。封面上有何绍基题记，何题云："嘉庆己卯（二十四年）夏，在龚定庵处见是书，假归，阅未竟，为魏默深取去，采入《经世文编》。知世无刻本，惟上海徐紫珊家有之，后因周芝生任上海道，始属其借钞一部，盖逾年始至，得此书之难如此，而三君已先后作古人矣。咸丰己未（九年）初春，蝯叟偶记于添源讲舍。"并有"道州何氏所藏图书印"。原抄本共四厚册，每册百余页，我自己手抄第一册，余三册托人抄录，费一百余元，当时虽竭人力物力，亦不顾也。按张宸，字青珊，上海人，清初著名文学家，顺治一朝宫廷文字，多出其手。盖清初史案，疑问很多，而以顺治出家与董妃行事，最为后世传说误解，对此，张集记载极详。近代史学家孟心史（森）、陈援庵（垣）两前辈，皆撰文考证。孟著《清初三大疑案考实》、陈撰《汤若望与木陈忞》，虽皆援引他书，要皆以此书为根据，其有关清初史事之重要，于此可见。此书至今犹未刊印，故我所抄此集，亦可称为孤本，当时不免费事，而其效应，保存了濒于灭绝的史料文集。

读书 藏书、抄书，不是作为装饰品，束之高阁，而是要坐下来慢慢地细读。最早提倡读书的是孔子，《论语·阳货篇》："子之武城，闻弦歌之声，夫子莞尔而笑。"孔夫子听到门人读书诵诗，就很高兴，古人云"夜深犹听读书声"，自来就重视读书，因为书声是代表文化。

现在读书比较简单，对于诗词，高歌吟咏，对于散文，则当众朗诵。所谓读书，实际是看书、阅读，是默记，不是出声的咏叹。

自来在学校读书，要出声朗诵，要求抑扬顿挫，音韵铿锵，科举时代以诗文取士，一些酸秀才，读书时摇头晃脑，要读出一个韵味来，读书亦有读道，不是瞎哼哼。

宋朝开始以科举取士，最讲究读道，僧人文莹撰的《玉壶清话》卷八云："王沔字楚望，端拱初参大政。上（宋太宗）每试举人，多令沔读试卷。沔素善读书，纵文格下者，能抑扬高下，迎其辞而读之，听者忘厌。凡经读者，每在高选。举子凡纳卷者，必祝之曰，得王楚望读之，幸也。若然，则善于读者，不为无助焉。"可见王沔的读卷，非同小可，关系到举子的前途。

大文学家苏东坡是最讲究读道的，宋周密《齐东野语》卷二十云："昔有以诗投东坡者，朗诵之而请曰，此诗有分数否。坡曰十分，其人大喜。坡徐曰，三分诗，七分读耳。此虽一时戏语，然涪翁所谓'南窗读书吾伊声'，盖善读者其声正自可听耳。"东坡对客人读诗的评论，虽戏言亦是直言，正如世俗所谓"三分人才，七分打扮"也。东坡本人读的技术如何，亦有记录，宋无名《道山清话》云"东坡在雪堂，一日读杜牧之《阿房宫赋》凡数遍，每读彻一遍，即再三咨嗟叹息，至夜分犹不寐。有二老兵皆陕人，给事左右，坐久甚苦之。一人长叹操西音曰，知他有甚好处，夜久寒甚不肯睡，连作冤苦声。其一曰，也有两句好。其人大怒曰，你又理会得甚底。对曰，我爱他道天下人不敢言而敢怒。叔党卧而闻之，明日以告。东坡大笑曰，这汉子也有鉴识。"这一段虽然是幽默讽刺，但可见东坡寒夜读书，读到高兴会心的时候，不自觉地咨嗟叹息。可以断定东坡是善于读道的，所以才有上面"三分诗，七分读"的隽语。

读书当然是以本地的语言音调为准，孔夫子在武城闻弦歌之声，自然是山东口音。清人施山著的《姜露庵杂记》云："酸楚、凄楚，皆以楚字作悲苦解，良以楚声幽怨怛恻，今湖北人读书，尚如妇人哀哭，虽诵燕飨衎乐之诗，其声亦苦。"读书犹如妇人哀哭，歌欢乐之诗亦悲，与齐鲁书声正相反。但是其声调虽苦，其情绪则颇欣然。

关于读书这门课题，后来有人把它发展提高，要求读书须有幽雅环境，吴从先《小窗自纪》云："仙人好楼居，余亦好楼居，读书宜楼，其快有五，无剥啄之惊，一快也，可远眺，二快也，无湿气侵床，三快也，木末竹颠与鸟交语，四快也，云霞宿高檐，五快也。"（《古今说部丛书》一集）吴先生不知何许人，他希望在鸟语花香之间读书，真是雅士。今天一般人都住楼房，不知能否领会读书的快乐。又有朱彝其人撰的《北窗呓语》，对于读书更有讲究，他说："少年读经，其功专也，中年读史，其识广也，晚年读释典，其神静也。至若最无聊时读庄列诸子，不得已时读屈宋骚经，风雨时读李杜歌行，愁苦时读宋元词曲，醉中读齐谐志怪，病中读内景黄庭，各随其宜，互得其趣，人生安有一日可废书哉。"这位朱先生不只好读书，而且有一套读书的经验理论。规范化的安排处理，不免过于机械，恐怕还是空想说说而已。

总而言之，读书虽是个人的兴致、习惯问题，其内涵不只是技术，且有理论，其中颇有道理。

买书　1978年"文化大革命"结束后已经两年，我获得正式退休，时间上无牵无挂，悠游岁月，经济上发还一笔冻结的工资，顿时感到宽松富裕。身心安定之后，怎么办，干什么，于是重振旧业，还是读书。首先的问题是增补书，此时的书市，不断出现一些好书，都是抄家后流失出来的。还有东安市场、宣内大街两处中国书店，经常处理降价图书，我选购了不少，又进入了"读书乐"的环境。宋陆友仁《研北杂志》云："刘禹锡、唐卿尝谓，缮讨书籍，最为乐事。忽得一异书，如得奇货。……故求怪僻难知之籍，穷其学之浅深，唐卿皆推其自出以示之。有所不及见者，累日寻究，至忘寝食，必得而后已。故当时多以博洽推之。"平常我们只读刘禹锡的诗，而不知他好书做学问的事。

　　这一时期，我尽力购进许多图书，其中颇有善本好书，唯此一时期，时间甚短，书的本身，逐渐缺乏，书价亦继续上涨，衍成近日买不起书、望书兴叹的局面。

　　换书　跑书店成了习惯，选书买书成为嗜好，买书需要钱，书价贵了，需要更多的钱。钱是维持生活的，买书多了，势必影响生活，不能两全。褚人获《坚瓠补集》二有《贫士买书为室人所谪》云"张无择（抡）贫士也，所得馆谷，悉以置书，每为室人之谪，刘武城戏成《如梦令》……'万卷百城相亚，滋味浑如食蔗，急切不逢时，时至黄金无价，休骂，休骂，浊酒没他难下。'"将仅有一点薪水买书，当然会遭到妻室的反对。又清人刘声木《苌楚斋续笔》卷二：昆山徐懒云茂才买书无钱，自嘲云，"生成书癖更成贫，贾客徒劳过我频……始叹百城难坐拥，从今先要拜钱神"，读书人无钱买书是古今寒士不能解决的憾事。

　　近十年来，书价急剧飞涨，许多钱买不了几本书，于无法中想办法，以书易书，以古物换书，即是以木刻古书换新排字的平装本，我常用的《九朝东华录》及《清史稿》，看后没有归架，几次搬迁，缺失很多，又因待用，由中国书店雷梦水先生选购一部《九朝东华录》，价数百元，以旧书易之，又中国书店老友郭纪森先生亦帮忙换得一些用书，文化中人互相关怀协助，其热忱可感也。

文物、图书、字画，本来同源，以文物换书，自古已然。宋人《道山清话》云："张文潜尝言，近时印书盛行，而鬻书者，往往皆士人躬自负担。有一士人，尽掊其家所有，约百余千，买书将以入京。至中途遇一士人，取书目阅之，爱其书而贫不能得，家有数古铜器，将以货。而鬻书者雅有好古器之癖，一见喜甚，乃曰毋庸货也，我将与汝估其直而两易之。于是尽以随行之书，换数十铜器，亟返其家。其妻方讶夫之回疾，视其行李，但见二三布囊磊碨然，铿铿有声，问得其实，乃詈其夫曰，你换得他这个，几时近得饭吃，其人曰，他换得我那个，也几时近得饭吃，因言人之惑也如此。"张文潜是苏东坡的好朋友，经常在一起讲笑话，有时以笑话讥讽王安石。这个寓言式的笑话，当然不一定是事实，然而说明当时已有以古物换书的情况，是带有警惕性意义的，说明爱书和好古的两个书呆子，不如一个妇人聪明有见识，图书文物虽然重要，更重要的还是吃饭。

以书易书，以文物换书，在文化界是普通事。封建社会还有以人换书者。《碧声吟馆谈麈》卷四记《美婢能诗》云《静志居诗话》载：明华亭朱吉士大韶，性好藏书，访得吴门有宋椠袁宏《后汉纪》，经陆放翁、刘须溪、谢叠山手评，饰以古锦玉签，遂以一美婢易之。婢临行时题诗于壁云："无端割爱出深闺，犹胜前人换马时，他日相逢莫惆怅，春风吹尽道旁枝。"吉士见之惋惜，未几捐馆。这位朱学士真是书痴书愚，不惜以美婢换一部宋板书，一时高兴做错，及见婢诗，后悔莫及，怏怏而逝。读之令人感慨，戏剧中常儆人"莫怀古"，实针砭之言也。

我和书的关系如此，虽然暂告一段落，但还没有结束。

1995年4月24日

（录自《堪隐斋随笔》，辽宁教育出版社，1995年版）

我的"书斋"生活

王安忆

　　"书斋"对我来说，并不是个空间的概念，而是一种生活方式。我的住房很小，无法单独辟出一个"书斋"，所以我基本上不买书，除了两类书，一类是工具书，一类是资料性质的。就是这两类，再加上朋友们的赠书，就已见缝插针式地填满了我的小屋。也因为此，我就很少去书店。我经常去的地方是图书馆。站在书库简直可说一望无际的书架之间，我的心情会陡然平静下来。我觉得我似乎拥有着什么，十分满足。书这东西在这时便会脱去形骸，变成一种抽象的存在，这种存在不会侵略式地占领我的有限的空间，却充实了我的心灵。这实在是一种愉快的心情，我登高爬下地浏览着排列成阵的书脊，我还这本翻翻，那本看看。所有的书都像是朋友一样簇拥着我。书还有一种挽留时间的作用，它使转瞬即逝的片刻留下痕迹和纪念。它有时会有效地遏制我经常会有的虚无心情。

书是我最好的朋友。我特别喜欢那些看书的日子。我很慎重地安排我看书的日子，好像把它当作一个节日。当我结束了一段写作的计划，下一个计划还未开始，这中间我便看书。这是休息，是游戏，也是享受。我在我的周围，布满了各类书籍，全都打开着，这本看几页，那本看几页。这时我有一种名副其实的沉浸的感觉。各种互相冲突的思想与不协调的场景同时出现在我眼前，纷繁复杂，立体交叉，真叫人兴奋。在这些节日之外，平常时候，书也是一种安慰。我把我喜欢的书，放满一个塑料筐，放在我的床头，过一段时间，再换上一筐。一天过去，到了晚上，靠在床上，闲适地翻着书，书中的文字有的从眼前滑过去，有的跳进了脑子，当时不觉，而以后却会在某一个时刻，突然地涌上心头。读书讯消息和书目也是高兴的事，我点点划划，为自己列着未来的看书计划，这些计划大多实现不了，因为忙，或因为搞不到书，也因为有时事后忘了，但订计划是永远不会停止的。

我读的书很广泛。古典文学于我是永远的欣赏，我完全放弃我的怀疑和判断，以一种盲目、迷信，甚至信仰去读它们，它们对我有一种先祖的意味，我别无选择，别无挑剔，我无条件地去敬仰和爱它们。现代文学则正好相反，我调动起了我全部的怀疑和否定态度，我总是积极地、热情地、怀了反抗心理地去与它争论，这令人兴奋，使我一下子变成了好斗的公鸡。它们像是我的同辈，与它一切都可以商量。严肃的书籍对于我是思想和灵魂的作用，它们挖掘我深层的、核心性质的情感。这种情感不易触动，触动它是辛苦疲劳的，有时它们还带有麻木的表情，反应迟钝，触动它还会徒劳无益。但它一旦触动，便会使我的思想和灵魂得到什么或者失去什么。娱乐的书籍对我则是身心感官的作用，它调动我轻松的心情。它含有抚慰的性质，它使我的一些细微的渺小的感觉得到满足。它不具有太大的创造力，却也不具有太大的破坏力，它是那种温和如水的感情享受，是作为读书生活中消遣与休息的那部分，但我也少不了它。这就是我的"书斋"生活。

1992年7月

我的四代书橱

王充闾

　　古有惠施"腹载五车"，边韶"腹便便，五经笥"的佳话。《明史·文苑传》记载，周玄"尝挟书千卷止高棣家，读十年，辞去，尽弃其书，曰：'在吾腹笥矣'"。腹笥繁富，自是令人艳羡，但其人终属奇才异秉，而平凡如吾辈者流，大概是无法企及的。因此，自幼便渴望有个专门藏书的书橱。

　　这个愿望，在六十年代之初终于实现了。书橱样式，即在当时也谈不上新颖，但十分宽大、坚固。抬将过来，居然有二三同道称羡不已。他们帮我把二十年来积聚起来的书籍一一细心地存放进去。其中，解放后出版的新书居多，也有我在童蒙时期读过的"四书五经"、《纲鉴易知录》《古唐诗合解》《昭明文选》等旧书数十种。

　　"书卷多情似故人，晨昏忧乐每相亲。"它们原来挤压在几个木箱里，随我出故里、入县城、进都市，历尽流离转徙之苦。于今，看到这些"故人"终于有了安身立命之所，心中颇觉畅然，甚至有一种"向平愿了"之感。

当时书价低廉，但薪俸也少，去掉必要的开支，已经所余无几。每当走进书店，总是贪馋地望着琳琅满架的新书，不想移步，无奈阮囊羞涩，只能咽下唾涎，空饱一番眼福，无异于"过屠门而大嚼"。尽管如此，几年过去，书橱里竟也座无虚席。工余归来，即使再累再乏，只要启开橱门，浏览一番书卷，顿觉神怡目爽，倦意全消。

不料胜景不常，"文革"浩劫到了，"破四旧"的狂飙席卷全城。自忖橱中书籍十之八九当在横扫之列。为了安全度过劫波，只好将那些木版的旧书再度塞回木箱，放置楼顶天花板上。尽管有些过意不去，但形势所逼，也只好屈尊了。转眼间三年过去，我从劳动锻炼的工厂归来，进门第一件事，便是从楼顶上搬下木箱，拂去蛛网尘灰，将书籍重新摆上书橱。"故友"重逢，恍如梦寐，相对唏嘘久之。

七十年代后期，大批新书上市，许多旧版书也陆续重印。冷落已久的书店，又是熙熙攘攘，门庭若市了。我呢，由于十年间物资匮乏，开销不大，手头略有些许积蓄。这样，几乎每次从书店出来，都要带回几本新书。加之，在"海、北、天、南"等大都市工作的朋友，知我嗜书如命，也都纷纷为我代购。一时间，床头、桌下，卷帙山积，竟然"书满为患"。于是，我又添置了两个新的书橱，是为第二代。

八十年代中期，散文集《柳荫絮语》出版后，我开始了随笔集《人才诗话》的创作。当时，做了两方面的准备：一是购置与借阅上百种历代诗词别、总群集，从中选出三百余首与人才问题有关的诗词；二是搜集、研读各种人才学论著，以及古今中外关于人才问题的故实、逸闻、佳话。在此基础上，兼顾"人才诗"（这是我杜撰的一个名词）的内容与人才现象、人才思想、选才制度、成才规律等各方面课题，拟定近百个题目，边准备，边构思，边创作，以文学的形式、史论的笔法，把情与理、诗与史熔于一炉，每月可得五六篇。其中有些篇章，曾在《人民日报·海外版》"望海楼随笔"专栏中刊载过。

通过这部书的写作，使我有机会研究了大量诗文典籍，也积聚了相当数量的书籍。为此，我又新置了两个书橱，是为第三代。

进入九十年代之后，新书出得更多，但书价之高昂，令人瞠目咋舌。这个期间，虽然我又出版了两本散文集、一本旧体诗词，但稿费无多。好在"天无绝人之路"，因工作之便，可以定期收到省内各出版社的样书。日积月累，数量也颇为可观。我还利用业余时间，从事美学与清前史的研究，相应地置备一些有关学术著作。适应这些方面的需要，我添置两个高与梁齐、装上有机玻璃拉门与铝材滑道的现代化书橱。后来居上，这第四代可称是"佼佼者"了。

多年来，书籍随进随放，见缝插针，有些杂乱无章。最近，我运用宏观调控手段，对它们进行一次综合治理，实行分级管理，分类陈放。藏书中，以散文与诗词为多，我让它们进驻第四代书橱；史书与理论、学术著作，由第三代书橱安置；第二代书橱中，一个用于存放诗词、散文以外的文学著作，一个用于存放各类社会科学杂著，三教九流，百家诸子。

与上述三代书橱相比，制作于六十年代的第一代书橱，未免有些寒酸、陈旧，有的朋友劝我改作他用，另置新橱，我却敝帚自珍，割舍不得。算来，它已经与我同甘共苦三十年了，伴我由青春年少到绿鬓销磨，渐入老境，彼此结下了深厚的情谊。"贫贱之交不可忘"，我为它派下了特殊用场，专门陈放各地文友签名、惠赠的书籍，现在已经达到几百种了。

四代书橱，比肩而立，占去了我的卧室与客厅的半壁江山，使原本就不宽敞的居室显得更为褊窄。但环堵琳琅，确也蔚为壮观。纵然谈不上桂馥兰馨，书香盈室，但，"四壁图书中有我"，毕竟不失雅人深致。尽可以志得意满，顾盼自雄，说上一句："丈夫拥书万卷，何假南面百城！"

清夜无眠，念及众多古圣先贤、硕学鸿儒、骚人墨客，各以其佳篇名著，竞技闲庭，顿觉蓬荜生辉，萧斋增色。陶彭泽当年不为五斗米折腰，而今却伫立橱中，静候主人光顾。而开创了中国大写意派，"病奇于人，人奇于诗"的徐文长，也居然俯首降心，屈己以待。

惭愧的是，橱中只有部分书籍我曾匆匆过眼，余则连点头之识也谈不到。我当在有生之年，焚膏继晷，夕惕朝乾，加倍地黾勉向学，以不负诸贤的青睐。

1994年8月

新文学旧书三十五年

陈子善

所谓"旧书"，至今尚无公认的确切的定义。线装古籍（含民国时期的线装书），当然可包含在广义的旧书之中，但现今讨论旧书，线装古籍另行单列，是并不纳入其中的，就像大学和大型公共图书馆大都设有古籍部，却无旧书部一样。又或谓可以"近代文献"名之，可是1949年以后的出版物也早已进入旧书流通领域，有些藏家已经以收藏1949年以后某个专题的旧书为己任。可见要界定"旧书"，还真不那么简单。

因此，限于篇幅，本文所讨论的就以民国时期印行的新文学旧书为主，兼及其他。

二十世纪五十年代公私合营后，个体旧书业不复存在。二十世纪七十年代末八十年代初的上海仅有一家国营的"上海旧书店"，除了福州路总店，就笔者记忆所及，尚在四川北路、提篮桥、南京西路、静安寺、淮海中路等处设有门市部，负责收购和出售各类旧书。但民国时期旧书是严格控制的。福州路总店内又有内部书刊门市部,所谓店中之店是也。内部书刊门市部门禁森严,必须凭单位介绍信才能进入,介绍信又讲级别,来头越大,进入的范围就越大。

当时民国时期旧书标价甚廉,大多数都是几角钱一本,只要你有资格进入内部书刊门市部,眼光独到,再加上运气好,就一定能觅到宝贝,这在姜德明、倪墨炎等新文学书刊收藏家的著述中有大量的记载,令人神往。余生也晚,因研究兴趣在中国现代文学史料,对新文学旧书也就产生了浓厚的兴趣,总算及时赶上末班车,有幸买到一些。例如沈从文代表作《边城》1933年10月生活书店初版本,且有作者毛笔题签,价六角;巴金著散文集《忆》1936年8月文化生活出版社初版本,有作者钢笔题签,价七角;杨绛译《一九三九年以来英国散文作品》1948年9月商务印书馆初版本,也有译者毛笔题签并钤印,价仅二角;唐弢著杂文集《识小录》1947年12月上海出版公司初版本,系作者题赠傅雷者,价六角,等等,而今视之,简直恍如隔世。

有趣的是,笔者购买民国时期新文学旧书其实不是从上海始,而是起自北京。二十世纪七十年代末在北京参加《鲁迅全集》注释定稿工作,星期天无事到离人民文学出版社不远的中国书店灯市口门市部浏览,一次见到一大批鲁迅研究著作,从台静农编《关于鲁迅及其著作》1926年7月未名社初版本到荆有麟著《回忆鲁迅》1947年4月上海杂志公司复兴一版，总共有三十余册，欣喜若狂，全数购下，记得花去十七八元，占去我半个月的工资，当时算是豪举了。直到数年前，我才发现这批书全是研究中国现代文学的先行者、唐弢称之为给过他不少帮助的赵燕声的旧藏。北京的旧书店当然以琉璃厂和隆福寺最为有名，下面还将谈到。

二十世纪八十年代中期，上海旧书店举办过几次大型旧书展销会，文史哲一应俱全，一种书十几、几十本复本也不在少数，记得王独清译但丁《新生》和辛笛新诗集《手掌集》都有一摞。展销会上人头攒动，热闹非凡。姜德明先生还专程从北京飞来淘书，当然是满载而归。但是书价已在悄悄提升了，虽然幅度不是很大。且从这一时期笔者所购书中举几个例子。谢六逸著散文集《茶话集》1931年10月新中国书局初版本，系作者题赠本，价一元五角；赵景深著散文集《文人剪影》1936年9月北新书局再版本，也系作者题赠本，价一元八角；韩侍桁评论集《参差集》1935年3月良友图书印刷公司精装初版本，作者签名编号本，价三元，等等，就可说明问题了。

随着改革开放的深入和市场经济的兴起，旧书业一统天下的局面迟早会被打破。约从二十世纪八十年代末九十年代初起，北京潘家园旧书市场和上海文庙旧书集市均应运而生，而且不断发展，尤其是前者形成了闻名海内外的规模效应，李辉、谢其章、赵国忠、方继孝等学者和藏家都在潘家园旧书摊上有重大的发现。笔者人在沪上，到潘家园的次数屈指可数，理所当然成了文庙旧书集市的常客，一连七八年每到周末必起早赶去文庙搜书，在乱书堆中拣宝是一乐，与卖主讨价还价，斗智斗勇也是一乐，确也时有斩获。书价当然也水涨船高，起初购一本傅雷译《幸福之路》（罗素著）1947年4月南国出版社再版题赠本，缺一页封底，价仅二元，到购梁宗岱题赠林语堂的《诗与真》一集1935年2月商务印书馆初版本，就已是数百元了。值得欣慰的是林语堂旧藏中的许多稀见旧书，胡适题赠林语堂的《神会和尚遗集》初版本、周作人题赠林语堂的《陀螺》初版本，以及丰子恺、杨骚、刘大杰、章衣萍、谢冰莹、黄嘉德等等的签名本，还有有名的《晦庵书话》中提到的宋春舫独幕趣剧《原来是梦》，褐木庐1936年5月初版自印本，非卖品，只印五十册，"印数奇少，遂入'罕见书'之列"，均收入笔者囊中了。

就是国营的旧书店，也开始了各种经营。记得九十年代初陪同台湾学者秦贤次、吴兴文兄等到京选购新文学旧书，就在琉璃厂海王村流连忘返。这海王村到底什么性质笔者至今弄不清，大概是个人承包的。拿出来的旧书真多，令人眼花缭乱，又可从容地挑选，大宗的为秦兄所得，现在都已捐赠给台湾"中央研究院"了，只要读一读十六开本两大厚册的《秦贤次先生赠书目录》（2008年7月台北"中央研究院"中国文哲研究所编印）就可明了。笔者当然也搜集了不少，如胡适著《尝试集》1920年9月亚东图书馆再版本，系作者题赠北京大学图书馆者，价二十五元；卞之琳第一部新诗集《三秋草》1933年5月5日初版，沈从文发行，价十六元；废名短篇小说集《桃园》1928年2月古城书社初版本，价三十五元；更有俞平伯毛笔题请"玄同师诲政"的《杂拌儿之二》1933年2月开明书店初版本，当时为吴兄所得，前几年友情让于笔者，等等。价格比前一阶段又明显高出了不少，只比旧书集市的买卖交易稍低了。而在上海，名噪一时的福德广场个体旧书店群和现仍存在的新文化书店，则又是别种经营模式。

旧书市场的再次重大变革就是拍卖的介入了。犹记九十年代后期北京中国书店主办古籍和旧书流通研讨会，笔者应邀出席，会后紧接着举行中国书店首届旧书拍卖会，笔者仍然参与，首次举牌争夺，拍下施蛰存毛笔题赠"从文我兄"的其第一本散文集《灯下集》1937年1月开明书店初版本、林庚毛笔题赠"子龙兄"（陈世骧）的新诗集《春野与窗》北京文学评论社1934年初版本等书，前者一千三百元，后者八百元，所费不菲。当时还健在的施蛰存先生得知笔者拍得《灯下集》后，还批评道：你花那么多钱干什么？！

然而，旧书拍卖迅速升温，很短时间内就形成不可阻挡之势。内地各大拍卖公司都辟有古籍善本拍卖专场，民国时期新文学旧书的拍卖开始时大都依附其后，近年也已出现新文学旧书拍卖专场了。北京德宝2010年春季拍卖会，古籍文献专场第十部分"新文学·红色文献"中，不少新文学初版本的起拍价就高得令人咋舌。胡适《尝试集》初版本一万元，刘半农辑译《国外民歌译》再版毛边本六千元，滕固《迷宫》再版毛边本四千元，张爱玲《流言》初版本一万元，等等。不妨再举一个较典型的例子，刘半农编《初期白话诗稿》1933年北京星云堂刊珂罗版线装本，有棉连纸本和毛边纸本两种，系新文学史上首次影印作家手稿，在现代文学版本史上占有特殊的位置，被誉为与徐志摩《爱眉小札》线装本同是"爱书人望眼欲穿的猎物"（姜德明语）。此书棉连纸本2009年北京泰和嘉城春季拍卖会上起拍价八千元，到了2011年北京德宝春季拍卖会上，同样是棉连纸本，起拍价已变为五万元了，短短两年之内翻了六倍多！尽管其中不无炒作之嫌，但新文学书刊拍卖价格不断飙升却已是不争的事实。

　　几乎与旧书拍卖同时，网络旧书买卖乃至拍卖也开始红火起来了。孔夫子旧书网的崛起又是一个标志性事件，标志着旧书市场已无远弗届。而今大部分民国时期普通旧书的买卖都已在孔夫子旧书网上完成，每天都有多多少少各种各样的旧书通过孔夫子旧书网找到它们的新主人。周氏兄弟编译的《域外小说集》公认是新文学旧书中的极品，最先就出人意料地出现在孔夫子旧书网上，因网上拍卖火速达到价格上限，又戏剧性地转移到拍卖会上，才以三十万元的高价成交。笔者也曾在孔夫子旧书网上购得熊式一英文剧本《王宝川》1934年英国Methuen & Co. Ltd初版签名本和萧乾英文论著《苦难时代的蚀刻》1942年英国 George Allen & Unwin Ltd 初版题赠本。而且，借助网络的威力，旧书买卖已经扩展到更大的国际平台上，笔者友人就从 AbeBooks 网上幸运地购得张爱玲题赠陈世骧的英文长篇小说《北地胭脂》初版本。另一位友人赠送笔者的日本国际文化振兴会1941年印行周作人《日本之再认识》精装单行本（中文版），这册周氏著作中的特殊版本也是向日本神保町的旧书店网购的。网络旧书买卖的前景已无可限量。

然而，新文学旧书的升值空间虽然还远远不及古籍善本，却也已相当可观，各种问题也就纷至沓来。伪造旧书固然不像伪造字画那么容易，但仍常出现鱼目混珠的现象。二十世纪八十年代上海书店曾依据原版影印一套一百多册的"中国现代文学史参考资料"，本是嘉惠学林的好事，但近年在网上选购往往就会以这几可乱真的影印本冒充原版本，笔者就曾上当受骗。同时，伪造签名本、藏主去世后补钤名印等等也已时有所闻。在这种真伪难辨的复杂情势下，真正来源可靠、流传有绪的新文学珍本就更难能可贵了。譬如，2011年嘉德秋季拍卖会上拍的香港藏家珍藏周作人寄赠新文学著作二十二种三十四册，其中有周作人本人的著译初版或再版本二十四种二十五册，刘半农赠周作人著作初版本两种，徐志摩、俞平伯、废名著作初版本各一种，等等，绝大部分都有周作人题词。如周作人在刘半农著《扬鞭集》上册1926年6月北新书局初版线装本扉页毛笔题词："半农著作劫后仅存此册，今日重阅一过，觉得半农毕竟是有才情的，我们均不能及。去今才三十余年，求诸市上几如明板小品，不可多得矣。今以转赠耀明先生　知堂时年八十　一九六四年六月十八日。"这样的题词，笔迹真，内容真，甚至可当周作人集外小文来读，根本不可能造假。正因为如此，这批珍贵的题赠本以三十万元起拍，竞争至六十五万元才成交，颇得新文学藏家青睐。

　　简要回顾新文学旧书三十余年买卖历程之后，或可做如下的小结：从单一的国营旧书店到如今的旧书店、个体书摊、网络买卖和拍卖会拍卖共存，各显神通，互相补充又互相推动。但不必讳言的是，拍卖兴盛发达之后，稀见之书捡漏之类的可能性已越来越小了。一般而言，在众多新文学旧书中，初版本，毛边本，名家签名本，特装本，线装本，自印本，经过收藏大家如唐弢、姜德明等著录的版本，等等，现在都已成为新文学旧书藏家的新宠。但是，中国现代文学研究界却很少关注新文学旧书的发掘、流通和拍卖，对藏书界不断出现的新的书刊史料往往不闻不问，这种状况大不利于文学史研究的拓展和深入，亟待改变。

（原载2012年2月19日《东方早报·上海书评》）

藏书不乐

周振鹤

　　藏书是一大苦事，并非乐事。如果是两三千册，或许还好对付，要是上了一万册，恐怕一般人都要有点难过了。住房有限，人都仄居，何来书的地盘？于是书橱之外，不免堆在地上，摆在案头，甚或占据床位。如果堆到如山积一般，那就有书等于无书了，恰似华君武一幅漫画的标题一样：书到找时方恨多。

　　硬是找不到你需要的那一本书，无奈之下，只好再去买一本，这一来，书就越发多了，屋子就越发逼仄了，人就越发渺小了。不但我如此，我的老师如此，我的同学朋友莫不如此。我这一世只见过一位藏书阔气的。1986年在澳大利亚国立大学访问，我的隔壁办公室是一位梵文教授，其书评在学界有震慑人心的威力。他曾经邀请我到他家做客。那才叫气派：一间四五十平方米的书房，四壁都是书。层高三米有余，顶上的书自然是要用梯子才拿得到的。又一间六七十平方米的地图室，中间是一张长四米以上、宽三米有余的大桌子，专门用来看极大幅的地图。当然做习明纳工作坊讨论班也极合适，因为周围一圈都是长条板凳。此室四周依然是从天花板到地面的壁橱，但没有橱门，书伸手可及。最后，又领我到书库。那是与住宅分开的一座独立平房，近百平方米。里头一色铁书架，我没有细数有几架，只是感到有点晕眩。一个私人，有这样多的藏书，想找什么就有什么，天下有比这更惬意的事吗？堪培拉地广人稀，许多住宅不建二楼，有的是地盘。这位教授的房子就是如此，一色平房。我在想，一介平民如果也有天禄琳琅的话，不就是这个样子吗？

十多年前，我误打误撞，在住房之外又买了一套底楼的小房子专门用来放书，所有墙面用来做固定的书架，从天花板到地板，还占用一半客厅做了五个3米×2.5米×0.5米的可移动钢书架，但是这只能解决大部分藏书的上架问题，仍然有部分书要堆在地上。由于移动书架沉重，自然只能做在底楼，但是上海的黄梅天是可怕的，底楼尤其潮湿，于是书发霉、长虫，甚至有一次还被不知从哪里混进来的老鼠咬烂了好些。于是藏书只剩下了烦心，何乐可言？然则如此说来，藏书真是毫无乐趣了吗？倒也不尽然。五六年前，为了纾解住宅过于逼仄之困，换了一处新居。搬家以后，因为没有时间整理，遂胡乱上架。不料在上架之时，突然发现自己竟然有一册初版本的《国故论衡》，就是1910年日本秀光舍印的那一版。何处何时所得，浑然已忘。当然，若以黄永年先生眼光看，这也属于他说的扔在地上他也不会要的一类书。不过再仔细一看，竟然是章太炎先生的自校本，其中朱墨两色校改的蝇头小楷不能不让人觉得可亲可宝。于是再思再想，这藏书诚是苦事，但有时有这一乐也就抵得千般的苦了。

（原载2013年9月27日《文汇读书周报》）

得书记·大云烬余

韦　力

　　我对罗振玉特别钦佩，因其对传统国学的贡献，以我的私心，他绝对是近现代一流人物。雪堂老人博学多才，在许多方面都有着独创的成就，出于历史上的种种原因，当代对他的评价贬多褒少，我对这种不公，大感不平。但我能够做到的，也仅仅就是尽力收藏他的旧藏以及墨迹，以此来表达我对这位先贤的敬意。

　　2002年春，嘉德上拍了一批罗振玉旧藏，在图录中单独列出一个版块，起名为"大云烬余旧藏"，总计上拍十八件拍品，基本上都是碑帖和墨迹。碑帖部分有旧拓本《离堆记》，此本后有罗振玉跋语，以一万五千元流拍。旧拓本《晋杨绍买地剙》，以一万八千元流拍。清拓本《开元玉简》，以一万五千元流拍。旧拓本《新罗真兴王巡狩碑》，以两万五千元流拍。另外，还有数卷名碑帖，也大多流拍。乾隆皇帝的墨迹上拍了两件，一件是《清高宗临朱巨川告身》，以四万元起拍，七万余元成交。而另一件则是乾隆皇帝赐给浙闽总督喀尔吉善的一首诗，以二十六万元成交。这个版块上拍的古书仅有一部，是康熙席氏刻唐百家诗本《贾浪仙长江集》，此书一函二册，以一万元流拍。

　　这个专题的拍卖结果不好，大多数都流拍了。事后逐个地来看，应该有两个原因。一是因为碑帖在那个时候还没有热起来，这个版块大行其道，是2010年之后的事。话又说回来，上拍的这些拓本中，也没有令人瞩目的汉魏碑。所以，即使碑帖版块热起来之后，买家对此似乎也没有特别的关注。但这些碑帖中大多有罗振玉的题跋，这在今天当然是重要的亮点，凡有罗振玉题跋的拓本，一律都能拍得高价。第二个原因，名家墨迹放在古书专场中上拍，拍卖结果似乎都说不上有多好。但罗氏旧藏的这批字画中，有两件东西却让我错过了。《明末马瑶草诗画小帧》这个立轴书画合璧，上半部分是马士英的行草，下面是他所画的一幅水墨山水。马士英是明末有名的佞臣，《明画拾遗》中说，"马士英画颇佳，然人皆恶其名，悉改为妓女冯玉英"。此本有马士英明确题款，确为难得之物。另一件则是《汉大司农郑公像》，此画中有严可均、许瀚、孙星衍、包世臣等名家题记，以两万元底价被人拍走。错失的原因，是此场拍卖时，我正巧在布里斯班学习，没能赶上这场拍卖会。其实这个说法多少也是个借口，主要是觉得这批罗氏旧藏中，没有自己特别喜欢的藏品。后来，随着我对罗振玉事迹了解得越多，我越发后悔当年这种轻易错失的愚蠢。

后来听说，罗振玉这批旧藏，是从他嫡孙罗继祖先生处征集过来的。从上拍的品种看，我估计罗继祖先生是第一次跟拍卖公司打交道，他想用这些拍品来试探自己未曾接触过的市场，这样的拍卖结果，肯定难以令他满意。果真，在此后的几年时间内，罗氏旧藏再也没有成组地出现在拍场中。

直到2007年春，上海嘉泰又上拍了一批罗氏旧藏，这次上拍的量是嘉德公司那一场的数倍，有七十七件之多，其中古籍几近半数，另外有碑帖、古墨和字画，等等。本专场的封面，用的就是罗振玉旧藏的南宋蜀刻大字本元明递修的《梁书》。本场拍品的质量，也远超五年前嘉德上拍的那一批。拍卖场中，买家最喜欢看到的，就是整份的名家旧藏且从未出现在拍场中者。拍卖的主办方当然也洞察买家的心理，比如这场拍卖，就是将罗氏旧藏的这批拍品，放在了本场的最后一个单独版块中，并且请人写了一整页的介绍文章。此文的正题是"罗振玉大云书库遗珍专辑"，而副题则为"'大云烬余'之余——罗振玉旧藏"。我在这篇文章中，得知了两个信息，一是每部书上必钤的"大云烬余"印章，是由罗继祖先生的友人孙晓野教授所刻，这方章以隶书为印，在罗继祖所用藏印中颇为特殊。第二则是，"这次预展的拍品，则是'大云烬余'之余，是罗氏最后一批遗藏"。但这第二则提到的"罗氏"，我不知道指的是罗振玉还是罗继祖。但无论指的是其中哪一位，都可以明确表明这批书的难得之处。

在预展的现场，我的担忧变成了现实，我所认识的书友尤其北京的那帮子人，几乎悉数赶到了这里。见了面，大家心照不宣地笑笑，又各自忙着低头看拍品。这种平静是个假象，当天开拍之前，我不断听到书友间半真半假地要求对方让某书的拌嘴，也有几位书友跟我提出让书的要求。鉴于这种局势，我觉得有必要召开一次"分赃会议"。于是，将几位熟识的书友请到了咖啡吧，把图录摊开，每人讲出自己必欲拍得之品。彼此有重叠的部分，大家互让一步，不可让者每人提出自己的最高限价，由出价低者先举，超过了限价，再由某人接着举，争论一番总算达成了基本草案。但拍卖场的局面很难以事先的计划予以控制，毕竟还有其他买家在场，也许对方更有实力，将我等一干人通通打趴在地，这种情况时有发生。即使如此，这种会议开得还是有意义，至少避免了朋友间的相互内耗。

本场的封面，宋刻元明递修本的《梁书》，祁学明兄坚决说他要得到此书，因为到此时老板的整份收藏中还没有宋版。《梁书》后有罗继祖长跋，并且书内有杨五川的校字，此书估价三十五万至四十万。祁兄称自己的出价上限是六十万，举到五十六万时拿下。这个结果让他高兴异常，因为在咖啡厅时，他已经跟另一位书友约定好，六十万以上由那人接着举。本场祁兄还拍下了清初刻本《牧斋有学集诗注》，此书为该版本的初刻初印之本，卷首编者的墨钉仍存。此书一函八册，祁兄以三万八千元拍下。

王国维与罗振玉之间的恩恩怨怨，我不想在此唠叨。这两位大师的墨迹同时出现在同一部书中，却不容易见到。本场上拍的七十七件罗氏旧藏，同一件中有两人跋语者，仅有一部，就是汲古阁本的《冷斋夜话》。此书中罗振玉跋语云："壬子七月，嵩山堂以五山板《冷斋夜话》求售，乃覆宋本，索价三百元，因请静公以三夕之力校而还之。"从这段话可以知道，罗王二人在日本时，嵩山堂书店向其推销五山板的《冷斋夜话》，罗振玉认为此书乃是从宋版翻刻而出者，很有价值，只是要价三百块，罗振玉认为太贵了，于是就请王国维用了三个晚上，把此本中的不同之处，校在了自己所藏的汲古阁本《冷斋夜话》上。然后，又把五山板还给了书店。这部书应当是本拍场中的难得之品，北京来的李女士说，自己这一场必欲拍得之书仅此一部，闻其所言，大伙也只能让着她。其实此书我也很想得到，但李女士说她让了我王国维抄本《湘真阁词》，对这部《冷斋夜话》我也只能割爱。此书的起拍价是六万元，现场有十几位人跟她竞价，她力举到三十四万元而拨下此城。

本版块上拍之书，有罗振玉满批满校者，当为《徐俟斋先生年谱》。此书本就是罗振玉著作，然而罗氏又对这个排印本进行了大量的增补和修改。在自己的著作中进行补改，应当以自校稿本视之。该书八千元起拍，被刘扬兄以六万五千元拿下。此场拍卖五年之后，马骥兄带我找到徐枋之墓，我们在他的墓上还遇到了一条大蛇，所有人都虚惊一场。我不知道给他做年谱的罗振玉先生是否也曾探寻过徐枋的墓，但值得罗振玉做年谱之人，也必定有其历史价值。刘兄在本场还拍下了《列仙酒牌》，此为咸丰原刻本，为著名的版画书，书前还有罗继祖的题记，刘兄仅以六千元将其拍下。

本版块的碑帖部分质量也很高，有四位藏友对此最感兴趣。尤其那件《晋杨绍买地莂》，此拓本在2002年春的嘉德拍场中，以一万八千元的价格流拍。此次又拿到了嘉泰上拍，起拍价则改为了三万元。因上面有王国维的一段长跋，再次上拍时孟老师和刘禹都想要，刘兄称孟老师其实已经有了一件，所以这次应当让自己买，但孟老师说自己的那件上面没有王国维，坚持不让，商量一番，两人最终也没有达到协议。拍到此件时，两人互不相让地对着举牌，举到十二万元时，刘兄放弃。孟老师接着举，十三万马上落槌时，现场又杀出一位，加了一万，该品落入此人手中。后来听崔老师讲，拍得者是一位南方人。刘禹兄后来拍到了《吴越银龙简真本》，清顺治初拓本。投龙仪式，是五代十国时吴越国在江湖中举行的一种祭奠仪式，用金或银制成简状，上面刻有铭文，重约二十两，祭奠之后将此简投入湖中。清顺治元年（1644年），太湖大旱，渔民们在湖底捡得此物。到了康熙末年，这个银简被冶炼成了银锭，故此简仅留下来数张拓本，流传甚罕。此拍品三万元起拍，刘兄以十万元买下。几年之后，嘉德又出现一件投龙简拓本，我很想得到，孟老师也想要，他事先没有跟我商量，在现场又不好意思跟我对着举，于是让他身边的青岛某人跟我竞价，一番争抢他罢了手，我总算得到了件投龙简拓本。这位青岛朋友跟我也认识，他怕我误会，拍完之后还专门跑来跟我解释了一番。

很多事情，真的是此一时彼一时。2002年春，在嘉德上拍的罗氏旧藏中唯一的一部书《贾浪仙长江集》，跟那件《晋杨绍买地朔》一样，也是以底价流拍，当时的起拍价是一万元。这次拿到了嘉泰，起拍价加了一万，改为两万，然而成交价却高达十二万五千元。树挪死人挪活，看来书也一样，换一个地方，马上就是另一种天地。

本专场中，"大云烬余"这个版块我的收获不小。这个版块中，我拍得的第一件是《南中集》，图录中版本项注明为"清乾隆写刻本"，而实际的版本为"乾隆惠氏红豆斋刻半农先生集本"。按照《中国丛书综录》的著录，《半农先生集》收有《南中集》《采莼集》《红豆斋时术录》三种，而此集这三种全在。此书流传不多见，故我以一万八将其拍下。

以名气论，我拍得的最好一部书当是王国维手抄本《湘真阁词》。这部书当然没什么可说的，就是冲着王国维的名气，薄薄一册仅十三页，起拍价是五万元，我举到二十七万才将其拿到手。

本场上拍了两件罗继祖本人的稿本，一是《辽史拾遗续补》，此手稿一函八册，而罗继祖是辽史方面的著名专家，被称为"辽史四家"之一。此稿本为其学术专长，我当然觉得很重要。罗继祖先生曾出版过《辽史校勘记》，我不知道自己得到的这部手稿，跟那个《辽史校勘记》之间的关系，看来有空时应当将两者进行一下比勘。按照图录，此书是罗继祖对清代杨复吉的《辽史拾遗补》所做的补编。此稿前有罗振玉所做的序言，其认为孙儿所做的手稿是"倾辑诸书之可补《辽史拾遗》之未备者"。此稿以两万五起拍，我以六万八拍得。罗继祖先生的另一部手稿是《东楂漫录》，是1942年罗继祖在日本讲学期间所做的笔记体著作。稿中有很多修改之处，可见乃是最初的未定稿，我以两万二拍得。

罗振玉的批校本，本场我拍到了三部。一是《史纠》，清桐华馆刻本，书前后分别有罗振玉和罗继祖的题跋。罗继祖说，此书"似是刊成试印之本……然传本绝鲜"。真是难得的一部书，我以七万二将其拍得。《集帖目》乃是章钰算鹤量鲸室抄本，内有罗振玉及罗继祖题跋，我以十一万元将其拍下。这个版块，另外还拍得了四部书，也同样都有罗振玉和罗继祖题跋。

我对罗家的旧事了解较多，源于我认识罗随祖先生。罗先生在故宫研究院工作，专门研究玺印。有几次聊天，我向他请教大云书库藏书的往事，他给我讲述了许多在已有书目中不可能看到的史实。那样悲愤的往事，随祖先生用内敛平和的语调讲出，让我有着血脉偾张的难受。我极力让自己相信，自己所生活的时段就是最好的年代。我跟随祖先生说，自己对罗振玉先生很是崇拜，希望能有机会到他的墓前，献上一束花，以表达我对这位先贤的敬意。随祖先生告诉我，祖父的墓早已荡然无存，在"文革"中被彻底地刨坟扬尸。但我还是不死心，几经打听，找到了罗振玉墓址所在。幸运的是，我还找到了一个用罗振玉的棺材板做的条凳，他说这个条凳就是。这也是我看到的唯一一件罗振玉墓址上的原物。此后，我又在烟台、青岛、淮安等地分别去寻找他的旧居，幸运的是，结果都能如愿。

我不知道罗家后人手中还藏有多少雪翁遗物，我也不好意思向随祖先生提出这个问题，但我觉得，如果雪翁地下有知，他应当能够知道我为寻找他的遗迹所做的各种努力。同时，我也在拍卖会上，努力买下他的旧藏之物，这也同样是我向他表示敬意的一个方式。

（原载2015年5月3日《东方早报》）

失书记·云在山房类稿

韦 力

中国搞古籍拍卖会，首先出现在北方的北京，四年之后的1997年，上海朵云轩举办古籍拍卖专场，成为南方第一家搞古籍大拍的公司。当时朵云轩古籍部的负责人是崔尔平先生，崔先生本是上海书画出版社的资深编辑，工作之余专工书画研究，人长得儒雅而有风度，可他本人似乎对藏书没有太大兴趣。记得他每次到天津搞征集，都让古籍书店的经理陪着到沈阳道古玩市场，在那里他不是买古籍，而是选古砚，因他有藏砚之癖。

我记得他第一次举办古籍专场时，天津古籍书店的彭经理带我到上海，前往朵云轩的库房中去看书，其中有一部很有意思的书，上面钤盖着多方印记，书名我已忘记了，那个过程却印象深刻。记得当时崔老师指着书上的一方印对我说："你看，这名头多大！"这方印的印文我也记不起来了，只记得是钟鼎文字体，是三个朱文字，我看了一眼，不太确认是哪三个字，但是又冒失地念了出来，结果，三个字念错了两个，仅读对了最后的一个字。当时站在旁边的一位工作人员，是年轻的女士，她看我如此地出洋相，忍不住笑出了声。崔老师可能怕我难堪，立即瞪了她一眼，那位小姐红了脸，转身出去了。

当时举办古籍拍卖的公司，全国仅有四家，不到今天的十分之一。那时的货源大多是向古籍书店征集，拍卖公司的古籍部负责人员每年春秋两季都去各地古籍书店找货源，而北方的货源主要集中在北京的中国书店和天津的古籍书店。有几年时间，我在天津工作，工作之余，基本上把时间耗在了天津古籍书店的线装书书架前。在古籍有拍卖会之前，那个时期，古籍供应的数量十分丰富，真正买古书的人却很少。我是天津古籍书店的常客，虽然终日流连，但能够时常在店里碰到的买书人仅有两位，一位是天津地方志办公室的焦从海先生，另一位则是天津长征医院的陈景林先生，余外所见只是偶尔露一面就不见踪迹者。因为买古书的人很少，致使店内柜台里陈列的书过了很长时间还会摆在那里原封不动，这对店方来说，当然是不愿看到的情形，对买家却是个利好的消息。因为很长时间没有卖出去，买家就可以此为借口，让店里的经理多打些折，理由当然很是冠冕堂皇：这么长时间卖不出去，肯定是价格标贵了。

等到出现了古籍拍卖，这种借口几乎就不成立了，因为书店里又多了一条重要的卖书渠道，各地的拍卖公司经理时常到店里来搞征集，他们只要看到柜台内摆着善本书，就会要求拿去上拍，因为拍卖公司并不是买断，所以这些经理对价格并不敏感，只要标价不离谱，他们完全不谈价格就把书拿走。以前希望书摆过多时而没卖出去，然后再去捡便宜的伎俩，在这个时候，被这些人轻易地破坏掉了。在没有古籍拍卖会之前，线装书算得上是买家市场，到此时一转换，迅速变成了卖家市场，店家的姿态变了，因为你不买，他就给拍卖公司了。虽然给了拍卖公司并不意味着能够卖出高价，但至少有卖出高价的希望在，这使得古籍书店以前关注大买家的心理转变了过来。就买家而言，为了得好书，反而是要跟古籍书店的所有工作人员搞好关系，这个转变我经历了全过程，在那一段，我对拍卖公司的厌恶之情可想而知。然而，这个结果我只能慢慢地去接受。

1998年初春，我正在天津古籍书店翻书，上海朵云轩的崔尔平先生，踱着方步来到店里，他看到我打个招呼，就跟着店里的彭经理在柜台内选书。此前，店里刚举行过迎春展卖会，每次展卖会都是书友们很高兴的一个节日，因为店里摆着的书，并不经常更换，必然要赶到某个节日时，才会特意拿出一批书来供应市场，这其中当然有一些难得的好书。在展卖会时，我已买下一批，但有几种感觉价格有些贵，故一直陈列在玻璃柜内。其中，我最喜欢的一部是清代诗人杨寿枏的诗集校样。杨氏的著作后来都汇编于《云在山房类稿》，而书店展卖的就是这部书的校样。该书为蓝印本，里面有作者大段大段的删改和增添，我猜测是该书出了校样之后，杨寿枏对某些观点又有了新的认识，于是，进行了彻底的删改，故此这部书虽是校样，同时也可视为稿本看待。该书所用的纸张也很特别，是稀见的罗纹纸，原装一函十册，看上去就喜欢。然而该书标价七千元，以当时的书价来论，这么一函十册，标五千元就已经不算便宜，所以我希望能够故伎重演，等过段日子，以这部书标价太高而长时间卖不出去为理由，再找经理去谈降价。但我没想到，这一天崔先生会来此征集，我只能期盼他没能注意上这部书。

老天专跟我作对，怕什么就来什么，崔老师从一溜玻璃柜台前浏览过来，走到这部书前时停住了脚步。我马上把视线转移到别处，竖着耳朵细听他们的谈话。崔老师跟彭经理说："这部书不错，就是贵了点，再便宜些就可以拿走。"彭经理说："这个价格不能再便宜了，如果价格再低，早就被别人买走了。"我知道这句话指的就是我自己。崔老师闻此言，顿了一下说："既然是这样，我就按你的标价拿走了。"听到这句话，真气得我七窍生烟，偷鸡不成反蚀把米，看来这个便宜不可能捡到了。崔老师拿走这部书，出门时，过来跟我打招呼，同时，他还说了句更让我噎气的话："这书不错，你怎么没拿走？"

几个月后，此书出现在朵云轩拍场，估价已涨到一万至一万四千元，我明明看到他是以七千元底价拿走的，这个涨价的速度够快，这种感觉让我从心里不能接受这个价格。虽然那场拍卖会我也到了现场，但我有意避开这部书，盼望着它因为标价高而流拍，之后再想办法跟店里去谈降价之事。然而，可气的是，这部书以九千元的价格成交了。此后直到今天，时间已经过了十六年，这部校样稿再没能见到踪迹，真不知自己到什么时候才能有缘得到它。

（原载2015年8月2日《南方都市报》）

不再淘旧书

杨　葵

　　年轻时候喜欢逛旧书店，淘旧书。那还是计划经济时代，书店都是国营，卖新书的叫新华书店，卖旧书的都叫中国书店，按当下语汇来说，就是两个集团公司，各有许多分店星罗棋布。

　　中国书店并非专营旧书，也卖新书的，偏重古籍、碑帖字画类。不过还是以卖旧书著称。尤其是它一些分店，比如灯市口店、隆福寺店、北魏胡同店等等，店面不大，新书只是点缀，旧书堆得密密麻麻，店堂一股陈年书籍特有的味道。记得有一年，台湾老作家赵淑侠来北京，明明家财万贯，偏要住在南城一个很偏很破的酒店，说就图个离琉璃厂近，说她爱死中国书店里那股陈腐的味道，一闻心就醉了。台湾国语说得又嗲又酸，但我当时听了心有戚戚焉。

　　那时候淘旧书，真能淘到稀罕物。在灯市口店，淘到过不少人民文学出版社那套"白皮书"，都快凑齐了。更分别在几家店里淘到一些名家签名本，大多是作家之间互相馈赠的，赠者与被赠者的大名，恨不能都是小学课本上就见到的，可想而知当时发现那一刻的兴奋。

现在不爱去旧书店了，原因也要分主客观两面说。客观一面，出版环境日益宽松，很多原来只能内部发行的书籍，现在堂而皇之，不用再去淘旧的了。再有，现在图书品种大爆炸，新书如山洪奔泻而来，不像当年闹书荒。主观方面，一来不再是穷学生了，新书买得起。二来旧书毕竟不如新书干净整洁，从卫生角度说，淘旧书的危险系数也大一些。

可是细究起来，以上原因都是冠冕堂皇的说辞，有点像打官腔，要害没抓住。真正的原因出在心理上——被旧书现状伤了心。

以前淘旧书，图个便宜。那些卖旧书的人，新书看完迅速卖掉，也是为了换点钱再买新书。如此旧书交易，纯朴自然，不夹带杂质。现在不同了，旧书被当成一种赢利工具。想想潘家园吧，很多人去淘旧书是为了做买卖，低价买高价卖，赚差价。网上有专门旧书拍卖网站。我去那里看了看，固然爱书人不少，但是生意人更多。

我知道书和酱油醋一样，都是商品，这没错，但难免因此没了兴致。

以前淘到的旧书里，好多附加内容。书的原主人可能并无转手再卖的初衷，所以会在书上勾勾画画，甚至还有一时兴起的种种批注。买到这些书，透过这些附加内容，猜想原主人的相貌、品性，是一大乐趣。现在旧书店里的旧书干干净净，好像从买的那天起，就是为了要卖掉，很乏味。

我知道读书人都敬惜字纸，以干净整洁为荣，以乱写乱画为耻，这没错，但难免因此没了兴致。

以前淘旧书，一两年淘不到一本名家藏书、作者签名赠阅本。现在旧书市上，不少商贩成捆兜售这样的旧书。乍看叫人欣喜，再一想背后的一幕幕故事，不禁令人伤心透顶。单是我听到的，就有书贩子买通某教授家的小保姆，偷了教授一辈子珍爱的藏书；某著名藏书家临终，嘱咐儿女把书捐给某图书馆，但老人咽气后，儿女们把书分期分批运到潘家园，因为不懂行，原是无价之宝的几千册图书，只收了十几万；某著名杂志社，一位行将退休的主编，因为一些私人交情难违，把杂志社资料室收藏的很多作家赠书一次性处理给废品站，早就等候在那里的那位"交情"迅速全盘接收。

我知道，这些也都是人之常情，水至清则无鱼云云，本不足怪，但我从此对淘旧书一事没多大兴致了。

早年古旧书刊拍卖的记忆

谢其章

如果按年头算，自1993年9月22日北京首届稀见图书拍卖会至今，已十五年矣，京城大大小小的古旧书刊拍卖会，已百余场矣，很值得回顾一番。应付了"开门七件事"后，手头还有闲钱闲情，为将来着想，人们都盘算着如何使自己的财富最大限度地增值，银行已不再是钞票的唯一去处，股票、债券、期货、古董、邮票……越来越多的投资方式和机会一一供君选择。这其中，古旧书刊的收藏与投资价值越来越被收藏者认可，据国外一项投资回报率统计显示，珍本书籍的年投资收益率为百分之十六点八，排在古画、珍邮、古家具等之后，列第六位。十几年前，古旧书刊拍卖异军突起，为"收藏热"又添了一大把柴，为书刊收藏又新增了一条渠道。"热了拍卖，冷了门市"，稍够年头的图书谁都知道往拍卖公司送，碰上三两互不礼让的藏书家争夺起来，兴许就卖出个天价来。

笔者一直关注古旧书拍卖，收集有京城十余家拍卖公司全份的拍卖目录，每逢拍卖，必去现场，买不起还看不起吗？旁观了几回，亦曾不自量力地在有钱人面前举过牌争过嘴，有输有赢。胜败乃拍场常事，过五关有之，走麦城亦有之，万物得失皆因缘，不以物喜，不以物悲，拍卖场既是弄财的商地，又是修性的禅房，收藏虽小事，实包容大道理。京城乃群雄逐鹿之地，数家拍卖公司犬牙交错，楚河汉界，势同水火，所以本人只能"花开数朵，单表一支"。记忆所及，只说说琉璃厂那中国书店的古旧书拍卖，事实上第一把火还真是他们点燃的，有苦劳也有开拓之功。拍卖公司虽多，但"于我亲者"，唯此家也。

第一把火叫北京首届稀见图书拍卖会，拍卖时间是1993年9月22日下午一点半，地点设在劳动人民文化宫二殿，古老的公园，古旧的书，地点选得好。预展地点在西琉璃厂古籍书店二楼，戒备森严，只许眼看，不许手翻，毕竟是第一回头一遭，有点紧张。还收两块钱的参观票，开拍现场收三十块钱的入场券。万事开头难，现在回想起来很觉得可笑，谁家拍卖如今还收参观费参拍费呀？不知是因为第一回还是因为收费的原因，到现场参加拍卖"第一个吃螃蟹"的先驱者仅五十余位，空荡荡的大殿人气不足，底价四百余万元的一百六十七件拍品，仅成交二成，成交额三十七万元。除了宣传力度不够之外，拍卖目录没有图片书影也是一欠缺，没看过预展的人哪能一看书名就掏钱呢？后来的拍卖公司都知道"以图诱人"了。首届拍卖分七大类：(一)1911年以前出版的古书。(二)清朝奏疏、国书。(三)民国时期旧书、期刊。(四)伪装书。(五)解放后旧书。(六)国外版旧书。(七)旧唱片。我关心的两样东西都拍出去了，一件是第95号拍品：解放前创刊号五十种。底价五千元，最终以八千二百四十元成交。后来我结识了买主黄君，并屡屡与其同场竞技。黄君说当初他定的"约价"是一万元，十几年前这可算是大手笔了。黄君现已移居香港，仍有电话告知那边的古旧书信息。另外一件是第94号拍品：周作人著作二十七种。底价定在三千元，二十七种已占周氏全部作品的三分之二，很不易搜集，后以三千五百二十元拍出，现在若重拍，至少翻三番。吃第一口螃蟹的仁兄，敢问尊姓大名？对这第一场拍卖，媒体报道不多，《中国青年报》说西方年收入一万至一万五千元才具备收藏的能力，今天这个估算太保守了。

中国书店第一槌响过之后，一年多没动静，1994年是个断层空白点，倒是嘉德拍卖公司在1994年11月8日敲响了他们的"古籍善本"拍卖第一槌。其中第334号拍品《鲁迅文稿》(1933年4月，五页，纸本，行书)，颇引人注目，定向拍卖，限于国家博物馆或图书馆投买，也欢迎企业和个人竞投后捐献于国家博物馆或图书馆。最后佘奕村先生以七万一千五百元竞拍得手，旋即无偿捐献给上海鲁迅博物馆，此举为古旧书刊拍卖留下一段佳话。在停顿沉寂了一年之后，1995年9月19日，中国书店拍卖的槌声又敲响了，冠名为"本世纪稀见书刊资料拍卖会"。

书刊后面多了"资料"二字，此"资料"即指老照片、老烟画、老唱片。还真不能小瞧了这些杂项，《袁世凯故居照片》拍了一万三千元，吓人。《红楼梦烟画》一百二十张全套，拍了七千二百元，也创了纪录。本场拍卖吸取了第一次之教训，目录增设了书影，虽为黑白照，那也比没有强。还有一个突出点，即全部拍品皆为"本世纪"1900年以降的稀见书刊，罕见的一回新文学老版本大集中，大大提升了"新善本"的价值地位，然本场拍卖几成绝唱，以后再没办过类似的专场，古籍碑版是永远的主旋律。第1号拍品是阿英的《海市集》(1936年初版)，以六百六十元之价拍出，后来我曾于地摊以十二元之价购得此书，由此可见能上拍的东西并非个个"物有所值"。第6号拍品为巴金的《爱情的三部曲：雾·雨·电》，是1936年良友图书印刷公司的精装特大本，书品绝佳，底价也定得绝高——一千元，不料真拍起来争夺格外激烈，竟以两千七百五十元成交。我本有意，也只能"望书兴叹"了。媒体对这场书拍加强了报道，甚至有人在7月24日就写出了《本世纪珍稀书刊观察记》的前瞻性文章。本次拍卖依旧收了"入场券"二十元，这是最后的一次，以后无论"大拍""小拍"再不收进门费了，所以我保存的"入场券"也成了珍贵的见证中国拍卖业初级阶段的藏品。那时中国书店还没有自己的拍卖师，是从嘉德公司借来的拍卖师，姓张，我也请他在拍品图录上签了名。

转眼间冬去春来，到了1996年。中国书店的拍卖也像模像样了，为以后的拍卖从时间从档次上都立了尺度，春秋两季是"大拍"，其余各时段不定期举办"小拍"（约四至六场）。1996年9月14日"大拍"首次亮相，冠名为"历代稀见书刊资料拍卖会"，拍品除在北京预展外，还到上海办了为期三天的预展，用心良苦。"大拍"的图录印制精良，彩色书影，更能勾动人们参拍一搏的欲望。此时的人们已摆脱了束缚几十年的"温良恭俭让"的购书习惯，纷纷下场与他人争个面红耳赤，可谓"斯文扫地"，过去哪有这么买书的？连"开架售书"都呼吁了几十年，对于拍卖这种新型的交易形式，确实需要一个适应过程。

我虽然"逢集必赶"，也只是到了1996年冬季的"小拍"，才初试牛刀。这是自1993年开槌以来的第四场拍卖，时间是1996年12月21日。我看中的是第129号拍品《文史》创刊号。乍看，此物貌不惊人，底价三百元，一本杂志卖三百不低了，争拍起来还不知多少呢。我为什么情有独钟《文史》？说来话长，内情已有拙文见诸《藏书家》及《中国文化报》，在此不啰嗦了，反正对我是极要紧的一本杂志，必得之而后快。下午一点半开拍，三点二十八分我竞投得手，三百元底价我喊的，有人喊四百，我再喊五百，对方哑火。加上百分之十的佣金，二十元"证书"，《文史》竞拍所费五百七十元。旗开得胜，心中好不得意。"证书"也仅此场拍卖独有之，有了发票还要证书干什么，多此一举，都是为了留个念想呗。清人《越缦堂日记》一则云："夜归馆后，僮仆渐睡，内外寂然。红烛温炉，手注佳茗，异书在案，朱墨灿然。此间受用，正复不尽；何必名山吾庐邪？"
我得的虽不是什么"朱墨灿然"的"异书"，但也足以受用一
时了，还要感谢拍卖，不然的话上哪找那些"踏破铁鞋无觅处"
的罕见书刊呢？只有一点不好，拍卖场上买的书都贵，鱼与熊
掌不可兼得，世间万物都是这个理。

　　1997年是个好年头，香港回归，收藏热遍神州，拍卖业风
起云涌。人们也习惯了"同场竞拍"式的买书方式，隔三岔五，
书友们碰头，都会问上一句："图录到了没有？""看了没有？
有你看上的吗？"时不时地还会往中国书店拍卖公司打电话，
询问能不能增加几场。后来的拍卖还真的顺乎民意，增加了场
次，而且每场的拍品数量从一百多件增至三百余件，中国书店
也培养出了自己的拍卖师，一切都进入了良性循环的轨道，往
拍卖公司送东西送好东西的人也多了，一派购销两旺之景色。
这一年的《收藏》杂志介绍了中国书店各场的拍卖成绩，一些
藏品更是通过拍卖会竞价的洗礼，重新找回合理的市场价位，
如抗战题材、民俗题材、老期刊、古旧地图，都拍出了以往不
敢想象的"天价"。先行一步的收藏者都赢得了不薄的投资回报，
这也是人们经常怀念1995年至1997年收藏拍卖市场的原因。那
些个自视甚高的经济学家也开始插足收藏与拍卖领域，他们认
为世间万物无一不可凭经济学原理进行分析，面对九十年代以
来蓬勃发展的每年达十几亿元的拍卖市场，经济学家们难免技
痒难耐，他们的一系列理论雄文，还真给了我不少启发呢。如

其所言：收藏品能否获利，"随机性"重于一切。这一点在拍卖场上尤其明显，同样一件拍品，两个人争和三个人争四个人争，结果会很悬殊：今天你的对手因事未到场，你就会省下一笔钱。某场拍卖，有《采菲录》全六册，是研究中国旧式妇女缠足史料之书，全套甚罕见，有意此书的香港大导演李翰祥迟到十分钟，书被一幸运者以五千五百元低价竞得，后此书拍到过三万元，相差数倍。经济学家还统计过，在"四千项拍卖纪录中，只有三十项曾拍卖一次以上，而其中只有二十项成功地卖出二次"。欲想将"眼光"变为拍卖场上的价钱，可不是易事。以《旧都文物略》为例，首次亮相拍得三千元，二次亮相拍得两千元，第三次亮相拍得仅千余元，另有一次因底价设置过高而流标。收藏分两种，一种是艺术鉴赏性收藏，只求赏心悦目，不求回报；一种是投资性收藏，就像选股票一样，并非喜欢，只求回报。两类不同收藏目标的人在拍卖场上短兵相接，就大有热闹可瞧了。拍场是世相的窗口，是人性的验车场，是经济学的习题。拍卖，已成为都市生活中的一道"特别节目"。

我在拍场上是"常败将军"，负多胜少，在"随机性"上我是"霉运性"的。一册《赵望云农村写生集》，品相不错，但同行们一致认定二百元打住，谁知当场一位女同志（可能是专门研究赵望云大师的），我都喊到八百了，她手还举着，我输给她了。还有一回是《藏书纪事诗》，嘉德刚拍过两千元，我想中国书店也不会超过这价位吧，谁知当场一台湾同胞手也一直举着，举到四千元了，还不松手，太超行市了，我输了。最惨的一场是三百件拍品，我"内定"了十件，心想最损也能得它三四件吧，谁知一件也没拍到手，气得我写了篇《十不得一心不甘》投给报纸发发牢骚。患得患失，人在拍场，身不由己。举牌，举牌，问君能有几多情，恰似一场拍卖一场梦。

书房就是我的王国

——重构理想书房的一次尝试

王 强

对大部分中国爱书人而言，"书房"二字所能唤起的想象多半会牵出一个叫李谧的人来。有"贞静处士"之谥的北魏人李谧向来被归入"逸士""高人"之林。这事实虽未必人人耳熟能详，他著名的两句话却一直为身后的爱书人津津乐道："丈夫拥书万卷，何假南面百城。"于是，"坐拥百城"成了有着绝尘绝俗之心的爱书人笑傲喧嚣人世的灵魂宣言。

不过，确也有明眼人早已洞见了个中的苍白乏力。梁实秋就不给爱书人面子，竟大煞风景地将其点破："这种话好像是很潇洒而狂傲，其实是心尚未安无可奈何的解嘲语，徒见其不丈夫。"可见，即使是众望所归的逸士、高人也还有不断修炼的余地。我倒是觉得絮絮叨叨的法国人蒙田谈自己心爱书房的话说得朴实有力，不带一丝酸葡萄般的腐儒气："书房就是我的王国。我竭力对它实行绝对的统治。"后来史家吉本（E. Gibbon）竟也用十分接近的诗的想象回应了蒙田："千百个侍臣围绕在我身旁／我遁世的地方就是我的宫殿／而我正是这宫殿之王。"

蒙田和吉本激励了我。我禁不住诱惑，也要尝试着拿出王者的气魄和胆略重构我的王国——一个爱书人的理想书房。我所谓的"理想书房"其实更贴近英文的 my dream study / library。表示"理想"的一个"梦"字既可指"故园枝叶记君家"（王船山）的追忆，也可以指"我欲从君栖，山崖与海滨"（顾亭林）的向往。这样，我心目中的"理想书房"也就既存在过，同时又尚未诞生。追忆与向往交织在一起难分难解，权当作一场勾人的春梦。

· **书房的名目**

书房是爱书人毕其生收藏于斯、览读于斯、为文于斯、梦想于斯的地方。那么，"理想书房"该不该有与之相匹配的名目？

生性务实的英美人似乎不大在意如何称呼自己的"书房"。因此，英文中说到"书房"，名目也就显得贫乏，不外乎"某某某的"book-room、library 或 study，干巴巴几个实质性的词，同古今中国爱书人对于名目的在意以至着迷相比，其间差距正不可以道里计。一旦遭遇我们的"斋""轩""庐""庵""居""阁""堂""屋""馆""室""房""舍""园""楼"等，更如贫儿撞见王子，难得有抬起头的时候。这还不提或如诗或如画，或飘逸着温馨书香或散发出清冽书气，或令人心醉或引人遐思的修饰语的汪洋，像什么"古柏斋""冷红轩""字隐庐""瓜蒂庵""芥茉居""唐音阁""缘缘堂""平屋""脉望馆""纸帐铜瓶室""少室山房""雅舍""随园""天问楼"，一展想象力无边的瑰丽，不免叫人想起"青藤书屋"主人徐文长的诗句："须知书户孕江山。"小小书房却能包孕下浩大的江山。难怪我们的文人对待自己精神家园名目的态度不仅丝毫不含糊，简直有些神圣得令人敬畏。

· 书房的环境

明人计成的《园冶》一书有"书房山"一节，中云："凡掇小山，或依嘉树卉木，聚散而理，或悬岩峻壁，各有别致。书房中最宜者，更以山石为池，俯于窗下，似得濠濮间想。"

从外部着眼，理想书房当然得有理想环境。所谓理想环境，应体现为书房的物理处所与书房主人的心灵诉求之间彼此近乎完美的呼应。

蒙田建在山丘上的塔楼第三层是他的书房，透过正面的窗子正好俯视前面的花园。这一环境毫不含糊地批注了西塞罗的幸福观：拥有一个花园中的书房（a library in a garden）。明人张岳的"小山读书室"位于面向平芜、背负列嶂的"小山"之上，于是，"仰观于山，则云萝发兴；俯狎于野，则鱼鸟会心"。这一环境享尽了梦境与现实的交错。清人麟庆养疴于半亩园海棠吟社之南的"退思斋"，"自夏徂秋，每坐此读《名山志》，以当卧游；读《水经注》以资博览。八月夜，篝灯展卷，忽闻有声自西南来，心为之动。起视中庭，凉月初弦，玉绳低耿，回顾童子，垂头而睡，与欧阳子赋境宛合。伫立移时，夜色渐重，仍闭户挑灯再读"。这一环境令古与今消弭了时空的阻隔，尘世的心灵得以恣意遨游于仙境。

位于北京西城一条平常小巷中的八道湾11号，是周作人长期居住的地方。令多少读书人心向往之的知堂书房"苦雨斋"就坐落在这里。"苦雨斋"其实貌不惊人，不过是典型而普通的中国旧式民居，据说是因院内排水不畅，每遇雨院内辄积水难去，故此得名。这样的环境已经用不着非得推开书房的门去读懂它的主人了。没有令人艳羡的浪漫，历史的记忆里只弥漫着苦涩的无奈和倔强的苦中寻乐的文人况味。

· 书房的陈设

若说书房之外的环境折射着爱书人同外部世界的某种精神上的契合，那么书房之内的陈设布局则如一幅写意，着墨不多，却笔笔鲜活地勾勒出书房主人的品格与品味。

当然，书房的主人不妨粗略划分成两类，即"权势者"和

"读书人"。权势者无论意在装点自家门面抑或真正出于自己耽读的乐趣，书房的设立和内中的陈设少有漫不经心的，往往借了布置的奢华无处不透着"权势"二字，古今中外向无例外。光绪初年出使西洋的黎庶昌是个不折不扣的文人，于是公务考察繁忙之际，还念念不忘在那部著名的《西洋杂志》里，为他夜睹德国王后凯瑟琳的书房记下一笔："是夜，余入至开色邻看书之室。四壁皆饰以红缎，悬大小照像十余。书案有屏围之，如篱落形。剪彩为花叶，缀于其上。笔砚之属，率皆镂金琢玉。室内有一玉碗，径可一尺八寸。又有白石柱灯二，高可六尺，然烛其中，若玉莲花也。"

此类书房即是梦中怕也难及，因为再狂野的想象终归脱不了日常的生活体验。还是回到属于"读书人"的书房。

蒙田的书房设计成圆形，只有一点平直的地方，刚好安放他的书桌和椅子。所有的书分五层排列在四周，围了一圈，弧形的墙壁好似躬着腰把它们全部呈献在他面前。这样的陈设完全符合王国绝对统治者的气势。

文人多以潇洒脱俗自命。书房的理想陈设要能不露声色地体现这一点才好。清人李渔说得最透："书房之壁，最宜潇洒。欲其潇洒，切忌油漆。油漆二物，俗物也。"最佳者，四白落地，简而洁。以棉纸糊壁虽等而下之，也还会使屋柱窗楹共为一色。和谐乃是关键。陈设多寡虽因人而异，但终以不繁为境界。明人桑悦的"独坐轩"大如斗，只能容下一台一椅，台上仅可置经史数卷。然独坐此书斋中，"尘坌不入，胸次日拓"。

清人郑日奎在中堂左侧辟出一室为书斋，名之曰"醉书斋"："明窗素壁，泊如也。设几二，一陈笔墨，一置香炉茗碗之属。竹床一，坐以之；木榻一，卧以之。书架书筒各四，古今籍在焉。琴磬塵尾诸什物，亦杂置左右。"在这样的书房里，主人自可以忘情地宣泄自我，"或歌或叹，或笑或泣，或怒骂，或闷欲绝，或大叫称快，或咄咄诧异，或卧或思，起而狂走"。清人张缙彦的"依水园"更是羡煞爱书人："水中有画舫，具茶铛酒垆，载《汉书》《唐律》数卷，春雪初融，卧听撒网声飒飒然。"这岂是《遵生八笺》中脂粉气的书房布置可以相提并论的。

周作人素喜雅洁，读书、作文、写字井井有条，一丝不苟。温源宁几笔便将他写活了："他的书斋是他工作和会见宾客的地方，他整洁的书斋可以说是物如其人。一切都放在合适的位置，所有的地方一尘不染。墙壁和地板有一种日本式的雅致。桌椅和摆设都没有一件多余，却有一种独一无二的韵味。这里一个靠垫，那里一个靠垫，就平添了一份舒适的气氛。"说的是"苦雨斋"，也说的是"苦雨翁"。

西方文人中，靠近这一情调的，除卡莱尔（T. Carlyle）洁净整齐的书房外，非盖斯凯尔（E. Gaskell）夫人笔下夏洛特·勃朗蒂的书房莫属：房内的主色调是深红色，正好以暖色来对抗屋外冷森森的景致。墙上只有两幅画，其中一幅是劳伦斯画萨克雷的蚀刻。高而窄的旧式壁炉架两侧凹进去的地方摆满了书籍。这些书籍没一本是时下流行的所谓标准著作。每一本书都反映着书房主人个性化的追求和品味。进入这样的书房，除了墙面的颜色，即使是挑剔已极的李渔怕也要颔首称许："壁间留隙地，可以代橱。此仿伏生藏书于壁之义，大有古风。"

当然，尽信书房内的陈设，有时也会落入判断的陷阱。钱锺书的书房据说藏书不多，可数的几橱与学富五车的他完全画不上等号。英国著名自然作家赫德森（W. H. Hudson）笔下大自然光与影的生命是那样流光溢彩，可走进他的书房，是人都不免感到失落和惆怅：起居室兼书房面积虽大却十分晦暗。房内摆的家具全是人家公寓里丢弃不要的。除了安放他心爱书籍的一个玻璃橱外，满室见不到任何鲜亮的光与色，与美沾不上一点边儿。他不是因贫困装饰不起他的书房，实在是外面美丽的大自然全部占有了他。他真正的书房是在有光有色的大自然中。就像诗人华兹华斯的佣人有一次对慕名参观他主人书房的访客说："这是主人放书的地方，他在田野中研读。"

· **书房的趣味**

藏书家叶灵凤写过一篇《书斋趣味》，述说他在枯寂的人生旅途中寻找精神安慰的体验："对于人间不能尽然忘怀的我，每当到了无可奈何的时候，我便将自己深锁在这间冷静的书斋中，这间用自己的心血所筑成的避难所，随意抽下几册书摊在眼前，以遣排那些不能遣排的情绪……因为摊开了每一册书，我不仅能忘去了我自己，而且更能获得了我自己。"

书房是爱书人身与心最后的庇护所。在这里，爱书人沉睡的灵魂，深刻的个性，人的种种特征被一架架书籍所唤醒、所提升。没有书架的书房难以想象。没有书的书架更加难以想象。其实，书房真正的趣味归根结底，全凝缩在那些安放着各色各样典籍的神秘书架。书架是爱书人全部欲望与满足的隐秘栖息地。书架才是书房的灵魂。难怪书房不可轻易示人。"苦雨斋"主人深得个中奥秘："因为这是危险的事，怕被看去了自己的心思。……一个人做文章，说好听话，都并不难，只一看他所读的书，至少便颠出一点斤两来了。"恰恰是基于这一缘由，重构理想书房的要紧处，便在于重构书架上摄人心魄的一道道书的风景。

《书架的故事》(*The Book on the Bookshelf*)的作者，美国杜克大学土木工程学及历史教授亨利·佩特罗斯基（Henry Petroski）一天晚上兀自坐在书房里读书。猛然间，他抬起头来以一种从未有过的眼光审视着眼前的书架。结果，他惊异地发现，那些个实用的、制作简单的书架背后，竟隐藏着一个个"奇特、神秘、引人入胜的故事"。他第一次果敢地把遭人歧视以至蔑视的普普通通的书架，从残酷的历史遗忘之中解救出来。这是以爱书人的良知和科学家的敏锐共同完成的一次充满文化趣味的发现：像书一样，书架也正成为我们文明的组成部分。书架对安置其中的书籍而言，不仅是彩色布幕，也是舞台。既然如此，理想书房里一个个舞台上展露的风景越是独特，由这些风景构成的书房的趣味才越显醇厚。

历史小说家司各特（Walter Scott）的书架上除去大量的诗集，就是魔法师和炼金术士的著作，剩下的全是轶闻趣事集。诗人格雷（Thomas Gray）的书架上摆放着他精心收藏的作品，收集之全令人难以置信：从小时候上学用过的课本，到最早的文学和绘画的习作，再到他后来引以为豪的研究之作。散文大家赫兹里特（W. Hazlitt）对莎士比亚和卢梭烂熟于胸，但他的书架上除了亨特（Leigh Hunt）的书外，别的什么都没有。约翰·班扬（John Bunyan）的书架上只有一部《圣经》，其余全是他自己写的待出售的作品。托马斯·莫尔（Thomas More）藏书颇丰，但架上全被古希腊、拉丁作家占据了。伊拉斯谟（Erasmus）多少有些嫉妒地说：除非去意大利为的是旅行的乐趣，否则莫尔完全可以足不出户。

译出《鲁拜集》的菲茨杰拉德（E. Fitzgerald）更令人不可思议，他只把带给他真正愉悦和乐趣的作家作品中那些让他刻骨铭心的书页撕扯下来，然后重新装订成册，再次命名后才将它们放回到他孤傲的书架之上。他所倾心的卡莱尔的《过去与现在》（*Past and Present*）一经拆装后，新书封面上的书名成了《卡莱尔的僧侣》（*Carlyle's Monk*）。独特到令人难忘的地步。

还是再一次回到八道湾的"苦雨斋"。我想象中走进"几净窗明""清静幽闲"的一明两暗共三间藏书室正中明亮的那间屋子。除了一扇门，书房四周环列着一人多高的带有玻璃门的书柜。柜中的书摆放齐整，分类清晰。有中文，有日文，有英文，有希腊文。装帧讲究，种类繁多，有线装，有洋装。从野史笔记到乡邦文献，从动物生活到两性关系，从原始文明到巫术宗教，从希腊神话到日本文学，从医学史到道德变迁……霭理士二十六册著作仍然放射着犀利的思想光芒。英国胜家（Charles Singer）与日本富士川游的医学史仍然耐心等待着主人的光顾。由《金枝》的作者、大名鼎鼎的弗雷泽翻译的阿波罗多洛斯（Apollodorus）的《书库》（Bibliotheke）以其上乘的译笔、详赅的批注，连同那部绝版难觅的汤普生的《希腊鸟类名汇》，仍然带着主人常常翻读时留下的体温……我不由地想，这些书橱里的书应当是我理想书房理想收藏的基础，然后应当添加上钱锺书"容安馆"那仅存在于他厚厚几大册札记中引用的西籍，还应当添加上从照片中见到的、季羡林书房里极抢眼的那部硬纸套装一百函的日本印《大正新修大藏经》，还应当……

理想书房还应当是爱书人甘愿埋葬自己灵魂的地方。如爱默生所说的那样，理想书房本应当这样构成："从所有文明国度里精挑细选出那些最具智慧、最富机趣的人来陪伴你，然后再以最佳的秩序将这些选择好的伴侣一一排列起来。"

对于爱书人而言，理想书房还应当是理想生活的同义语吧。

（录自《读书毁了我》，中信出版社，2012年版）

和书相爱

江晓原

在拥有自己的书房之后，我对书房也逐渐有了一些新的理解。

在今天的中国，大部分人还没有书房；再缩小一点范围，在中国的读书人中，恐怕大部分也还没有书房——我说的是真正意义上的书房。不过，如今有书房的人正在多起来。

许多读书人谈过自己的书房。从多年的向往，到后来终于有了一间书房，以及如何布置，如何在其中看书写作……这些也早已经成为报刊读书栏目中的老套。

但是，如果只是在书房中读书、写作，并不足以赋予一间书房以生命。如果书仅仅是你的工具，你在书房中只是去利用它们，也许可以很顺手、很高效，甚至可以很愉快，但那只是将书房当作工具箱或是操作台。就好像那种没有爱情的婚姻，也可以相互尽义务，相互配合，甚至可以很默契，但那是没有生命的婚姻。

书房的生命是靠主人赋予的。只有当你真正和书相爱了，你的书房才可能有生命。

怎样才叫和书相爱呢？我想举两个例子，都是关于对待书的态度的。

第一个是看你对别人的书持什么态度。一个人爱护自己的书并不难，难的是爱护世间一切好书，不管那些书的主人是不是自己。有那么一些爱书人，当他们从友人或图书馆借来书时，如果发现书有破损，就会主动将书补好；如果在书店看见有书没有摆整齐，就会顺手将书摆好；如果看见别人在污损图书，或者只是有污损图书的可能，就会去友好地劝阻或提醒。对他们来说，看见好书受到污损或不适当地对待，就好像看见美人受辱，忍不住就要惜玉怜香，护花情切。

第二个例子是友人告诉我的生活中的真实故事。有一个爱慕虚荣的女子，在二十年前大学生很吃香的年头，如愿嫁了一个文科的大学生，并且还颇以自己的书生夫婿为荣。但随着时间的流逝，眼看别人的夫婿纷纷成了大款或是大官，而自己的夫婿依旧只是一介书生，渐渐就心生怨恨，经常数落夫婿没用，说那些破书有什么用？后来就扬言要烧掉那些书，夫婿闻之，严厉警告她说：你若烧我的书，就等于是杀害我的生命！结果有一天，这女子真的烧了夫婿的书，于是夫婿义无反顾地提出离婚。众亲友，包括老泰山，都来做工作，欲使他们重修旧好，但书生曰：我对她说过烧书就等于杀我，而她竟真的烧书，那我们之间还有什么感情可言？这个故事的结局非常凄惨——那书生郁郁寡欢，不久后中年病逝，走完了他爱书的一生。也许有人会笑他太痴情，但就是这份痴情，终不失为凄美——当然，我想大部分爱书人都不至于爱得那么沉重。

书房生命的另一个表征，是书的变化。书的变化有两方面。

一方面是书的成分变化。恰如人之有少年、青年、壮年及老年，书房里的藏书也在成长，并且随着主人治学领域和兴趣爱好的变迁，藏书的成分也在不断地变化。所以当一位藏书丰富的学者去世时，他留下的藏书，对于治这一路学问的后人来说，往往是极为珍贵的财富，因为这些书都是经过精心选择的，非一般的图书馆所能比——藏书集中了种种相关的资料，为后人提供了问学的捷径，甚至还能看出藏书主人当年的心路历程。

另一方面是藏书数量的变化。通常书总是越聚越多，但有些学者接近老年时开始为自己的藏书考虑后路，就像对待一位多年的朋友，想到自己今后不能再照顾他了，就要将他托付给别的能照顾他的人。有人逐渐将书赠送友人，或分批捐赠给机构，这样藏书的数量又会逐渐减少。当然将藏书整体捐赠通常是学者更愿意的，但是要找到一家真正能赏识这些藏书的机构并非易事。

主人的学问与时俱进，按理说藏书也应该吐故纳新，由于主人之爱书，"吐故"通常极为困难。书房的藏书空间毕竟有限，饱和之后，"吐故"成为必然的选择，但是主人看着那些昔日臻臻至至收集来的图书，每一本都有一段因缘，每一册都有一个故事，或是旧日情怀，或有故人深意……哪一本可以轻易割舍？每每抚书叹息，最后还是决定与旧情人长相厮守。

书房的生命，可以结束于主人去世之前。

那些曾经真诚地爱过书，但是后来在名利场中陷溺难以自拔的人，他们早年简陋的书房可能曾经是生机勃勃的，但是如今的书房则已经沦为伪文化的装饰品。功成名就之后，他们的书房已经是富丽堂皇，里面塞满了别人赠送的豪华精装本。他们当然还会时不时地将书房向访客夸耀一番，但那样的书房已经没有生命了。

书房的生命，也可以延续到主人去世之后。

在欧洲我们经常可以看到这样的景象：一位著名学者去世了，根据他的遗嘱，他的藏书被捐赠于某个学校——很可能是他长期在此工作过的——某个机构。学校会为他的藏书专辟一室。这个某某藏书室也许并不是天天开放的，也许只是每周的某一天对外开放。到了这一天，会有一位老太太或老先生——通常都是义务的，来此打理，并接待访客。

这样的藏书室当然经常是寂寞的、冷落的，不可能像当红作家的签名售书那样人头攒动。但是也许有一天，从世界的某个角落远道来了一位藏书主人的仰慕者，慕名来访问这间藏书室，他或她徘徊其中，遥想藏书主人当年坐拥书城之一颦一笑，并和那位来义务工作的老太太絮絮谈论藏书主人当年种种行迹，仿佛白头宫女闲话天宝遗事……最后访客在惆怅的心情中悄然辞去。此情此景，谁又能否认这位学者的书房的生命还在延续呢？

对于我自己的书房，我也有过一些考虑。比如，我要这些书到底干什么？我只是要这些书陪伴我而已，这些书中的很多我可能不会读，可是我仍然要它们陪伴我，在我需要的时候去亲近一番——现在影碟也是一样。很多名人在活着的时候想要看着他的书有一个好归宿，所以活着的时候捐。但是我需要我的书可以陪伴我，所以即使我将来捐赠图书，也不会是发生在我活着的时候。很多人去世的时候，书啊、古玩啊什么的散出了，出现在旧书店里。唐杜暹题其藏书卷末云："清俸买来手自校，子孙读之知圣道。鬻及借人为不孝。"这三句顺口溜我虽然常在嘴里念叨，但我知道，这种情怀在今天已经没有什么现实意义了。

我也不能接受这种方案：另外搞一套房子去放书。不在身边的书那就不是你的书了。

我的藏书对女儿产生了一些积极作用。她念大学的时候我曾问过她，我的这些书你要不要，你不要我就捐，要我就留给你。她当时表示要的。

编辑凡例

一、以忠实于选文原作、整旧如旧为编辑原则，对选文写作时使用的专有名词、外文译名，以及作者写作时的语言和特色予以保留。

二、原文注释如旧，编者所作注释，均以"编者注"标明，以示与原文注释的区别。

三、原文偶有文字错讹脱衍之处，一律按现行出版规范予以改正，不再以其他符号标示。

四、文章中数字、标点符号用法，在不损害原文语义的情况下，做必要的规范。

图书在版编目（CIP）数据

爱书者说 / 陈平原，卫纯编. — 长沙：湖南人民出版社，2023.6

ISBN 978-7-5561-3182-2

Ⅰ.①爱…　Ⅱ.①陈…②卫…　Ⅲ.①散文集－中国　Ⅳ.①I26

中国国家版本馆CIP数据核字（2023）第040003号

爱书者说

AISHUZHE SHUO

领读文化传媒
LINGDU Culture & Media

编　　者：陈平原　卫　纯

出版统筹：陈　实

监　　制：傅钦伟

选题策划：北京领读文化

产品经理：领　读－孙华硕

责任编辑：陈　实　刘　婷

责任校对：张轻霓

装帧设计：广　岛 · UNLOOK
unlook-guangdao.com

出版发行：湖南人民出版社有限责任公司［http://www.hnppp.com］

地　　址：长沙市营盘东路3号　邮编：410005　电话：0731-82683313

印　　刷：湖南天闻新华印务有限公司

版　　次：2023年6月第1版　　　印　　次：2023年6月第1次印刷

开　　本：880 mm × 1230 mm　1/32　印　　张：10.625

字　　数：206千字

书　　号：ISBN 978-7-5561-3182-2

定　　价：54.00元

营销电话：0731-82683348（如发现印装质量问题请与出版社调换）